Sir Arthur Conan Doyle

Sherlock Holmes
Der Hund von Baskerville

Roman

Scherz

Besuchen Sie uns im Internet:
www.scherzverlag.de

Die Originalausgabe erschien unter dem Titel
»The Hound of the Baskerville«

6. Auflage 2001

Einzig berechtigte Übertragung aus dem Englischen von
Renate Wyler

ISBN 3-502-51816-5
Umschlaggestaltung: ja DESIGN, Bern:
Julie Ting & Andreas Rufer
Umschlagbild: Bildagentur Baumann, Würenlingen
Gesamtherstellung: Ebner Ulm

1

Mr Sherlock Holmes, der, außer in den seltenen Fällen, wo er die ganze Nacht hindurch wach bleiben musste, ein Spätaufsteher war, saß am Frühstückstisch. Ich stand vor dem Kamin und nahm den Stock, den unser Besuch am Abend vorher vergessen hatte, in die Hand. Es war ein schönes, starkes Stück Holz mit zwiebelförmigem Griff, eines jener Dinger, die unter dem Namen »Penangstöcke« bekannt sind. Ein zollbreites silbernes Band saß knapp unter dem Griff. »James Mortimer M.R.C.S. von seinen Freunden im C.C.H. gewidmet« war darauf eingraviert sowie ein Datum: 1884. Es war genau der Stock, den ein altmodischer Hausarzt zu tragen pflegt – würdevoll, unverwüstlich und Vertrauen erweckend.

»Nun, Watson, was schließen Sie daraus?«

Holmes saß mit dem Rücken zu mir – ich wunderte mich, dass er wusste, womit ich mich beschäftigte.

»Woher wissen Sie, was ich tue? Mir scheint, Sie haben Augen am Hinterkopf.«

»Jedenfalls habe ich eine gut polierte silberne Kaffeekanne vor mir stehen«, erwiderte er, »aber sagen Sie, Watson, was schließen Sie aus dem Spazierstock unseres Gastes? Da wir ihn unglücklicherweise verfehlt und keine Ahnung von dem Zweck seines Besuches haben, gewinnt dieses zufällige Souvenir an Bedeutung. Lassen Sie mich hören, welche Schlüsse Sie nach dessen Betrachtung auf seinen Besitzer ziehen?«

»Ich meine«, sagte ich, indem ich die Methode meines Freundes so gut ich konnte anwandte, »dass Dr. Mortimer ein erfolgreicher, sehr geschätzter älterer Arzt ist, da ihm Freunde dieses Zeichen ihrer Anerkennung gewidmet haben.«

»Gut«, nickte Holmes, »ausgezeichnet!«

»Es spricht auch viel dafür, dass er ein Landarzt ist, der seine Krankenbesuche zu Fuß macht.«

»Warum das?«

»Weil dieser Stock, obzwar ursprünglich gewiss sehr schön, so abgenutzt ist, dass ich mir ihn kaum im Besitz eines Arztes in der Stadt vorstellen kann. Die starke eiserne Spitze ist beinahe stumpf, was auf ausgedehnte Fußmärsche hinweist.«

»Vollkommen richtig«, lobte Holmes.

»Und dann ›die Freunde im C.C.H.‹. Ich würde meinen, es handle sich um eine ›Hunt‹, die Reitgesellschaft der Grafschaft, die ihm für irgendwann geleistete Hilfe ihre Anerkennung ausgesprochen hat.«

»Wirklich, Watson, Sie übertreffen sich!« Holmes stand auf und zündete sich eine Zigarette an. »Ich muss Ihnen sagen, dass Sie bei allen Gelegenheiten, bei denen Sie meine kleinen Erfolge erwähnen, immer Ihre eigenen Leistungen unterschätzen. Mag sein, dass Sie selber keine Leuchte sind, aber Sie wirken erleuchtend. Es gibt Menschen, die, ohne selbst Genie zu besitzen, die bemerkenswerte Gabe haben, es bei anderen anzufachen. Ich muss zugeben, lieber Freund, dass ich Ihnen sehr viel verdanke.«

Noch nie hatte er so viel gesagt, und ich gestehe, dass mich seine Worte besonders freuten; ich hatte mich oft über seine Gleichgültigkeit gegen meine Bewunderung für ihn und meine Versuche, seine Methoden bekannt zu machen, geärgert. Auch war ich stolz darauf, sein System so weit zu beherrschen, dass ich es nun in einer Weise anwenden konnte, die seinen Beifall fand.

Er nahm mir den Stock aus der Hand und betrachtete ihn einige Augenblicke lang mit bloßem Auge. Dann schien etwas sein Interesse zu erwecken – er legte seine Zigarette weg, trug den Stock zum Fenster und untersuchte ihn nochmals, diesmal mit einem Vergrößerungsglas.

»Interessant, wenn auch einfach«, sagte er und kehrte auf seinen Lieblingsplatz in der Ecke des Kanapees zurück. »Gewiss lässt der Stock das eine oder andere vermuten. Er lässt einige Schlussfolgerungen zu.«

»Habe ich etwas übersehen?«, fragte ich ziemlich eingebildet, »ich hoffe, mir ist nichts entgangen, was von Wichtigkeit wäre?«

»Ich fürchte, mein lieber Watson, die meisten Ihrer Folgerungen waren falsch. Wenn ich sagte, dass Sie mich anregen, meinte ich damit, dass ich, indem ich Ihre Fehler bemerke, zuweilen dadurch auf die richtige Spur gebracht werde. Nicht, dass Sie sich in diesem Falle vollständig geirrt hätten. Der Mann ist bestimmt ein Landarzt, und er geht viel zu Fuß.«

»Dann hatte ich doch Recht.«

»So weit gewiss.«

»Das war aber doch alles?«

»Nein, nein, mein lieber Watson, nicht alles. Gewiss nicht alles. Ich würde zum Beispiel meinen, dass eine Widmung an einen Arzt eher von einem Krankenhaus als von einer Jagdgesellschaft stammt und dass, wenn die Buchstaben C.C. vor diesem Krankenhaus stehen, sich die Worte ›Charing Cross‹ ziemlich selbstverständlich daraus ergeben.«

»Damit könnten Sie Recht haben.«

»Es spricht vieles dafür. Und wenn wir von dieser Voraussetzung ausgehen, ergibt sich eine neue Basis für die Auslegung der Persönlichkeit unseres unbekannten Besuchers.«

»Nun denn – angenommen, dass die Buchstaben C.C.H. wirklich Charing Cross Hospital bedeuten, was für weitere Schlüsse ziehen wir daraus?«

»Finden Sie nicht, dass sich welche daraus ergeben? Sie kennen meine Methode. Wenden Sie sie an.«

»Ich kann nur zu dem selbstverständlichen Schluss kommen, dass der Mann seine Praxis in der Stadt ausgeübt hat, ehe er auf das Land übergesiedelt ist.«

»Ich glaube, wir können sogar einen Schritt weiter gehen. Betrachten Sie die Sache von folgendem Standpunkt aus:

Was wäre wohl die Gelegenheit zu einer solchen Widmung? Wann würden sich seine Freunde zusammentun, um ihm einen solchen Beweis ihrer Gesinnung zu geben? Sicherlich in dem Augenblick, wo Dr. Mortimer den Dienst im Krankenhaus aufgab, um eine eigene Praxis zu gründen. Wir wissen, dass ein Geschenk gemacht worden ist, wir nehmen an, dass es einen Wechsel von einem Krankenhaus in der Stadt zu einer Praxis auf dem Land gegeben hat – ist die Voraussetzung, dass dieser Wechsel die Ursache zu diesem Geschenk war, zu weit hergeholt?«

»Es scheint mir sogar sehr wahrscheinlich.«

»Nun müssen Sie in Betracht ziehen, dass er nicht Mitglied des Ärztepersonals dieses Krankenhauses gewesen sein kann, da nur ein Arzt mit einer gut fundierten Londoner Praxis eine solche Stellung einnehmen könnte und ein solcher Mann sich nicht auf das Land zurückziehen würde. Was also war seine Stellung? Wenn er im Krankenhaus arbeitete und nicht Mitglied des ständigen Ärztepersonals war, kann er nur Hauschirurg oder Hausinternist gewesen sein – wenig mehr als ein älterer Student. Und er hat das Krankenhaus vor fünf Jahren verlassen – das Datum ist auf dem Stock eingraviert –, wodurch aus Ihrem Hausarzt gesetzten Alters ein junger Mensch unter dreißig wird; liebenswürdig, ohne Ehrgeiz, zerstreut, und Besitzer eines Lieblingshundes, der größer als ein Terrier und kleiner als eine Bulldogge sein dürfte.«

Ich lachte ungläubig, während Sherlock Holmes sich zurücklehnte und kleine Rauchringe zur Zimmerdecke hinaufblies. »Was den zweiten Teil Ihrer Beobachtungen betrifft, habe ich keine Möglichkeit, ihn zu prüfen«, sagte ich. »Aber wenigstens ist es nicht schwer, Genaueres über das Alter und die berufliche Karriere dieses Mannes herauszufinden.«

Ich nahm das Ärzteverzeichnis von meinem Bücherregal und schlug nach. Es gab mehrere Mortimers, aber nur einer davon konnte unser Besucher sein. Ich las die Stelle aus dem Buche laut vor:

»Mortimer James M.R.C.S., 1882, Grimpen, Dartmoor, Devon. Hauschirurg 1882–1884 am Charing Cross Hospital, Empfänger des Jackson- Preises für vergleichende Pathologie für eine Abhandlung, betitelt: *Ist Krankheit Vererbung?* Korrespondierendes Mitglied der Schwedischen Gesellschaft für Pathologie. Autor von: *Einige sonderbare Fälle von Atavismus* (Lancet 1882), *Machen wir Fortschritte?* (Journal of Psychology, März 1883), Oberarzt für die Gemeinden Grimpen, Thorsley und Highbarrow.«

»Die Jagdgesellschaft der Grafschaft wird nicht erwähnt, Watson«, sagte Holmes mit einem maliziösen Lächeln. »Aber, wie Sie richtig angenommen haben, er ist Landarzt. Ich glaube, dass meine Annahmen ziemlich stimmen. Was seine Eigenschaften betrifft – ich sagte, wenn ich mich recht erinnere: liebenswürdig, ohne Ehrgeiz und zerstreut. Meiner Erfahrung nach ist es nur ein liebenswürdiger Mensch, der beschenkt wird. Nur ein ehrgeizloser, der seine Praxis in London gegen eine solche auf dem Land eintauscht und nur ein zerstreuter, der seinen Stock und nicht seine Visitenkarte zurücklässt.«

»Und der Hund?«

»Ist daran gewöhnt, diesen Stock seinem Herrn nachzutragen. Da es ein schwerer Stock ist, hält ihn der Hund fest in der Mitte, und die Spuren seiner Zähne sind sehr gut sichtbar. Der Kiefer des Hundes, wie man aus diesen Zahnspuren schließen kann, ist meiner Meinung nach zu breit für einen Terrier und nicht breit genug für eine Bulldogge. Es könnte sein – ja, bei Jupiter! Es ist ein langhaariger Spaniel!«

Er war aufgesprungen und ging im Zimmer auf und ab. Dann blieb er in der Fensternische stehen. Aus seiner Stimme klang eine solche Überzeugung, dass ich überrascht aufsah.

»Lieber Freund, wie können Sie das mit solcher Sicherheit behaupten?«

»Aus dem sehr einfachen Grund, dass ich den Hund soeben vor unserer Haustüre sehe – und sein Besitzer läutet gerade. Rühren Sie sich bitte nicht, Watson, er ist ein Kollege von Ihnen, und Ihre Gegenwart kann von Nutzen für mich sein. Es ist immer ein dramatischer Moment, Watson, wenn Sie auf der Treppe einen Schritt hören, der in Ihr Leben einzutreten im Begriff ist, und Sie wissen nicht, ob es zum Guten oder zum Bösen sein wird. Was kann Dr. James Mortimer, ein Mann der Wissenschaft, von Sherlock Holmes, dem Sachverständigen für Verbrechen, wollen? ... Herein!«

Ich war beim Anblick unseres Besuchers überrascht, da ich einen typischen Landarzt erwartet hatte. Er war sehr groß, sehr schlank, mit einer langen Nase, die wie ein Schnabel zwischen den nahe beieinander liegenden scharfen grauen Augen hervorragte. Eine goldgefasste Brille saß auf dieser Nase. Er war wohl seinem Beruf entsprechend, aber ziemlich unordentlich gekleidet – sein Gehrock war schmutzig und seine Hose ausgefranst. Obzwar er jung schien, war sein langer Rücken gebeugt, und er ging mit vorgestrecktem Kopf, was irgendwie einen Eindruck von neugierigem Wohlwollen hervorrief. Als er eintrat, fiel sein Blick auf den Stock in Holmes' Hand; er stürzte sich mit einem freudigen Ausruf darauf.

»Ich bin so froh!«, rief er, »ich war nicht sicher, ob ich ihn hier oder bei der Schifffahrtsgesellschaft gelassen hatte. Ich möchte um nichts in der Welt diesen Stock verlieren.«

»Ein Geschenk, wie ich sehe«, sagte Holmes.

»Ja, Sir.«

»Vom Charing Cross Hospital?«

»Von einigen Freunden dort anlässlich meiner Hochzeit.«

»O weh, o weh – *das* ist schlecht«, sagte Holmes, den Kopf schüttelnd.

Dr. Mortimer blinzelte in milder Verwunderung hinter seinen Brillengläsern hervor.

»Warum ist das schlecht?«

»Nun, weil Sie soeben unsere Schlussfolgerungen zunichte gemacht haben. Ihre Hochzeit, sagten Sie?«

»Ja, Sir, ich heiratete und verließ deshalb das Krankenhaus und damit auch jede Aussicht auf eine Konsultationspraxis. Ich musste eben meinen eigenen Hausstand gründen.«

»So, so, wir haben uns also doch nicht vollkommen geirrt«, lächelte Holmes. »Und nun, Dr. James Mortimer ...«

»Mr Mortimer, Sir, ein schlichter Mr James Mortimer, M.R.C.S.«

»Und anscheinend ein Mann von exaktem Wissen?«

»Ein Amateurwissenschaftler, Mr Holmes. Ein Mann, der Muscheln am Strand des weiten, unbekannten Ozeans aufhebt. Ich nehme an, dass ich mit Mr Sherlock Holmes spreche und nicht mit ...?«

»Nein – dies hier ist mein Freund Dr. Watson.«

»Erfreut, Sie kennen zu lernen, Doktor. Ich hörte Ihren Namen im Zusammenhang mit dem Ihres Freundes. Sie interessieren mich sehr, Mr Holmes. Ich hätte kaum eine so ausgesprochene Langschädelformation und so stark entwickelte Jochbogen bei Ihnen erwartet. Hätten Sie etwas dagegen, wenn ich mit dem Finger Ihre Scheitelnaht entlang fahre? Ein Abguss Ihres Schädels, Sir, wäre, solange nicht das Original zur Verfügung steht, die Zierde jedes anthropologischen Museums. Plumpe Schmeichelei ist nicht meine Absicht, aber ich gestehe, dass ich gerne Ihren Schädel besäße.«

Mit einer Handbewegung lud Sherlock Holmes unseren seltsamen Gast zum Sitzen ein.

»Sie sind, wie ich sehe, Ihrem Temperament nach ein ebensolcher Enthusiast wie ich«, sagte er. »Ich bemerke an Ihrem Zeigefinger, dass Sie Ihre Zigaretten selbst drehen.

Lassen Sie sich nicht davon abhalten, eine davon anzuzünden.«

Unser Gast zog Papier und Tabak hervor und drehte mit überraschender Geschicklichkeit eine Zigarette. Seine langen, behänden Finger waren beweglich und rastlos wie die Fühler eines Insekts.

Holmes schwieg. Aber seine schnellen, forschenden Blicke zeigten mir das Interesse, das er an unserem sonderbaren Besucher nahm.

»Ich nehme an«, begann er endlich, »dass Sie mir nicht die Ehre erweisen, mich gestern Abend und heute früh aufzusuchen, nur um meinen Schädel zu betrachten?«

»Nein, Mr Holmes, nein – obzwar ich mich freue, dass ich es bei dieser Gelegenheit tun konnte. Ich kam zu Ihnen, weil ich weiß, dass ich ein sehr unpraktischer Mensch bin, und weil ich plötzlich vor einem sehr ernsten und außergewöhnlichen Problem stehe. Da ich davon überzeugt bin, dass Sie der zweitbeste Experte Europas . . .«

»So? Darf ich fragen, wer die Ehre hat, der Beste zu sein?«, erkundigte sich Holmes gereizt.

»Wer pedantisch genaue wissenschaftliche Arbeit schätzt, wird wohl von M. Bertillons Arbeitsweise am stärksten beeindruckt sein.«

»Dann wäre es vielleicht besser, wenn Sie ihn befragen würden.«

»Ich sagte, was genaue wissenschaftliche Arbeit betrifft. Aber als praktisch denkender Mann der Tatsachen stehen Sie nach aller Meinung unerreicht da. Ich hoffe, dass ich Sie nicht, ohne es zu wollen . . .«

»Ein wenig schon«, sagte Holmes. »Ich glaube, Dr. Mortimer, es wäre gut, wenn Sie mir nun ohne weitere Umschweife erklären würden, welcher Art das Problem ist, zu dessen Lösung Sie meine Hilfe brauchen.«

»Ich habe ein Manuskript in meiner Tasche«, verkündete Dr. James Mortimer.

»Das sah ich, als Sie eintraten«, bemerkte Holmes.

»Es ist eine alte Handschrift.«

»Beginn des 18. Jahrhunderts – wenn es keine Fälschung ist.«

»Woher wissen Sie das?«

»Während Sie sprachen, haben Sie mir ein oder zwei Zoll davon gezeigt. Es müsste schon ein unfähiger Experte sein, der nicht imstande wäre, das Alter eines Dokumentes auf zehn Jahre genau zu bestimmen. Ich schätze es auf ungefähr 1730.«

»Die genaue Jahreszahl ist 1742.«

Dr. Mortimer zog das Papier aus seiner Brusttasche hervor.

»Dieses Familiendokument wurde mir von Sir Charles Baskerville anvertraut, dessen vor drei Monaten unter tragischen Umständen erfolgter Tod in ganz Devonshire so viel Aufregung verursacht hat. Ich darf wohl sagen, dass ich ebenso sein Freund wie sein ärztlicher Berater war. Er war ein willensstarker Mann, Mr Holmes, scharfsinnig, praktisch und ebenso phantasielos wie ich selbst. Trotzdem nahm er dieses Dokument sehr ernst und war auf genau solch ein Ende vorbereitet, wie es ihm dann tatsächlich beschieden war.«

Holmes streckte die Hand nach dem Manuskript aus, nahm es und strich es über seinem Knie glatt.

»Beachten Sie, Watson, dass abwechselnd das kurze und das lange S benützt wird. Das ist eine von verschiedenen Indikationen, die es mir ermöglichten, die Jahreszahl zu bestimmen.«

Ich blickte über seine Schulter hinweg auf das vergilbte Papier und die halb verwischte Schrift. Obenan stand *Bas-*

kerville Hall und darunter in großen, ungelenken Ziffern: 1742.

»Es scheint eine Art Bericht zu sein?«

»Ja, es ist die Aufzeichnung einer Legende, die die Familie Baskerville betrifft.«

»Ich meinte doch verstanden zu haben, dass Sie mich wegen einer aktuellen und praktischen Angelegenheit konsultieren wollten?«

»Sehr aktuell. Ein sehr praktisches, dringendes Problem, das binnen vierundzwanzig Stunden gelöst werden muss. Das Manuskript ist kurz und mit dieser Angelegenheit eng verbunden.«

Holmes lehnte sich zurück, presste seine Fingerspitzen zusammen und schloss gottergeben die Augen. Dr. Mortimer hielt die Handschrift zum Licht und las mit hoher, brüchiger Stimme die folgende sonderbare alte Erzählung vor:

»Es gibt viele Schilderungen über den Ursprung des Hundes der Baskervilles, aber da ich in gerader Linie von Hugh Baskerville abstamme, und da ich die Legende von meinem Vater erfuhr, der sie wiederum von seinem Vater übernommen hat, habe ich sie niedergeschrieben, in dem festen Glauben, dass alles so geschah, wie es hier erzählt wird. Und ich möchte, dass ihr, meine Söhne, daran glauben sollet, dass dieselbe Gerechtigkeit, die Sünden bestraft, sie ebenso gnädig vergeben kann; und dass kein Fluch so schwer ist, dass er nicht durch Gebet und Reue gebannt werden könnte. Lernet also aus dieser Geschichte, dass man sich nicht vor den Früchten der Vergangenheit ängstigen, aber in der Zukunft desto vorsichtiger sein soll, damit diese bösen Leidenschaften, deretwegen unsere Familie so Schweres erdulden musste, nicht aufs Neue zu unserem Unheil losbrechen. Wisset also, dass in der Zeit des großen Aufstandes (dessen Geschichte, aufgezeichnet vom Gelehrten Lord Clarendon, ich dringend eurer Aufmerksamkeit empfehle) dieses Schloss von Baskerville einem Hugo desselben Namens gehörte, welcher ein besonders wilder, ruch- und gottloser Mensch war. Nun hätten ihm seine Nachbarn diese Untugenden vielleicht verziehen, da diese Gegend nie ein Boden für Heilige war, aber es waren seine lüsternen und grausamen Launen, die seinen Namen in der ganzen Gegend sprichwörtlich machten. Nun geschah es, dass sich dieser Hugo in die Tochter eines freien Bauern, welcher nahe dem Besitz der Baskervilles angesiedelt war, verliebte (wenn man solch dunkle Leidenschaft mit einem so lichten Wort bezeichnen kann). Aber das junge Mädchen, das bescheiden und guten Rufes war, vermied ihn so viel es konnte, da es sich vor seinem bösen Namen fürchtete. So geschah es, dass an einem St.-Michaels-Tag dieser Hugo mit einigen seiner niederträchtigen und verderbten Freunde sich an den Bauernhof heranschlich und das Mädchen entführte – er wusste, dass ihr Vater und ihre Brüder abwesend waren. Nachdem sie das Mädchen ins Schloss gebracht hatten, sperrten sie es in ein Zimmer und ließen sich, wie es ihre allnächtliche Gewohnheit war, zu einem langen, üppigen Gelage nieder. Das arme Mädchen, das in seinem Zimmer das Singen und Brüllen und die schrecklichen Flüche hörte – man sagte, dass, wenn Hugo Baskerville des Weines voll war, er Worte benützte, die jeden, der sie aussprach, zu ewiger Hölle verdammen mussten –, wurde halb wahnsinnig vor Angst. Endlich wagte es in seiner großen Verzweiflung, wovor der tapferste und geschickteste Mann zurückgeschreckt wäre: Mit Hilfe der Efeuranken, welche die Südmauern bedeckten und noch bedecken, gelang es ihr, herabzuklettern und rasch über das Moor zu ihres Vaters Haus zurückzueilen. Als Hugo eine Weile später seine Gäste verließ, um der Gefangenen Essen und Trinken – und vielleicht bösere Dinge – zu bringen, fand er den Käfig leer und den Vogel ausgeflogen. Da wollte es scheinen, als sei ein Teufel in ihn gefahren; denn die Treppe hinunterrasend, stürzte er in die Halle, sprang auf den Tisch, wobei Teller und Flaschen zu Boden fielen, und schrie laut vor allen Gästen, dass, wenn er nur heute Nacht noch das Mädchen sein Eigen nennen könne, er Leib und Seele dem Bösen verschreiben wolle. Und ehe die Saufkumpane sich von ihrem Schrecken über diesen Wutausbruch erholen konnten, rief einer von ihnen, grausamer und vielleicht noch betrunkener als die anderen, dass man die Hunde auf das Mädchen hetzen solle. Worauf Hugo in den Hof eilte und den Reitknechten befahl, sein Pferd zu satteln und die Hunde loszulassen. Dann warf er den Hunden ein Taschentuch des Mädchens, das es im Zimmer vergessen hatte, vor, und fort ging es in wilder Jagd über das mondbeschienene Moor. Eine Weile standen die Kumpane ganz bestürzt, ehe sie fassen konnten, was in solch rasender Eile geschehen war. Dann aber, als ihre benebelten Sinne etwas klarer wurden, begriffen sie, was nun dort auf dem Moor geschehen würde. Alles geriet in Aufruhr. Manche riefen nach ihren Pistolen, manche nach ihren Pferden und manche verlangten noch mehr Wein. Aber endlich kam etwas Ernüchterung in ihre heißen Köpfe und alle, dreizehn an der Zahl, sprangen auf ihre Pferde und nahmen die Verfolgung auf. Der Mond schien hell, und sie galoppierten wild dahin, in die Richtung, die auch das Mädchen auf der Flucht nach seinem Heim eingeschlagen haben musste. Als sie etwa eine oder zwei Meilen zurückgelegt hatten, trafen sie auf einen der Nachthirten im Moor und fragten ihn, ob er die wilde Jagd vielleicht gesehen habe. Und der Mann, so erzählt die Sage, war so verängstigt, dass er kaum sprechen konnte. Endlich sagte er, er habe wohl das unglückselige Mädchen, wie es von den Hunden verfolgt wurde, gesehen. ›Aber ich habe mehr als das gesehen‹, sagte er, ›denn Hugo Baskerville ritt auf seiner schwarzen Stute an mir vorüber, und hinter ihm lief lautlos ein Höllenhund, wie ich ihn um Gottes willen nie in meiner Nähe sehen möchte.‹ Da beschimpften die betrunkenen Gesellen den Hirten und ritten weiter. Aber bald lief es ihnen kalt über den Rücken, denn sie hörten Pferdegetrappel und die schwarze, schaumbedeckte Stute raste mit hängendem Zügel und leerem Sattel an ihnen vorbei. Da drängten sie sich eng aneinander, denn sie hatten große Furcht, aber trotzdem ritten sie weiter über das Moor, obzwar jeder einzelne, wenn er allein gewesen, lieber umgekehrt wäre. Plötzlich trafen sie auf die Hunde. Diese, die doch wegen ihrer Tapferkeit und Wildheit bekannt waren, winselten zusammengedrängt am Rande eines tiefen Grabens. Einige machten sich davon, aber die anderen starrten mit gesträubten Haaren in die Tiefe. Die Reiter hielten an; wie ihr glauben möget, waren sie nüchterner als da sie losritten. Die meisten wollten auch nicht weiter, aber drei von ihnen, die tapfersten oder noch am meisten vom Weinrausch umfangenen, ritten hinab. Der Graben mündete in eine breite Fläche, auf welcher zwei jener Felsblöcke standen, die wohl vor Urzeiten von Menschen dort errichtet worden waren. Der Mond schien hell über der Lichtung, und da, in der Mitte, lag das unglückliche Mädchen, wie es vor Erschöpfung und Angst tot zusammengebrochen war. Doch war es nicht der Anblick ihrer Leiche, noch der Anblick der Leiche Hugo Baskervilles, der in ihrer Nähe lag, bei welchem sich die Haare auf den Häuptern der drei gottlosen Raufbolde sträubten – sondern, über Hugos Leiche stehend und an seinem Hals reißend, sahen sie etwas Entsetzliches: ein großes schwarzes Tier, der Gestalt nach ein Jagdhund, aber größer als jeder Jagdhund, den je ein menschliches Auge erblickt hat. Und während sie hinstarrten, riss das Tier Hugo Baskervilles Kehle auf, dann wandte es seine glühenden Augen und bluttriefenden Kiefer ihnen zu. Worauf die drei vor Angst aufbrüllten und in panischem Schrecken immer noch laut schreiend, über das Moor dahinjagten. Es heißt, dass einer der drei in derselben Nacht an diesem Schreck gestorben sei und die beiden anderen für den Rest ihres Lebens gebrochene Männer waren.

So, meine Söhne, geht die Sage von dem Erscheinen des

Hundes, der seither unsere Familie so unheimlich verfolgt. Wenn ich sie hier so niedergeschrieben habe, ist es, weil das, was man deutlich weiß, weniger schauerlich ist als das, wovon man nur munkelt und was man zu erraten sucht. Es kann auch nicht geleugnet werden, dass viele Mitglieder unserer Familie eines unnatürlichen, gewaltsamen und blutigen Todes gestorben sind. Immerhin mögen wir auf die unendliche Güte der Vorsehung bauen, welche doch nicht Unschuldige über das dritte und vierte Geschlecht hinaus, wie es in der Heiligen Schrift angedroht wird, bestrafen würde. Dieser Vorsehung, meine Söhne, empfehle ich euch hiermit und rate euch noch, das Moor in jenen dunklen Stunden, da die Kräfte des Bösen am Werke sind, nicht zu überschreiten.

Dies ist von Hugo Baskerville an seine Söhne Rodger und John mit der Mahnung, ihrer Schwester Elisabeth nichts davon zu sagen.«

Als Dr. Mortimer geendet hatte, schob er seine Brille auf die Stirn und blickte zu Sherlock Holmes hinüber. Dieser gähnte laut und warf den Stummel seiner Zigarette ins Feuer.

»Nun?«, sagte er.

»Finden Sie das nicht interessant?«

»Für einen Liebhaber von Märchen – ja.«

Dr. Mortimer zog ein zusammengefaltetes Zeitungsblatt aus seiner Tasche.

»Nun, Mr Holmes, werden wir Ihnen etwas Aktuelleres bieten. Dies ist der *Devon Country Chronicle* vom 14. Juni dieses Jahres. Es ist eine kurze Darstellung der Tatsachen, die anlässlich des wenige Tage vorher erfolgten Ablebens Sir Charles Baskervilles bekannt wurden.«

Mein Freund beugte sich etwas vor, und sein Gesicht nahm einen angespannten Ausdruck an. Unser Gast schob seine Brille zurecht und begann:

»Der kürzlich erfolgte plötzliche Tod Sir Charles Baskervilles, dessen Name als voraussichtlicher Kandidat der Liberalen Partei für Mid-Devon anlässlich der nächsten Wahlen genannt wurde, hat einen Schatten über die Grafschaft geworfen. Obzwar Sir Charles erst seit kurzer Zeit in *Baskerville Hall* residierte, haben seine Liebenswürdigkeit und außerordentliche Großherzigkeit die Liebe und Wertschätzung all jener gewonnen, die in näheren Kontakt zu ihm traten. In dieser Welt der Neureichen ist es erquickend, einen Fall zu finden, in dem der Abkömmling einer alten Familie, die schlechte Zeiten durchgemacht hat, imstande war, selbst ein Vermögen zu erwerben und es heimzubringen, um den verblassten Glanz seiner Ahnen wieder aufleben zu lassen. Sir Charles hat, wie bekannt ist, große Summen in südafrikanischen Spekulationen erworben. Weiser als jene, die nicht aufhören wollen, ehe sich das Glück von ihnen wendet, hat er seinen Gewinn realisiert und ist damit nach England zurückgekehrt. Es ist erst zwei Jahre her, dass er seinen Wohnsitz auf *Baskerville Hall* aufgeschlagen hat, aber es war allgemein bekannt, wie umfassend seine Pläne für Wiederaufbau und Verbesserungen waren, Pläne, die durch seinen plötzlichen Tod unterbrochen sind. Selbst kinderlos, war es sein ausgesprochener Wunsch, dass seine ganze Umgebung während seines Lebens an seinem Reichtum teilhaben möge, und sicher gibt es viele, die sein vorzeitiges Ableben aufs schmerzlichste trifft. Seine großmütigen Spenden für wohltätige Werke, sowohl in der Grafschaft als auch in seinem nächsten Umkreis, sind oftmals in diesen Spalten erwähnt worden. Die Umstände, unter welchen Sir Charles' Tod erfolgt ist, sind wohl durch die gerichtliche Untersuchung nicht ganz aufgeklärt worden, aber es ist wenigstens genug geschehen, um jene Gerüchte, die aus örtlichem Aberglauben entstanden sind, zum Schweigen zu bringen. Es ist absolut kein Grund vorhanden, ein Verbrechen zu vermuten oder Sir Charles' Tod einem anderen als einem natürlichen Grund zuzuschreiben. Sir Charles war Witwer und ein

Mann, von dem man sagen kann, dass er in manchen Dingen etwas eigen schien. Trotz seines großen Reichtums war er einfach in seiner Lebensführung, und seine Dienerschaft bestand nur aus einem Ehepaar namens Barrymore. Der Mann war Kammerdiener und die Frau Haushälterin. Nach ihren Angaben, die von vielen Freunden Sir Charles' bestätigt wurden, war seine Gesundheit seit einiger Zeit geschwächt. Vieles spricht für ein Herzleiden, das sich in Atemnot, wechselnder Gesichtsfarbe und akuten Anfällen nervöser Depression geäußert hat. Dr. James Mortimer, Freund und Arzt des Verstorbenen, hat im selben Sinne ausgesagt.

Die Tatsachen sind einfach. Sir Charles Baskerville pflegte abends vor dem Schlafengehen in der berühmten Eibenallee von *Baskerville Hall* auf und ab zu spazieren. Beide Barrymores bezeugen, dass dies seine Gewohnheit war. Am 4. Juni hatte Sir Charles die Absicht geäußert, am nächsten Morgen nach London zu fahren und Barrymore angewiesen, sein Gepäck vorzubereiten. Am selben Abend begab er sich auf seinen gewohnten Spaziergang, bei dem er eine Zigarre zu rauchen pflegte. Er kehrte nicht zurück. Als Barrymore um Mitternacht die Haustüre noch offen fand, wurde er ängstlich, zündete eine Laterne an und begab sich auf die Suche nach seinem Herrn. Es hatte geregnet, und Sir Charles' Fußspuren waren in der Allee leicht erkennbar. Auf halbem Weg befindet sich ein Tor, das auf das Moor hinausführt. Es war ersichtlich, dass Sir Charles kurze Zeit dort gestanden hatte. Dann war er weitergegangen. Seine Leiche wurde am Ende der Allee aufgefunden. Eine der unaufgeklärten Tatsachen ist Barrymores Behauptung, die Fußabdrücke seines Herrn hätten sich von dem Augenblick, als er das Tor verlassen hatte, verändert, und es scheine, er sei von da an auf den Zehenspitzen gegangen. Ein gewisser Murphy, Zigeuner und Pferdehändler, der um jene Zeit in nächster Nähe das Moor überquerte und zugab, dass er etwas angeheitert gewesen sei, sagt, dass er Schreie gehört habe, aber die genaue Richtung, aus der sie kamen, nicht feststellen konnte. An Sir Charles' Körper waren keinerlei Zeichen von Gewalt zu sehen, und – obwohl der Befund des Arztes von einer unwahrscheinlichen Verzerrung der Gesichtszüge spricht, die so stark war, dass Dr. Mortimer anfangs nicht glauben wollte, dass sein Freund und Patient vor ihm lag – scheint es sich um ein Symptom zu handeln, das in einem Falle von Herzlähmung nicht selten ist. Diese Erklärung wurde durch den Obduktionsbefund, der ein veraltetes Herzleiden feststellte, bestätigt, und der Leichenbeschauer stellte sein Attest in Übereinstimmung mit dem ärztlichen Zeugnis aus. Es ist gut, dass dem so war, denn es ist gewiss von großer Wichtigkeit, dass sich Sir Charles' Erbe in *Baskerville Hall* niederlässt und die guten Werke, die so jäh unterbrochen wurden, fortsetzt. Wenn das nüchterne Urteil des Leichenbeschauers nicht mit den abenteuerlichen Geschichten, die im Zusammenhang mit dieser Angelegenheit gemunkelt wurden, aufgeräumt hätte, wäre es sicher schwer gewesen, einen Bewohner für *Baskerville Hall* zu finden. Der nächste Anwärter wäre, falls er noch am Leben ist, Mr Henry Baskerville, der Sohn von Sir Charles' jüngerem Bruder. Als man zuletzt von ihm hörte, war der junge Mann in Amerika, und es ist bereits alles geschehen, um ihn von dem ihm zufallenden Erbe zu verständigen.«

Dr. Mortimer faltete die Zeitung zusammen und steckte sie wieder in die Tasche.

»Dies, Mr Holmes, sind die allgemein bekannten Tatsachen im Zusammenhang mit dem Tod von Sir Charles Baskerville.«

»Ich bin Ihnen sehr dankbar«, bemerkte Sherlock Holmes, »dass Sie mich auf einen Fall aufmerksam machen, der sicherlich viel Interessantes an sich hat. Ich habe zu jener Zeit einige Zeitungsberichte darüber gelesen, aber ich war damals mit dieser kleinen Angelegenheit der vatikanischen

Kameen sehr beschäftigt, und in meinem Bestreben, dem Papst gefällig zu sein, habe ich den Zusammenhang mit einigen interessanten Fällen in England verloren. Dieser Artikel, sagen Sie, enthält die allgemein bekannten Tatsachen?«

»So ist es.«

»Dann lassen Sie mich die unbekannten Tatsachen wissen.« Er lehnte sich zurück, legte die Fingerspitzen aneinander und nahm eine äußerst undurchdringliche und sachverständige Haltung an.

»Wenn ich das tue«, erklärte Dr. Mortimer, der sichtlich stark erregt war, »sage ich etwas, das ich noch niemandem anvertraut habe. Mein Beweggrund dafür, dass ich es dem Coroner vorenthalten habe, ist der, dass ein Mann der Wissenschaft davor zurückschreckt, in der Öffentlichkeit einem bestehenden Aberglauben das Wort zu reden. Auch meinte ich, dass, wie die Zeitung es sagt, *Baskerville Hall* nicht bewohnt werden würde, wenn sein ohnehin unheimlicher Ruf Bestätigung fände. Aus diesen beiden Gründen fühlte ich mich berechtigt, eher weniger zu sagen, als ich wusste, da etwas anderes auch keinen praktischen Sinn gehabt hätte. Aber Ihnen gegenüber kann ich vollkommen aufrichtig sein.

Das Moor ist sehr spärlich besiedelt, und die Menschen, die dort in der Nähe voneinander wohnen, halten natürlich zusammen. Daher sah ich Sir Charles Baskerville sehr viel. Mit Ausnahme von Mr Frankland auf *Lafter Hall* und Mr Stapleton, dem Naturforscher, gibt es im Umkreis von vielen Meilen keinen gebildeten Menschen. Sir Charles war von Natur aus zurückhaltend, aber seine Krankheit brachte uns einander näher, und ein gemeinsames Interesse für alles Wissenschaftliche vertiefte unsere Freundschaft. Er hatte aus Südafrika manches Neue auf naturwissenschaftlichem Gebiet mitgebracht, und wir haben viele angenehme Abende mit Diskussionen über die vergleichende Anatomie des Buschmannes und des Hottentotten verbracht.

Im Laufe der letzten Monate wurde mir klar, dass Sir

Charles' Nervensystem aufs äußerste angespannt war. Er hatte sich diese Legende, die ich Ihnen vorgelesen habe, sehr zu Herzen genommen, so sehr, dass, obschon er auf seinem eigenen Grund und Boden spazieren ging, ihn nichts dazu bringen konnte, in der Nacht auf das Moor zu gehen. So unwahrscheinlich es für Sie klingen mag, Mr Holmes, er war davon überzeugt, dass ein schreckliches Unheil über seiner Familie schwebe; und sicherlich waren die Geschichten, die er mir von seinen Vorfahren erzählte, nicht ermutigend. Er glaubte an die Existenz eines unheimlichen Spukes, und mehr als einmal fragte er mich, ob ich auf meinen nächtlichen ärztlichen Visiten nie ein sonderbares Wesen gesehen oder das Bellen eines Hundes gehört hätte. Letztere Frage stellte er mir öfter mit vor Erregung zitternder Stimme. Ich erinnere mich genau, wie ich, ungefähr drei Wochen vor dem Unglückstag, beim Schloss vorbeifuhr. Er stand zufällig im Tor. Ich war aus meinem Wagen ausgestiegen und stand ihm gegenüber, als ich plötzlich sah, wie seine Augen über mich hinwegstarrten, mit einem Ausdruck entsetzlichen Grauens. Ich drehte mich rasch um und sah gerade noch etwas, das mir wie ein großes schwarzes Kalb vorkam, am Ende der Zufahrt vorübereilen. Er war so aufgeregt und geängstigt, dass ich zu der Stelle zurückging, wo ich das Tier zu sehen geglaubt hatte, und es suchte. Es war verschwunden, aber der Zwischenfall hatte einen entsetzlichen Eindruck auf ihn gemacht. Ich blieb den ganzen Abend bei ihm, und bei dieser Gelegenheit war es, dass er mir, um seine Erregung zu erklären, das Dokument übergab, das ich Ihnen soeben vorgelesen habe. Ich erwähne diese Begebenheit, weil sie in Anbetracht der nachfolgenden Tragödie an Wichtigkeit gewinnt. Aber damals war ich davon überzeugt, dass die Sache ganz harmlos sei und seine Aufregung darüber vollkommen unberechtigt.

Auf meinen Rat sollte Sir Charles nach London gehen. Ich wusste, dass sein Herz angegriffen war. Die stete Angst, in der er lebte, so hirnverbrannt auch deren Ursache sein mochte, schädigte seine Gesundheit ernstlich. Ich hoffte, dass einige Monate in einer Stadt, die viel Zerstreuung bot, einen anderen Menschen aus ihm machen würden. Mr Stapleton, ein gemeinsamer Freund, der sich große Sorgen um ihn machte, war derselben Meinung. Im letzten Augenblick kam es dann zu dieser entsetzlichen Katastrophe. An dem Abend von Sir Charles' Tod schickte Barrymore den Reitknecht Perkins zu Pferde zu mir. Da ich noch wach war, konnte ich *Baskerville Hall* eine Stunde nach dem Unglück erreichen. Ich nahm alle Einzelheiten auf, die bei der Untersuchung erwähnt wurden. Ich verfolgte die Fußspuren die Eibenallee entlang, ich sah die Stelle neben dem Tor mit Blick auf das Moor, wo er anscheinend gewartet hatte; ich bemerkte die Veränderung der Fußabdrücke von dort an, ich sah, dass es außer den seinen keine anderen Fußspuren gab, und schließlich untersuchte ich sorgfältig die Leiche, die bis zu meiner Ankunft nicht berührt worden war. Sir Charles lag mit ausgebreiteten Armen auf dem Gesicht – seine Finger waren in den Boden gekrallt, seine Züge so verzerrt, dass ich seine Identität kaum hätte beschwören können. Aber eine der Angaben, die Barrymore bei der Untersuchung gemacht hat, ist falsch. Er sagte, es seien um die Leiche herum keinerlei Spuren auf dem Boden gewesen. Er hatte keine gesehen. Aber ich. Sie waren wohl etwas weiter entfernt, aber frisch und deutlich sichtbar.«

»Fußspuren?«

»Fußspuren.«

»Von einem Mann oder von einer Frau?«

Dr. Mortimer blickte uns einen Augenblick lang sonderbar an, und seine Stimme wurde beinahe ein Flüstern, als er antwortete:

»Mr Holmes, es waren die Fußspuren eines überlebensgroßen Hundes.«

3

Ich gebe zu, dass mir beim Anhören dieser Worte ein Schauer über den Rücken lief. Die bebende Stimme des Arztes bewies, wie sehr er selbst von dem, was er uns erzählt hatte, erschüttert war. Holmes beugte sich erregt vor, und seine Augen bekamen den harten, hellen Glanz, der aus ihnen sprühte, sobald eine Angelegenheit sein intensives Interesse erweckte. »Sie sahen die Spuren wirklich?«

»So klar wie ich Sie jetzt sehe.«

»Und Sie sagten nichts?«

»Was hätte es für einen Sinn gehabt?«

»Wieso kam es, dass niemand anderer sie bemerkte?«

»Die Spuren waren etwa fünfzehn Meter von der Leiche entfernt, und niemand kümmerte sich darum. Ich glaube nicht, dass es mir aufgefallen wäre, hätte ich nicht die Legende gekannt.«

»Es gibt doch viele Schäferhunde auf dem Moor?«

»Gewiss, aber das war kein Schäferhund.«

»Sie sagen, er war groß?«

»Überlebensgroß.«

»Aber er hatte sich der Leiche nicht genähert?«

»Nein.«

»Wie war denn die Nacht?«

»Kalt und feucht.«

»Es regnete aber nicht?«

»Nein.«

»Wie sieht diese Allee aus?«

»Sie besteht aus zwei Reihen alter Eibenhecken, die zwölf Fuß hoch und undurchdringlich dicht sind. Der Weg ist ungefähr acht Fuß breit.«

»Ist irgendetwas zwischen Hecke und Weg?«

»Ja. Auf jeder Seite ein Streifen Rasen, etwa sechs Fuß breit.«

»Die Eibenhecke ist an einer Stelle durch ein Tor unterbrochen?«

»Ja. Das Gittertor, das auf das Moor hinausführt.«

»Gibt es eine andere Öffnung?«

»Keine.«

»So dass man, um die Eibenallee zu erreichen, entweder aus dem Hause kommen oder sie durch das Moor betreten muss?«

»Es gibt einen Ausgang durch ein Sommerhäuschen am Ende der Allee.«

»Hatte Sir Charles diesen Ausgang erreicht?«

»Nein, seine Leiche lag etwa dreißig Meter davon entfernt.«

»Nun sagen Sie mir, Dr. Mortimer – und das ist sehr wichtig, die Spuren, die Sie sahen, waren auf dem Weg und nicht auf dem Rasen?«

»Auf dem Rasen wären Spuren nicht sichtbar gewesen.«

»Waren sie auf der Seite des Weges, an der sich die Pforte befindet?«

»Ja, sie waren am Rande des Weges, auf derselben Seite wie die Pforte.«

»Außerordentlich interessant. Nun etwas anderes. War das Gittertor verschlossen?«

»Geschlossen und verriegelt.«

»Wie hoch ist es?«

»Etwa vier Fuß hoch.«

»Dann konnte man es leicht überklettern?«

»Ja.«

»Und was für Spuren fanden Sie bei dem Tor?«

»Keine besonderen.«

»Guter Gott! Hat das niemand untersucht?«

»Doch. Ich selbst.«

»Und fanden nichts?«

»Es war alles sehr verwischt. Sir Charles hatte anscheinend vier bis fünf Minuten dort gestanden.«

»Woraus schließen Sie das?«

»Weil zweimal Asche von seiner Zigarre heruntergefallen war.«

»Ausgezeichnet. Watson, da haben wir einen Kollegen nach unserem Geschmack! Aber die Spuren?«

»Er hatte seine eigenen Spuren überall auf diesem kleinen Fleck Erde hinterlassen – ich konnte keine anderen entdecken.«

Sherlock Holmes schlug sich mit einer ungeduldigen Bewegung aufs Knie.

»Wenn ich doch nur dort gewesen wäre!«, rief er. »Es ist sicherlich ein außerordentlich interessanter Fall, der einem wissenschaftlichen Experten ein weites Untersuchungsfeld eröffnet. Dieses Stück Boden, aus dem ich so viel hätte herauslesen können, ist nun seit langem vom Regen verwischt und von den Absätzen neugieriger Bauern zerstampft. Oh, Dr. Mortimer, Dr. Mortimer, warum haben Sie mich nicht eher gerufen! Sie tragen eine große Verantwortung.«

»Ich konnte Sie nicht zuziehen, Mr Holmes, ohne diese Tatsachen bekannt zu geben, und ich habe Ihnen bereits meine Gründe, weshalb ich das nicht tun wollte, dargelegt. Und dann – und dann . . .«

»Warum zögern Sie?«

»Es gibt ein Reich, in dem der scharfsinnigste und erfahrenste Detektiv machtlos ist.«

»Sie meinen, diese Sache sei übernatürlich?«

»Das habe ich nicht gesagt.«

»Nein, aber offensichtlich denken Sie es.«

»Mr Holmes, seit dieser Tragödie sind mir einige Dinge zu Ohren gekommen, die sich schwer mit dem natürlichen Gang der Ereignisse in Einklang bringen lassen.«

»Zum Beispiel?«

»Ich hörte, dass, ehe das Unglück geschah, einige Leute auf dem Moor ein Wesen gesehen haben wollen, dessen Beschreibung auf das Baskerville- Ungeheuer passt und das unmöglich ein der Wissenschaft bekanntes Tier sein kann. Alle sind sich darüber einig, dass es ein Riesentier war, phosphoreszierend, gespenstisch und grauenhaft. Ich habe diese Männer, von denen der eine ein dickschädliger Bauer, der andere ein Hufschmied und der dritte ein Moorlandbauer ist, ins Kreuzverhör genommen, und sie alle erzählen von dieser furchtbaren Erscheinung, die genau auf die Beschreibung des Höllenhundes in der Legende passt. Ich versichere Ihnen, dass der ganze Distrikt in furchtbarer Aufregung lebt, und dass es schon ein besonders tapferer Mann sein müsste, der nachts über das Moor gehen würde.«

»Und Sie, ein versierter Wissenschaftler, glauben an das Übernatürliche der Geschichte?«

»Ich weiß nicht, was ich glauben soll.«

Holmes zuckte die Achseln: »Ich habe bis jetzt meine Nachforschungen nur auf diese Welt beschränkt. Mit meinen bescheidenen Mitteln habe ich das Böse bekämpft, aber den Vater alles Bösen selbst herauszufordern ist vielleicht ein zu ehrgeiziges Unternehmen. Immerhin müssen Sie zugeben, dass die Fußspuren irdisch waren.«

»Der Hund der Legende war irdisch genug, die Gurgel eines Mannes durchzubeißen – trotzdem war er ebenfalls teuflisch.«

»Ich sehe, dass Sie vorbehaltlos ins Lager des Übernatürlichen hinübergewechselt sind. Aber nun, Dr. Mortimer, sagen Sie mir etwas. Warum, wenn Sie dieser Ansicht sind, fragen Sie mich um meinen Rat? Sie sagen mir im selben Atemzug, dass es unnötig sei, die Umstände von Sir Charles' Tod weiter zu erforschen, und bitten mich gleichzeitig, es zu tun.«

»Ich sagte nicht, dass ich Sie darum bitte.«

»Worin also soll ich Ihnen behilflich sein?«

»Indem Sie mir raten, was ich mit Sir Henry Baskerville tun soll, der –« Dr. Mortimer blickte auf seine Uhr – »in genau ein und einer Viertelstunde auf dem Waterloo-Bahnhof ankommt.«

»Er ist der Erbe?«

»Ja. Nach dem Tode Sir Charles' forschten wir nach diesem jungen Mann und fanden heraus, dass er sich in Kanada mit Landwirtschaft beschäftigte. Nach allem, was wir hörten, ist er in jeder Beziehung ein prächtiger Mensch. Ich spreche jetzt nicht als Arzt, sondern als Vertrauensmann von Sir Charles und als sein Testamentsvollstrecker.«

»Ich nehme an, dass es keinen anderen Anwärter gibt?«

»Keinen. Der einzige andere Blutsverwandte, den wir ermitteln konnten, war Roger Baskerville, der jüngste der drei Brüder, deren ältester der arme Sir Charles war. Der zweite Bruder, der in jungen Jahren starb, war der Vater von Sir Henry. Der dritte, Roger, war das schwarze Schaf der Familie. Er war die Verkörperung der alten, herrischen Art der Baskervilles und wie mir gesagt wurde, das leibhaftige Ebenbild des alten Hugo. Der Boden in England wurde ihm zu heiß, und er floh nach Zentralamerika, wo er 1876 am gelben Fieber starb. Henry ist der letzte der Baskervilles. In einer Stunde und fünf Minuten hole ich ihn am Bahnhof ab. Ich bekam ein Telegramm, dass er heute Früh in Southampton ankommen würde. Nun, Mr Holmes, was raten Sie mir? Was soll ich mit ihm anfangen?«

»Warum sollte er sich nicht auf das Schloss seiner Ahnen begeben?«

»Das wäre das Natürlichste, nicht wahr? Bedenken Sie aber, dass jeder Baskerville, der dorthin geht, einem tückischen Schicksal zum Opfer fällt. Ich bin sicher, dass Sir Charles, hätte er vor seinem Ende mit mir sprechen können, mich davor gewarnt hätte, den letzten seines Geschlechts und den Erben eines großen Vermögens an diesen verfluchten Ort zu bringen. Und doch kann nicht geleugnet werden, dass der Wohlstand dieses ganzen armen, öden Landstriches von seiner Gegenwart abhängt. All die guten Werke, die Sir Charles begonnen hat, werden zu Grunde gehen, wenn *Baskerville Hall* unbewohnt bleibt. Ich fürchte eben, dass ich von meinem persönlichen, begreiflichen Interesse an dieser Angelegenheit zu sehr beeinflusst bin. Und das ist der Grund, warum ich Ihnen diesen Fall vorlege und um Ihre Meinung bitte.«

Holmes dachte eine Weile nach.

»Nüchtern beurteilt, liegt der Fall so«, begann er, »dass, Ihrer Meinung nach, durch teuflische Machenschaften Dartmoor zu einem ungesunden Aufenthalt für einen Baskerville wird. – Ist das Ihre Ansicht?«

»Ich möchte jedenfalls sagen, dass es beinahe danach aussieht.«

»Aber sicherlich kann dem jungen Mann in London genauso viel Böses zustoßen, wie in Devonshire, wenn Ihre Theorie des Übernatürlichen richtig ist. Ein Teufel, der ein nur örtlich begrenztes Tätigkeitsfeld hätte, wie zum Beispiel ein Pfarramt, wäre ein Ding der Unmöglichkeit.«

»Sie sprechen leichtfertiger über diese Dinge, Mr Holmes, als Sie es täten, wenn Sie in persönlichem Kontakt mit ihnen ständen. Ihrer Meinung nach, wenn ich recht verstehe, ist der junge Mann ebenso sicher in Devonshire wie in London. Er kommt in fünfzig Minuten an. Was raten Sie mir zu tun?«

»Ich rate Ihnen, einen Wagen zu nehmen, Ihren Spaniel, der an meiner Türe kratzt, zu sich zu rufen und zum Waterloo-Bahnhof zu fahren, um Sir Henry Baskerville zu empfangen.«

»Und dann?«

»Und dann werden Sie ihm nichts sagen, ehe ich mir die Angelegenheit gründlich überlegt habe.«

»Wie lange wird es dauern, bis Sie zu einem Resultat gekommen sind?«

»Vierundzwanzig Stunden. Ich würde mich sehr freuen, Dr. Mortimer, wenn Sie mich morgen früh um zehn Uhr besuchen, und es wird von Nutzen für meine künftigen

Entschlüsse sein, wenn Sie Sir Henry Baskerville mitbringen.«

»Das werde ich tun, Mr Holmes.«

Er notierte die Zeit des Rendezvous und eilte in derselben sonderbaren, abwesenden, suchenden Art davon, wie er gekommen war. Holmes hielt ihn an der Türe zurück.

»Noch eine Frage, Dr. Mortimer. Sie sagen, dass vor Sir Charles' Tod mehrere Leute diese Erscheinung auf dem Moor sahen?«

»Es waren drei.«

»Hat irgendjemand nachher noch etwas gesehen?«

»Ich habe nichts davon gehört.«

»Danke. Guten Morgen.«

Holmes kehrte an seinen Platz zurück mit jenem Ausdruck innerer Befriedigung, der bedeutete, dass er sich vor einer Aufgabe befand, die ihm zusagte.

»Gehen Sie aus, Watson?«

»Nur wenn Sie mich nicht brauchen.«

»Nein, mein lieber Freund, die Stunde des Handelns ist es, in der ich Ihre Hilfe brauche. Aber dies hier ist großartig, wirklich einzigartig, von mancherlei Gesichtspunkten aus. Wenn Sie bei Bradley vorübergehen, sagen Sie ihm bitte, er möge mir ein Pfund stärksten Krülltabaks heraufschicken. Danke. Es wäre auch sehr gut, wenn Sie erst abends zurückkommen könnten. Ich werde mich dann sehr freuen, mit Ihnen die Eindrücke über das höchst interessante Problem, das man uns heute Morgen vorgelegt hat, auszutauschen.«

Ich wusste, dass Abgeschlossenheit und Einsamkeit für meinen Freund sehr notwendig waren in jenen Stunden ungeheurer geistiger Anspannung, in welchen er jedes kleinste Beweisteilchen abwog, vielfältige Theorien aufbaute, sie miteinander verglich und sich darüber schlüssig wurde, welche Punkte ausschlaggebend und welche unwichtig waren. Ich verbrachte daher den Tag in meinem Klub und kehrte erst abends in die Baker Street zurück. Es war beinahe neun Uhr, als ich mich wieder im Wohnzimmer befand.

Mein erster Eindruck, als ich die Türe öffnete, war der, dass Feuer ausgebrochen sein musste, denn das Zimmer war derart von Rauch erfüllt, dass die Lampe auf dem Tisch nur verschwommen sichtbar war. Als ich jedoch eintrat, war ich beruhigt; denn es war nur der Rauch des starken Tabaks, der mich im Hals kitzelte und mir heftigen Hustenreiz verursachte. Durch den Rauch hindurch sah ich undeutlich Holmes im Schlafrock auf einem Fauteuil zusammengekauert, die schwarze Tonpfeife zwischen den Lippen. Um ihn herum lagen einige Rollen Papier.

»Haben Sie sich erkältet, Watson?«, fragte er.

»Nein, es ist nur diese verpestete Luft!«

»Jetzt, wo Sie davon sprechen, gebe ich zu, dass sie vielleicht sehr dick ist.«

»Dick? Unerträglich!«

»Dann öffnen Sie doch das Fenster! Sie haben, wie ich sehe, den ganzen Tag in Ihrem Klub verbracht.«

»Mein lieber Holmes!«

»Habe ich Recht?«

»Gewiss, aber wie . . .?«

Er lachte über meinen bestürzten Ausdruck.

»Sie haben eine natürliche Frische, Watson, die es zu einem reinen Vergnügen macht, meine schwachen Kräfte auf Ihre Kosten zu betätigen. Jemand geht an einem regnerischen Tage aus. Er kehrt abends tadellos sauber zurück, der Glanz seines Hutes und seiner Schuhe ist unberührt. Er ist daher den ganzen Tag stillgesessen. Er hat keine intimen Freunde. Wo also kann er sich aufgehalten haben? Das ist doch offensichtlich.«

»Nun, es ist wahrscheinlich.«

»Die Welt ist erfüllt von wahrscheinlichen Dingen, die zufällig von niemandem bemerkt werden. Wo, glauben Sie, bin ich gewesen?«

»Sie sind auch stillgesessen.«

»Im Gegenteil, ich war in Devonshire.«

»Im Geist?«

»Genau so. Mein Körper ist in diesem Fauteuil geblieben und hat – ich sehe es mit Bedauern – in meiner Abwesenheit zwei große Kannen Kaffee und eine unwahrscheinliche Menge Tabak konsumiert. Nach Ihrem Fortgang schickte ich zu Stanford um eine Generalstabskarte über diesen Teil des Moors, und mein Geist hat den ganzen Tag darüber geschwebt. Ich schmeichle mir, dass ich leicht meinen Weg dort finden würde.«

»Wohl eine stark vergrößerte Generalstabskarte, nehme ich an?«

»Sehr stark vergrößert.«

Er rollte einen Teil der Karte auf und hielt sie auf seinen Knien fest. »Hier sehen Sie den speziellen Distrikt, der uns angeht. Das in der Mitte ist *Baskerville Hall.*«

»Von einem Wald umgeben?«

»Ja. Ich nehme an, dass die Eibenallee, wenn auch nicht mit Namen eingetragen, sich dieser Linie entlang zieht. Das Moor, wie Sie sehen, liegt rechts davon. Diese kleine Ansammlung von Häusern ist der Weiler Grimpen, wo Dr. Mortimer wohnt. Im Umkreis von fünf Meilen gibt es, wie Sie sehen, nur wenig Häuser. Hier ist *Lafter Hall,* das erwähnt wurde. Dort ist ein Haus, welches wohl dem Naturforscher Stapleton – wenn ich mich recht erinnere – gehört. Hier sind zwei Moorbauernhäuser *High Tor und Foulmere.* Vierzehn Meilen weiter liegt das große Gefängnis von Dartmoor. Um diese vereinzelten Gebäude dehnt sich das öde, unwegsame Moor. Dies also ist der Schauplatz, auf dem sich die Tragödie abgespielt hat und mit unserer Hilfe vielleicht wieder abwickeln wird.«

»Es muss eine wilde, einsame Gegend sein.«

»Ja, sie ist sehr geeignet, wenn der Teufel es wirklich

wünschte, sich in menschliche Angelegenheiten einzumischen ...«

»Sie sind also auch geneigt, an eine übernatürliche Erklärung zu glauben?«

»Die Werkzeuge des Teufels können auch aus Fleisch und Blut sein, nicht wahr? Zwei Fragen sind es, die uns an unserem Ausgangspunkt beschäftigen müssen. Die eine: Ob überhaupt ein Verbrechen begangen worden ist; die andere: Wie wurde es ausgeführt und wer war der Verbrecher? Natürlich, wenn Dr. Mortimers Vermutungen richtig sind und wir mit Kräften außerhalb der üblichen Naturgesetze zu rechnen haben, enden unsere Nachforschungen im Nichts; aber wir müssen alle anderen Möglichkeiten ins Auge fassen, ehe wir auf diese zurückgreifen. Wenn es Ihnen nichts ausmacht, schließen wir das Fenster. Es ist sonderbar, aber ich fühle, dass eine konzentrierte Atmosphäre der konzentrierten Gedankenarbeit günstig ist. Ich bin noch nicht so weit gekommen, mich in eine Schachtel zu setzen, um nachzudenken, aber dies wäre das logische Resultat meiner Überzeugung. Haben Sie sich die Sache durch den Kopf gehen lassen?«

»Ja. Ich habe im Laufe des Tages viel über den Fall nachgedacht.«

»Was halten Sie davon?«

»Er ist sehr verworren.«

»Jedenfalls hat er einen besonderen Charakter. Es sind auffallende Punkte dabei. Die Änderung in den Fußspuren zum Beispiel. Was denken Sie darüber?«

»Mortimer sagt, der Mann sei auf den Fußspitzen weitergegangen.«

»Er hat nur wiederholt, was irgendein Trottel bei der gerichtlichen Untersuchung gesagt hat. Warum sollte ein Mann die Allee hinunter auf Fußspitzen gehen?«

»Was also dann?«

»Er lief, Watson, er lief davon, voller Verzweiflung, er lief um sein Leben, bis sein Herz nachgab und er tot auf das Gesicht fiel.«

»Er lief davon – wovor?«

»Darin liegt das Problem. Anzeichen sprechen dafür, dass der Mann schon wahnsinnig vor Angst war, ehe er zu laufen begann.«

»Woraus schließen Sie das?«

»Ich nehme an, dass die Ursache seiner Angst über das Moor zu ihm kam. Wenn dem so war – und es ist sehr wahrscheinlich –, würde ein Mensch nur wenn er seine Geistesgegenwart völlig verliert, von seinem Hause weg und nicht dem Hause zu laufen. Wenn die Aussage des Zigeuners ernst genommen werden kann, lief Sir Charles um Hilfe schreiend in eine Richtung, aus der keinerlei Hilfe zu erwarten war. Ferner – wen erwartete er in dieser Nacht und warum erwartete er ihn in der Eibenallee und nicht in seinem Haus?«

»Sie glauben also, dass er jemand erwartete?«

»Der Mann war ältlich und kränklich. Wir können verstehen, dass er abends einen Spaziergang machte, aber der Boden war feucht und die Nacht unwirtlich. Ist es natürlich, dass er fünf bis sechs Minuten lang stehen blieb, wie Dr. Mortimer mit mehr Verstand als ich ihm zugetraut hatte, aus der Zigarrenasche schloss?«

»Er ging aber doch jeden Abend aus?«

»Ich halte es für unwahrscheinlich, dass er jeden Abend bei der Moorpforte gewartet hat. Im Gegenteil. Es scheint ja, dass er das Moor mied. Es war der Abend, ehe er nach London reisen sollte. Die Sache beginnt Form anzunehmen, Watson. Ich sehe Zusammenhänge. Darf ich Sie bitten, mir meine Violine zu reichen? Wir werden alle Gedanken an diese Angelegenheit von uns schieben, bis wir das Glück haben, Dr. Mortimer und Sir Henry Baskerville morgen früh um 10 Uhr zu sehen.«

4

Der Frühstückstisch wurde rasch abgeräumt, und Holmes wartete im Schlafrock auf die versprochene Unterredung. Unsere Klienten waren pünktlich; es schlug gerade zehn Uhr, als Dr. Mortimer, gefolgt von dem jungen Baronet, hereingeführt wurde. Letzterer war ein kleiner, aufgeweckter, dunkeläugiger Mann mit dichten, schwarzen Augenbrauen und einem kampflustigen Gesichtsausdruck. Er trug einen rötlichen Tweed-Anzug und sah aus wie jemand, der die meiste Zeit im Freien verbringt. Trotzdem lag etwas in seinem geraden Blick und der ruhigen Sicherheit seines Auftretens, das ihm das Air eines Gentleman verlieh.

»Dies ist Sir Henry Baskerville«, stellte Dr. Mortimer vor.

»Jawohl«, sagte dieser. »Und das Merkwürdige ist, Mr Holmes, dass, wenn mein Freund hier den Besuch bei Ihnen nicht vorgeschlagen hätte, ich von selbst gekommen wäre. Ich höre, dass Sie Rätsel lösen, und mir ist heute früh eines begegnet, das mehr Kopfzerbrechen macht, als ich aufbringen kann.«

»Bitte, Sir Henry, nehmen Sie Platz. Wenn ich recht verstehe, haben Sie seit Ihrer Ankunft in London bereits ein merkwürdiges Erlebnis gehabt?«

»Nichts von großer Wichtigkeit, Mr Holmes. Nur etwas, das ebenso gut ein Scherz sein könnte. Diesen Brief – wenn man das einen Brief nennen kann – erhielt ich heute Morgen.«

Er legte einen Umschlag auf den Tisch, und wir traten näher, um ihn zu betrachten. Er war aus gewöhnlichem grauem Papier. Die Adresse: »Sir Henry Baskerville, *Northumberland Hotel*«, war in ungelenker Blockschrift geschrieben; der Poststempel stammte von Charing Cross und war vom vergangenen Abend datiert.

»Wer konnte wissen, dass Sie im *Northumberland Hotel* absteigen würden?«, fragte Holmes und sah seinen Besucher scharf an.

»Niemand. Wir beschlossen es erst, nachdem ich Dr. Mortimer getroffen hatte.«

»Aber Dr. Mortimer hatte wohl bereits dort gewohnt?«

»Nein, ich wohne bei einem Freund«, sagte der Doktor. »Es gab gar keinen Hinweis darauf, dass wir in dieses Hotel gehen würden.«

»Mhm – jemand scheint sich ungemein für Ihr Tun und Lassen zu interessieren.«

Holmes entnahm dem Umschlag einen halben Briefbogen, der vierfach zusammengefaltet war. Er öffnete ihn und legte ihn flach auf den Tisch. Quer durch dessen Mitte waren gedruckte Worte aufgeklebt, welche einen Satz bildeten. Er lautete: »Wenn Sie Wert auf Ihr Leben und Ihren Verstand legen, müssen Sie dem Moor fernbleiben.« Das Wort »Moor« war mit Tinte ausgeschrieben.

»Nun«, fragte Sir Henry Baskerville, »vielleicht können Sie mir sagen, Mr Holmes, was, zum Donnerwetter, das bedeutet, und wer es sein kann, der sich so für meine Angelegenheiten interessiert?«

»Was denken Sie darüber, Dr. Mortimer? Sie müssen zugeben, dass es sich wenigstens in diesem Fall nicht um etwas Übernatürliches handelt!«

»Gewiss, Mr Holmes. Aber es könnte von jemandem stammen, der der Überzeugung ist, dass es sich um eine übernatürliche Sache handelt.«

»Um was für eine Sache?«, fragte Sir Henry scharf. »Mir scheint, dass die Herren alle viel mehr von meinen eigenen Angelegenheiten wissen als ich selbst.«

»Sie werden so viel wissen wie wir, ehe Sie dieses Zimmer verlassen, das verspreche ich Ihnen, Sir Henry«, sagte Sherlock Holmes. »Wir werden uns aber mit Ihrer Erlaubnis jetzt mit diesem sehr interessanten Dokument beschäftigen, das wahrscheinlich gestern Abend zusammengestellt und zur

Post gebracht wurde. Haben Sie noch die gestrige *Times*, Watson?«

»Hier ist sie.«

»Darf ich Sie bitten – die innere Seite mit dem Leitartikel.« Er überlas schnell die Seite, blickte die Spalten auf und ab. »Da ist ein sehr interessanter Artikel über Freihandel. Erlauben Sie mir, Ihnen einen kurzen Auszug daraus vorzulesen: ›Sie mögen überredet werden, zu glauben, dass Ihre speziellen Industrien oder Ihr spezieller Handel durch einen Schutztarif gefördert werden können, doch sagt einem der gesunde Menschenverstand, dass durch eine solche Handhabung im Laufe der Zeit der Reichtum von unserem Lande fernbleiben, der Wert unserer Importe vermindert und die allgemeinen Lebensbedingungen auf dieser Insel herabgedrückt werden.‹ Was sagen Sie dazu, Watson?«, rief Holmes in heller Freude, sich befriedigt die Hände reibend, »finden Sie nicht, dass das eine sehr anerkennenswerte Äußerung ist?«

Dr. Mortimer blickte auf Holmes mit sichtlichem Berufsinteresse, und Sir Henry wandte sich mit einem fragenden Blick mir zu.

»Ich verstehe nicht viel von Tarifen und solchen Dingen«, bemerkte er, »aber mir scheint, dass wir etwas vom Thema abkommen, was diesen Brief hier anbelangt.«

»Im Gegenteil, ich glaube, wir sind auf frischer Fährte, Sir Henry. Watson hier kennt meine Methoden besser als Sie, aber ich fürchte, dass sogar er die Wichtigkeit dieses Satzes nicht ganz erfasst hat.«

»Nein, ich gebe zu, dass ich da keinerlei Zusammenhang sehe.«

»Und doch, mein lieber Watson, ist der Zusammenhang ein so enger, dass das eine aus dem anderen entstanden ist. ›Sie‹, ›Ihr‹, ›Leben‹, ›Verstand‹, ›Wert‹ ›fernbleiben‹. Sehen Sie nun, woher diese Worte stammen?«

»Zum Donnerwetter, Sie haben Recht. Das ist ja großartig!«, rief Sir Henry.

»Wenn auch nur der geringste Zweifel bestände, wäre er widerlegt durch das Faktum, dass ›fernbleiben‹ in einem Stück ausgeschnitten ist und ›Verstand‹ mit einem kleinen v beginnt.«

»Ja, wirklich, das stimmt!«

»Nun, Mr Holmes, das übertrifft alle meine Erwartungen!« Dr. Mortimer betrachtete meinen Freund voll Verblüffung. »Ich könnte verstehen, dass man sagt, die Worte seien aus einer Zeitung ausgeschnitten, aber dass Sie herausfanden, aus welcher, und auch, dass die Worte von dem Leitartikel stammen, das ist wirklich eine der hervorragendsten Leistungen, die ich je gesehen habe. Wie haben Sie das gemacht?«

»Ich nehme an, Doktor, dass Sie den Schädel eines Negers von dem eines Eskimos unterscheiden könnten?«

»Ganz gewiss.«

»Wieso?«

»Weil das mein spezielles Fachgebiet ist. Die Unterschiede sind augenfällig. Der Gesichtswinkel, der Jochbogen, die Kieferbildung, die ...«

»Und dies hier ist mein spezielles Fachgebiet. Und die Unterschiede sind genauso augenfällig. Für mich besteht genau derselbe Unterschied zwischen dem exakten, behäbigen Druck eines Artikels der *Times* und dem nachlässigen Druck einer billigen Abendausgabe, wie zwischen Ihrem Neger und Ihrem Eskimo. Das Enträtseln von Typen und deren Auseinanderhalten ist einer der wichtigsten Zweige der Wissenschaft des Kriminalisten, obzwar ich zugeben muss, dass ich in meiner frühesten Jugend den *Leeds Mercury* mit den *Western Morning News* verwechselt habe. Aber ein Leitartikel der *Times* ist absolut unverkennbar, und diese Worte konnten nicht anderswoher stammen. Da der Wisch von gestern datiert, war sicher anzunehmen, dass wir die Worte in der gestrigen Zeitung finden würden.«

»Soweit ich Ihnen folgen kann, Mr Holmes«, meinte Sir

Henry, »hat jemand diese Mitteilung mit einer Schere herausgeschnitten . . .«

»Mit einer Nagelschere«, nickte Holmes. »Sie können sehen, dass es sich um eine sehr kurze Schere handelt, da zwei Schnitte für ›fernbleiben‹ nötig waren.«

»Richtig. Jemand hat also diese Worte mit einer Nagelschere ausgeschnitten, sie mit Kleister . . .«

»Mit Gummi«, unterbrach Holmes.

»Mit Gummi also auf das Papier geklebt. Aber ich möchte wissen, warum das Wort ›Moor‹ mit Tinte geschrieben ist.«

»Weil es eben gedruckt nicht zu finden war. Die anderen Worte waren alle sehr einfach und konnten jedem Artikel entnommen werden. Aber das Wort ›Moor‹ kommt selten vor.«

»Ja, natürlich, das lässt sich denken. Haben Sie noch etwas anderes aus diesem Brief herausgelesen, Mr Holmes?«

»Es gibt wohl ein paar Hinweise, obwohl man sich die größte Mühe genommen hat, etwaige Anhaltspunkte zu verwischen. Sie werden bemerken, dass die Adresse in grober Blockschrift geschrieben ist. Aber die *Times* ist eine Zeitung, die meist nur von gebildeten Kreisen gelesen wird. Wir können daher annehmen, dass der Brief von einem gebildeten Menschen, der ungebildet scheinen wollte, stammt. Und die Bemühung, seine Schrift zu verstellen, lässt darauf schließen, dass seine Schrift Ihnen bekannt ist oder bekannt werden könnte. Auch können Sie beobachten, dass die Worte nicht in einer ganz geraden Linie aufgeklebt sind. ›Leben‹ zum Beispiel ist ganz außer der Reihe. Das kann auf Unachtsamkeit hinweisen oder auf Aufregung und Eile des Verfassers. Im Großen und Ganzen neige ich zu letzterer Ansicht, da die Sache anscheinend wichtig war und es unwahrscheinlich ist, dass der Verfasser dieses Briefes unachtsam gewesen wäre. War er in Eile, so entsteht die interessante Frage, warum; da jeder Brief, auch wenn er erst in aller Frühe desselben Tages aufgegeben würde, Sir Henry erreicht hätte, ehe er das Hotel verließ. Fürchtete der Verfasser eine Unterbrechung – und durch wen?«

»Nun kommen wir in den Bereich des bloßen Ratens«, warf Dr. Mortimer ein.

»Sagen Sie lieber, in den Bereich, wo wir Wahrscheinlichkeiten gegeneinander abwägen und die geeignetsten wählen. Es ist die wissenschaftliche Ausnützung der Vorstellungskraft, aber wir haben doch immerhin eine wirkliche Basis, von der wir unsere Vermutungen ausgehen lassen können. Sie würden es wahrscheinlich eine Vermutung nennen, aber ich bin dessen beinahe sicher, dass diese Adresse in einem Hotel geschrieben worden ist.«

»Wie, in aller Welt, können Sie das behaupten?«

»Wenn Sie die Adresse genau betrachten, so werden Sie finden, dass sowohl Tinte als auch Feder dem Schreiber ungewohnt waren. Die Feder hat zweimal in demselben Wort gespritzt und dreimal in der kurzen Adresse versagt, ein Beweis, dass sehr wenig Tinte im Tintenfass war. Nun ist eine eigene Feder oder ein eigenes Tintenfass selten in einem so vernachlässigten Zustand, und beides zugleich ist ein großer Zufall. Aber Sie kennen Hoteltinte und Hotelfedern – sie sind kaum je anders. Ja, ich zögere nicht einmal, Folgendes zu behaupten: Würden wir die Papierkörbe der Hotels um Charing Cross herum durchsuchen, so könnten wir die Reste der zerschnittenen Times finden und sofort die Person des Täters feststellen. Hallo – was ist das?«

Er untersuchte sorgfältig das Kanzleipapier, auf dem die Worte aufgeklebt waren, indem er es ganz nahe vor seine Augen hielt.

»Nun?«

»Nichts«, sagte er und ließ das Papier fallen. »Es ist ein halber Bogen ohne Wasserzeichen. Ich glaube, wir haben aus diesem sonderbaren Brief alles herausgelesen, was wir konnten; und nun, Sir Henry, ist Ihnen sonst etwas Interessantes zugestoßen, seit Sie in London sind?«

»Nein, Mr Holmes, nicht dass ich wüsste.«

»Sie haben nicht bemerkt, dass Sie jemand beobachtet oder verfolgt hätte?«

»Ich scheine ja geradezu mitten in einen Schundroman hineingeplatzt zu sein«, rief unser Besucher. »Warum, zum Donnerwetter, sollte mich jemand beobachten oder verfolgen?«

»Wir werden noch darauf zurückkommen. Sie haben uns nichts zu berichten, ehe wir auf diese Sache eingehen?«

»Nun, es hängt davon ab, was Sie wichtig genug fänden, um darüber zu sprechen.«

»Ich glaube, alles was aus dem Gewöhnlichen herausfällt, ist der Mühe wert, berichtet zu werden.«

Sir Henry lächelte. »Ich weiß noch nicht viel von den Sitten in England; denn ich habe den größten Teil meines Lebens in den Vereinigten Staaten und in Kanada verbracht. Aber ich hoffe, dass der Verlust eines Schuhs nicht zum Gewöhnlichen hier gehört?«

»Sie haben einen Ihrer Schuhe verloren?«

»Mein lieber Freund«, rief Dr. Mortimer, »der ist doch gewiss nur vertauscht worden. Sie werden ihn wiederfinden, wenn Sie in das Hotel zurückkehren. Was hat es für einen Sinn, Mr Holmes mit solchen Kleinigkeiten zu belästigen?«

»Na, er fragte mich, ob mir irgendetwas Außergewöhnliches passiert sei.«

»Richtig«, bestätigte Holmes. »So unbedeutend dieses Geschehnis auch sein mag. Sie haben also einen Ihrer Schuhe verloren?«

»Nun, jedenfalls verlegt. Ich stellte sie gestern Abend beide vor meine Tür, und heute früh war nur der eine da. Ich konnte aus dem Burschen, der sie geputzt hat, nichts herausbringen. Das dümmste daran ist, dass ich sie erst gestern Abend am Quai gekauft und noch nicht getragen habe.«

»Wenn Sie sie noch nicht getragen hatten, warum haben Sie sie dann zum Reinigen hinausgestellt?«

»Weil es hellbraune Schuhe waren, die noch nie mit Schuhcreme behandelt wurden. Deshalb stellte ich sie hinaus.«

»Ich verstehe Sie also recht, dass Sie gestern nach Ihrer Ankunft in London sofort ausgingen und ein Paar Schuhe kauften?«

»Ich habe einiges eingekauft. Dr. Mortimer hat mich dabei begleitet. Wissen Sie – wenn ich schon Gutsherr sein soll, muss ich mich entsprechend kleiden. Ich gebe zu, dass ich mich dort draußen im Westen etwas vernachlässigt habe. Unter anderem kaufte ich eben diese braunen Schuhe – habe sechs Pfund dafür gezahlt –, und der eine wird mir dann gestohlen, noch ehe ich sie getragen habe!«

»Es kommt mir so sinnlos vor, einen Schuh zu stehlen«, murmelte Holmes. »Ich muss sagen, dass ich Dr. Mortimers Vermutung, der verlorene Schuh werde sich bald finden, teile.«

»Nun, meine Herren«, sagte der Baronet bestimmt, »scheint es mir, dass ich genug über das wenige, das ich weiß, gesprochen habe. Es wird Zeit, dass Sie Ihr Versprechen erfüllen und mir klaren Wein einschenken. Sagen Sie mir also, wo das alles hinzielt.«

»Ein sehr vernünftiges Verlangen«, gab Holmes zu. »Dr. Mortimer, ich glaube, Sie können nichts Besseres tun, als die Geschichte so zu erzählen, wie Sie sie uns erzählt haben.«

So ermutigt, zog unser Freund seine Papiere aus der Tasche und trug den ganzen Fall vor, wie er ihn uns am Tage zuvor geschildert hatte. Sir Henry hörte ihm mit gespannter Aufmerksamkeit zu – hie und da entschlüpfte ihm ein Ausruf des Erstaunens.

»Na, ich scheine ja da in eine angenehme Erbschaft hineingeraten zu sein«, seufzte er, als die lange Erzählung beendet war. »Natürlich habe ich schon als Kind von diesem Hund gehört. Es ist die Lieblingsgeschichte der Familie, allerdings habe ich bis jetzt niemals daran gedacht, sie ernst zu nehmen. Was den Tod meines Onkels betrifft – na, in meinem Kopf geht alles drunter und drüber, ich kenne mich noch gar nicht aus. Sie scheinen sich auch nicht darüber klar zu sein, ob es ein Fall für die Polizei oder für die Geistlichkeit ist.«

»Stimmt.«

»Und nun kommt noch diese Sache mit dem Brief dazu. Ich nehme an, dass das auch hineinpasst?«

»Es scheint jedenfalls der Beweis dafür, dass es jemanden gibt, der besser als wir weiß, was auf dem Moor vorgeht«, sagte Dr. Mortimer.

»Und nebenbei«, fiel Holmes ein, »dass jemand Ihnen gegenüber wohl wollend eingestellt ist, da man Sie vor einer Gefahr warnt.«

»Es kann auch sein, dass mich jemand in eigenem Interesse davon ablenken will, hinzukommen.«

»Nun, auch das ist denkbar. Ich bin Ihnen sehr dankbar, Dr. Mortimer, dass Sie mich vor ein Problem gestellt haben, das mehrere interessante Möglichkeiten bietet. Aber was wir nun zu beschließen haben, Sir Henry, ist, ob es für Sie ratsam wäre oder nicht, nach *Baskerville Hall* zu gehen.«

»Warum nicht?«

»Es scheint doch eine gewisse Gefahr für Sie zu bestehen.«

»Meinen Sie Gefahr von Seiten dieses Familienungeheuers oder Gefahr von Seiten irgendwelcher menschlicher Wesen?«

»Das müssten wir eben herausfinden.«

»Was es auch sei – meine Antwort steht fest: Es gibt keinen Teufel in der Hölle und keinen Menschen auf der Erde, der mich daran hindern könnte, das Schloss meiner Ahnen zu betreten.« Während er so sprach, stieg ihm das Blut zu Kopf, und er runzelte finster die starken Brauen. Offensichtlich war das Temperament der Baskervilles in diesem ihrem letzten Spross nicht erloschen. »Indessen«, fuhr er fort,

»habe ich kaum Zeit gehabt, das alles zu überlegen. Es ist schwer, diese Sache auf einen Anhieb zu verstehen und zu entscheiden. Ich möchte eine Stunde Zeit haben, um allein zu einem Entschluss zu kommen. Hören Sie, Mr Holmes – jetzt ist es halb zwölf Uhr; ich gehe in mein Hotel zurück. Wie wäre es, wenn Sie und Ihr Freund Dr. Watson um zwei Uhr mit uns essen würden? Ich kann Ihnen dann besser sagen, was ich von der Sache halte.«

»Passt Ihnen das, Watson?«

»Vollkommen.«

»Dann können Sie uns erwarten, Sir Henry. Soll ich einen Wagen rufen lassen?«

»Ich möchte lieber gehen, denn das alles hat mich ziemlich verwirrt.«

»Ich begleite Sie mit Vergnügen«, erbot sich Dr. Mortimer.

»Dann treffen wir uns alle um zwei Uhr wieder. *Au revoir* und guten Morgen.«

Wir hörten die Schritte unserer Besucher verhallen – die Haustüre fiel ins Schloss. Im Nu hatte sich Sherlock Holmes aus einem matten Träumer in einen Mann der Tat verwandelt. »Hut und Schuhe, Watson, schnell, es ist nicht eine Minute zu verlieren!«

Er stürzte im Schlafrock in sein Zimmer und kehrte wenige Minuten später im Gehrock zurück. Wir eilten die Treppe hinunter und auf die Straße. Dr. Mortimer und Baskerville waren in der Richtung gegen Oxford Street auf annähernd zweihundert Meter gerade noch sichtbar.

»Soll ich vorauslaufen und sie anhalten?«

»Nicht um die Welt, mein lieber Watson. Ich bin mit Ihrer Gesellschaft vollkommen zufrieden, wenn Sie sich mit der meinigen begnügen. Unsere Freunde sind sehr gescheit, denn es ist sicherlich angenehmes Wetter für einen Spaziergang.« Er beschleunigte seine Schritte, bis sich die Distanz, die uns trennte, auf die Hälfte verringert hatte. Dann folgten wir ihnen in einem Abstand von hundert Metern durch die

Oxford Street in die Regent Street. Einmal blieben unsere Freunde stehen und sahen in ein Schaufenster, worauf Holmes dasselbe tat. Einen Augenblick später stieß er einen kleinen Ausruf der Befriedigung aus, und dem Blick seiner Augen folgend sah ich, dass ein Wagen, der mit seinem Insassen an der anderen Straßenseite gehalten hatte, nun langsam weiterfuhr.

»Das ist unser Mann, Watson, kommen Sie schnell! Wir werden ihn uns gut ansehen, wenn wir schon nichts anderes tun können.«

Plötzlich bemerkte ich, dass stechende Augen über einem dichten schwarzen Bart durch das Seitenfenster der Kutsche auf uns blickten. In demselben Augenblick flog die Klappe des Wagendachs auf – dem Kutscher wurde etwas zugerufen, und das Gefährt raste die Regent Street hinunter. Holmes blickte sich suchend nach einem andern Wagen um, aber es war keiner in Sicht. Daraufhin stürzte er sich in wilder Verfolgung mitten in das Gewühl des Verkehrs, aber der Vorsprung war zu groß und der Wagen bereits außer Sichtweite.

»Na, aber so etwas!«, fauchte Holmes gereizt, als er atemlos und blass vor Wut zu mir zurückkehrte. »Hat man je von solchem Pech und von so miserabler Vorbereitung gehört! Watson, Watson, wenn Sie ein wahrheitsliebender Mensch sind, werden Sie auch dies hier erwähnen und es gegen meine Erfolge abwägen.«

»Wer war dieser Mann?«

»Ich habe keine Ahnung.«

»Ein Spitzel?«

»Nun, nach allem, was wir gehört haben, ist es offensichtlich, dass Baskerville seit seiner Ankunft in London von irgendjemandem beschattet wird. Wie wäre es sonst möglich gewesen, dass man so rasch wusste, wo er abgestiegen ist? Wenn man ihn am ersten Tag beschattet hatte, war es natürlich, dass man es am zweiten ebenfalls tun würde. Haben Sie vielleicht bemerkt, dass, während Dr. Mortimer seine Geschichte vorlas, ich zweimal ans Fenster getreten bin?«

»Ja – ich erinnere mich.«

»Ich wollte sehen, ob irgendjemand unten herumstand, aber ich sah niemanden. Wir haben es mit einem geriebenen Kerl zu tun, Watson. Diese Angelegenheit ist eine sehr ernste und verzwickte, und wenn ich mir auch noch nicht darüber klar bin, ob es die guten oder die bösen Mächte sind, mit denen wir in Verbindung stehen, so fühle ich doch Kraft und Planmäßigkeit in allem, was vor sich geht. Als unsere Freunde uns verließen, eilte ich ihnen nach, in der Hoffnung, den unsichtbaren Verfolger zu entdecken. Er war aber so schlau, dass er nicht zu Fuß ging, sondern einen Wagen genommen hatte, so dass er zurückbleiben oder ihnen vorfahren und dadurch ihrer Aufmerksamkeit entgehen konnte. Diese Taktik hatte noch dazu den Vorteil, dass, wenn jene einen Wagen genommen hätten, er ihnen hätte nachfahren können. Einen Haken aber hat die Sache doch.«

»Er gibt sich dem Kutscher in die Hand.«

»Richtig.«

»Wie schade, dass wir die Nummer nicht festgestellt haben!«

»Lieber Watson! Wenn ich auch ungeschickt war – Sie glauben doch nicht im Ernst, dass ich es unterlassen habe, die Nummer festzustellen? 2704 – das ist unser Mann. Aber für den Augenblick nützt uns das wenig.«

»Ich sehe nicht, was Sie anderes hätten tun können?«

»Als ich den Wagen bemerkte, hätte ich sofort umdrehen und in die andere Richtung gehen sollen. Dann hätte ich einen Wagen nehmen und in angemessener Entfernung dem ersten folgen, oder besser noch, zum *Northumberland Hotel* fahren und dort warten sollen. Hätte unser Bekannter Baskerville bis zum Hotel verfolgt, dann hätten wir ihn mit seinen eigenen Waffen bekämpfen können und sehen, wohin er von dort aus ging. So wie die Sache jetzt steht, haben wir uns in sträflichem Übereifer – der von unserem Gegner mit außerordentlicher Schnelligkeit und Energie ausgenutzt wurde – verraten, und unseren Mann aus den Augen verloren.«

So sprechend, waren wir langsam die Regent Street entlang geschlendert. Dr. Mortimer und sein Begleiter waren längst unseren Blicken entschwunden.

»Es hat keinen Sinn, ihnen weiter zu folgen«, erklärte Holmes, »der Schatten ist verschwunden und wird nicht wiederkehren. Wir müssen sehen, was für Karten wir noch in der Hand haben und sie mit Geschicklichkeit ausspielen. Könnten Sie den Mann im Wagen wiedererkennen?«

»Nein, ich sah nur, dass er einen Bart hatte.«

»Das sah ich auch – woraus ich schließe, dass der Bart falsch war. Ein schlauer Mensch, der ein so heikles Spiel spielt, hat keine Verwendung für einen Bart – außer, wenn er seine Gesichtszüge dahinter verbergen will. Kommen Sie hier herein, Watson.«

Er trat in eines der Boten-Büros des Bezirks ein, dessen Leiter ihn wärmstens begrüßte.

»Ach, Wilson, ich sehe, Sie haben die kleine Angelegenheit nicht vergessen, die ich für Sie erledigen durfte.«

»Gewiss nicht, Mr Holmes. Sie haben meinen guten Namen und vielleicht auch mein Leben gerettet.«

»Sie übertreiben, mein Lieber! Ich glaube mich zu erinnern, Wilson, dass unter Ihren Botenjungen ein gewisser Cartwright ist, der während meiner Nachforschungen eine große Begabung gezeigt hat.«

»Ja, der ist noch bei uns.«

»Könnten Sie ihn rufen lassen? Danke. Und wollen Sie so gut sein, mir eine Fünfpfundnote zu wechseln.«

Ein Junge von vierzehn Jahren mit offenem, lebhaftem Gesichtsausdruck hatte dem Ruf des Leiters Folge geleistet. Er blickte mit ehrfürchtiger Bewunderung auf den berühmten Detektiv.

»Kann ich das Hotelverzeichnis haben?«, bat Holmes. »Danke. Nun, Cartwright, hier stehen die Namen von dreiundzwanzig Hotels, alle in der unmittelbaren Nähe von Charing Cross. Siehst du das?«

»Ja, Sir.«

»Du wirst jedes dieser Hotels aufsuchen.«

»Ja, Sir.«

»Du wirst jedes Mal damit beginnen, dem Portier einen Shilling zu geben. Hier sind dreiundzwanzig Shilling.«

»Ja, Sir.«

»Du wirst ihm sagen, dass du den Papierkorb des gestrigen Tages sehen möchtest. Du wirst sagen, dass ein wichtiges Telegramm irrtümlich abgegeben worden sei und dass du es suchen sollst. Hast du verstanden?«

»Ja, Sir.«

»Was du aber in Wirklichkeit suchen sollst, ist die innere Seite der gestrigen *Times,* aus der etwas mit einer Schere herausgeschnitten worden ist. Diese Seite hier. Du wirst sie doch leicht erkennen?«

»Gewiss, Sir.«

»In jedem Fall wird der Portier den Empfangschef in der Halle rufen, dem du auch einen Shilling geben wirst. Hier sind nochmals dreiundzwanzig Shilling. Du wirst dann wahrscheinlich in zwanzig von den dreiundzwanzig Fällen hören, dass der Müll des vergangenen Tages entweder verbrannt oder abgeholt worden ist. In den übrig gebliebenen Fällen wird man dir einen Haufen Papier zeigen, in dem du dieses Blatt *der Times* suchen wirst. Die Wahrscheinlichkeit, dass du es findest, ist äußerst gering. Hier sind noch zehn Shilling für einen unvorhergesehenen Zwischenfall. Gib mir noch heute Abend telegrafisch Nachricht in die Baker Street. Und nun, Watson, bleibt uns nichts anderes übrig, als ebenfalls telegrafisch die Identität des Kutschers Nr. 2704 festzustellen; dann werden wir eine der Bildergalerien in der Bond Street aufsuchen und auf diese Weise die Zeit bis zum Mittagessen totschlagen.«

5

Sherlock Holmes hatte die wunderbare Gabe, seine Gedanken nach Wunsch von dem, was ihn gerade beschäftigt hatte, zu lösen. Zwei Stunden lang schien er die sonderbare Angelegenheit, in die wir verwickelt waren, vergessen zu haben, und er hatte für nichts Sinn als für die Bilder moderner belgischer Künstler. Von dem Augenblick an, als wir die Galerie verließen, bis zu unserer Ankunft im *Northumberland Hotel*, wollte er, der von Kunst kaum etwas verstand, nur davon sprechen.

»Sir Henry Baskerville erwartet Sie in seinem Zimmer«, meldete der Hotelportier. »Er ordnete an, Sie hinaufzuführen, sobald Sie kämen.«

»Haben Sie etwas dagegen, wenn ich mir Ihre Gästeliste ansehe?«, fragte Holmes.

»Nicht das Geringste.«

Das Buch zeigte nach dem Namen Baskerville noch zwei Eintragungen. Die eine davon lautete auf Theophilus Johnson und Familie aus Newcastle. Die andere auf Mrs Oldmore mit Zofe aus High Lodge, Alton.

»Das ist sicher derselbe Johnson, den ich von früher kenne«, bemerkte Holmes zum Portier. »Rechtsanwalt, nicht wahr, grauhaarig und hinkt ganz leicht?«

»Nein, Sir, dies hier ist Mr Johnson, der Minenbesitzer – ein sehr beschäftigter Herr, nicht älter als Sie selbst.«

»Irren Sie sich nicht über seinen Beruf?«

»Nein, Sir, er kommt seit Jahren in unser Hotel und wir kennen ihn sehr gut.«

»Das ist etwas anderes. Und Mrs Oldmore. Ich erinnere mich dunkel an den Namen. Verzeihen Sie meine Neugier, aber oft, wenn man einen Freund aufsucht, findet man bei derselben Gelegenheit einen anderen.«

»Sie ist eine leidende Dame, Sir. Ihr Gatte war Bürgermeister von Gloucester. Wenn sie nach London kommt, steigt sie immer bei uns ab.«

»Danke – ich fürchte, dass ich nicht die Ehre habe, sie zu kennen. – Wir haben durch diese Fragen eine wichtige Tatsache festgestellt, Watson«, fuhr er mit leiser Stimme fort, während wir die Treppe emporstiegen, »wir wissen nun, dass die Leute, die ein so intensives Interesse an unserem Freund nehmen, nicht in diesem Hotel wohnen. Das bedeutet, dass ihnen sehr darum zu tun ist, ihn zu beobachten, es ihnen genauso wichtig ist, nicht von ihm gesehen zu werden. Finden Sie das nicht sehr bezeichnend?«

»Und was meinen Sie, hat das zu sagen?«

»Es hat zu sagen, dass – hallo, mein lieber Junge, was ist denn los?«

Wir waren bei der Biegung der Treppe auf Sir Henry Baskerville gestoßen. Sein Gesicht war vor Wut verzerrt, und er hielt einen abgetragenen, staubigen schwarzen Schuh in der Hand. Er schien so erregt, dass er kaum sprechen konnte, und als er es endlich tat, sprach er in einem viel breiteren westlicheren Dialekt als am Vormittag.

»Mir scheint, die wollen mich hier im Hotel zum Narren halten!«, rief er. »Sie werden aber bald merken, dass sie an den Falschen geraten sind. Zum Donnerwetter! Wenn der Kerl meinen Schuh nicht findet, wird es etwas geben! Ich verstehe schon einen Spaß, Mr Holmes, aber das ist zu viel!«

»Sie suchen noch immer Ihren Schuh?«

»Ja, und ich habe auch die Absicht, ihn zu finden!«

»Aber Sie sagten doch, es wäre ein neuer brauner Schuh gewesen?«

»Das war es auch – und jetzt ist es ein alter schwarzer.«

»Was, Sie wollen doch nicht sagen, dass ...?«

»Gerade das will ich sagen. Ich besitze nur drei Paar Schuhe. Die neuen braunen, die alten schwarzen und die Lackschuhe, die ich gerade trage. Gestern Abend nahmen sie einen der braunen Schuhe und heute haben sie einen schwarzen verschwinden lassen. Na – haben Sie ihn gefunden? Sprechen Sie doch und gaffen Sie mich nicht an!«

Ein aufgeregter deutscher Hausdiener war erschienen. »Nein, Sir, ich habe überall im Hotel herumgefragt, niemand weiß etwas.«

»Nun – entweder der Schuh kommt noch heute Abend zum Vorschein, oder ich spreche mit dem Direktor und sage ihm klipp und klar, dass ich das Hotel verlasse.«

»Er wird sich finden, Sir – ich versichere Ihnen, wenn Sie nur etwas Geduld haben, wird er sich finden.«

»Sorgen Sie nur dafür, denn es ist das Letzte, was ich in dieser Diebeshöhle verlieren will. Nun, Mr Holmes, entschuldigen Sie, wenn ich Sie mit dieser Kleinigkeit belästige ...«

»Ich finde, es ist der Mühe wert, damit belästigt zu werden.«

»Wieso? Sie scheinen das sehr ernst zu nehmen?«

»Wie erklären Sie es sich?«

»Ich mache gar keinen Versuch, es zu erklären. Es ist das Verrückteste und Unerklärlichste, was mir je passiert ist.«

»Das Unerklärlichste vielleicht ...«, brummte Holmes nachdenklich.

»Was schließen denn Sie selbst daraus?«

»Nun – ich kann bis jetzt nicht behaupten, dass ich es verstehe. Ihr Fall ist sehr verzwickt, Sir Henry. Wenn ich noch den Zusammenhang mit dem tragischen Tod Ihres Onkels dazuzähle, bin ich nicht sicher, ob von den fünfhundert besonders wichtigen Fällen, die ich im Laufe der Jahre gelöst habe, ein einziger so abgründig war, wie der Ihre. Aber wir halten verschiedene Fäden in der Hand, und der eine oder andere davon wird uns hoffentlich zum Ziel führen. Wir verlieren vielleicht Zeit, wenn wir der falschen Fährte folgen, aber früher oder später kommen wir doch auf den richtigen Weg.«

Das Mittagessen verlief sehr angenehm; es wurde wenig von der Angelegenheit, die uns zusammengeführt hatte, gesprochen. Als wir dann in Sir Henrys Salon waren, fragte ihn Holmes nach seinen Absichten.

»Ich bin entschlossen, nach *Baskerville Hall* zu gehen.«

»Und wann?«

»Ende dieser Woche.«

»Alles in allem finde ich Ihren Entschluss sehr richtig«, gestand Holmes. »Ich habe klare Beweise dafür, dass Sie in London beschattet werden, und in dieser Millionenstadt ist es schwer, herauszufinden, wer die Leute sind und was sie bezwecken. Wenn sie Ihnen übel wollen, können Sie Ihnen hier etwas antun, und wir wären ihnen gegenüber machtlos. Sie wussten nichts davon, Dr. Mortimer, dass Sie heute Morgen von meinem Haus aus verfolgt wurden?«

Dr. Mortimer schrak heftig zusammen.

»Verfolgt? Und von wem?«

»Das kann ich Ihnen leider nicht sagen. Gibt es unter Ihren Freunden und Bekannten in Dartmoor einen Mann mit einem dichten schwarzen Bart?«

»Nein – oder – warten Sie – ja, natürlich. Barrymore, der Butler von Sir Charles hat einen dichten schwarzen Bart.«

»Und wo ist Barrymore?«

»Er verwaltet *Baskerville Hall.*«

»Wir müssen sofort herausfinden, ob er wirklich dort ist, und nicht vielleicht in London.«

»Wie wollen Sie das machen?«

»Geben Sie mir ein Telegrammformular. ›Ist alles für Sir Henry bereit‹, das genügt. Adressiert an Mr Barrymore, *Baskerville Hall.* Wo ist das nächste Telegrafenamt? Grimpen? Sehr gut. Wir schicken ein zweites Telegramm an den Postbeamten in Grimpen: ›Telegramm an Mr Barrymore soll ihm persönlich übergeben werden, falls er abwesend, an Sir Henry Baskerville *Northumberland Hotel* zurückgehen lassen.‹ Auf diese Weise werden wir noch vor Abend erfahren, ob Barrymore auf seinem Posten in Devonshire ist oder nicht.«

»Ausgezeichnet«, sagte Baskerville. »Richtig, Dr. Mortimer, wer ist eigentlich dieser Barrymore?«

»Er ist der Sohn des verstorbenen Verwalters. Vier Generationen hindurch hat die Familie das Schloss verwaltet. Soviel ich weiß, sind er und seine Frau durchaus anständige Leute.«

»Immerhin«, bemerkte Baskerville, »ist es klar, dass, solange niemand von der Familie Baskerville im Schloss residiert, die Leute ein sehr schönes Heim und nichts zu tun haben.«

»Das ist richtig.«

»Hat Barrymore aus Sir Charles' Tod irgendeinen Vorteil gezogen?«, fragte Holmes.

»Er und seine Frau haben je fünfhundert Pfund geerbt.«

»Und wussten sie, dass sie erben würden?«

»Ja. Sir Charles sprach gerne über die Einzelheiten seines Testaments.«

»Das ist ja äußerst interessant.«

»Ich hoffe«, lächelte Dr. Mortimer, »dass Sie nicht jeden, der ein Legat von Sir Charles bekommen hat, mit misstrauischen Augen betrachten, denn auch ich habe tausend Pfund geerbt.«

»So, so – gab es noch andere Legate?«

»Noch einige unbedeutende Summen an einzelne Personen und viele Spenden an Wohltätigkeitsinstitute. Universalerbe ist Sir Henry.«

»Wie hoch beläuft sich das Vermögen?«

»Auf siebenhundertvierzigtausend Pfund.«

Holmes blickte erstaunt auf.

»Ich hatte keine Ahnung, dass es sich um eine so große Summe handelt«, bemerkte er.

»Sir Charles hatte wohl den Ruf, sehr reich zu sein, aber wie groß sein Reichtum war, wussten wir nicht, ehe wir seine Wertpapiere prüften. Der Gesamtwert des Besitzes beträgt beinahe eine Million.«

»Herrgott! Um diesen Einsatz zu gewinnen, mag wohl ein Mann versucht sein, ein gefährliches Spiel zu wagen. Eine Frage noch, Dr. Mortimer. Angenommen, unserem jungen Freund hier würde etwas zustoßen – Sie verzeihen diese unangenehme Hypothese –, wer ist der nächste Erbe?«

»Da Roger Baskerville, Sir Charles' jüngster Bruder, unverheiratet starb, würde die Erbschaft an die Desmonds, entfernte Vettern, übergehen. James Desmond ist ein ältlicher Geistlicher in Westmorland.«

»Danke. Diese Einzelheiten sind alle sehr wichtig. Haben Sie Mr James Desmond jemals gesehen?«

»Ja, er besuchte Sir Charles. Er machte einen würdigen und schlichten Eindruck. Ich erinnere mich, dass er es ablehnte, eine Rente von Sir Charles anzunehmen, obwohl dieser sie ihm geradezu aufdrängte.«

»Und dieser einfache, schlichte Mann wäre der Erbe von Sir Charles' Vermögen?«

»Er wäre jedenfalls der Erbe des Landbesitzes, da dieser Fideikommiss ist. Er würde auch das bewegliche Vermögen erben, außer es würde darüber von dem jetzigen Besitzer, der natürlich damit tun kann, was er will, anders verfügt.«

»Haben Sie Ihr Testament gemacht, Sir Henry?«

»Nein, Mr Holmes. Aber jedenfalls meine ich, das Geld sollte beim Grundbesitz bleiben. Wie soll der Besitzer den Glanz der Baskervilles wieder aufleben lassen, wenn er nicht genug Geld hat, um das Gut zu erhalten? Haus, Land und Barvermögen müssen zusammenbleiben.«

»Ganz richtig. Nun, Sir Henry, ich bin einer Meinung mit Ihnen, was Ihre unverzügliche Abreise nach *Baskerville Hall* betrifft. Ich stelle nur eine Bedingung: Sie dürften nicht allein hinfahren.«

»Dr. Mortimer kehrt mit mir zurück.«

»Dr. Mortimer hat seine Praxis zu besorgen, und sein Haus ist viele Meilen von dem Ihren entfernt. Er wäre beim besten Willen nicht imstande, Ihnen zu helfen. Nein, Sir Henry, Sie müssen jemand haben, der immer um Sie ist.«

»Wäre es möglich, dass Sie selber kämen, Mr Holmes?«

»Sollte eine Krise eintreten, würde ich mein Möglichstes tun, um zu kommen. Aber Sie müssen verstehen, dass es bei meiner ausgedehnten Praxis und den ununterbrochenen Anfragen, die von allen möglichen Seiten an mich gerichtet werden, beinahe unmöglich für mich ist, London zu verlassen. Im gegenwärtigen Augenblick wird einer der geachtetsten Namen in England von Erpressern besudelt, und ich allein kann einen verheerenden Skandal verhindern. Sie begreifen, dass ich unmöglich nach Dartmoor kommen kann.«

»Wen würden Sie mir empfehlen?«

Holmes legte die Hand auf meinen Arm. »Wenn mein Freund es übernehmen wollte – ich kenne niemanden, den ich im Augenblick der Gefahr lieber an meiner Seite hätte als ihn. Kein Mensch kann das besser beurteilen als ich selbst.«

Dieser Vorschlag kam mir völlig überraschend, aber ehe ich antworten konnte, ergriff Baskerville meine beiden Hände und schüttelte sie mit aufrichtiger Herzlichkeit.

»Nun, das ist aber wirklich gut von Ihnen, Dr. Watson«, rief er. »Sie sehen, wie es um mich steht, und Sie wissen genauso viel darüber wie ich. Wenn Sie mit mir nach *Baskerville Hall* kommen und mir zur Seite stehen wollen, werde ich Ihnen das nie vergessen!«

Alles Abenteuerliche hat immer großen Reiz für mich gehabt. Außerdem war ich durch Holmes' Worte und die Freude, mit der mich der Baronet als Gesellschafter akzeptierte, sehr geschmeichelt.

»Ich komme mit Vergnügen«, versicherte ich. »Ich wüsste keine bessere Verwendung für meine Zeit.«

»Und Sie werden mich sehr gründlich auf dem Laufenden halten«, mahnte Holmes. »Wenn eine Krisis eintritt – was sicher geschehen wird –, werde ich Ihnen sagen, was Sie zu tun haben. Ich nehme an, dass bis Samstag alles so weit sein wird?«

»Würde Ihnen das passen, Dr. Watson?«

»Ausgezeichnet.«

»Wenn Sie also nichts Gegenteiliges hören, treffen wir uns am Samstag um zehn Uhr dreißig am Paddington-Bahnhof.«

Wir standen auf, um uns zu verabschieden, als Baskerville einen Triumphschrei ausstieß, in eine Zimmerecke stürzte und unter dem Schrank einen braunen Schuh hervorzog.

»Der verlorene Schuh!«, rief er aus.

»Mögen all unsere Schwierigkeiten sich mit derselben Leichtigkeit beheben«, sagte Holmes.

»Das ist aber doch sehr sonderbar«, meinte Dr. Mortimer. »Ich habe das Zimmer vor dem Mittagessen gründlich durchsucht.«

»Ich auch«, versicherte Baskerville. »Jeden Quadratzentimeter!«

»Und da war kein Schuh vorhanden?«

»In diesem Fall muss der Hausdiener ihn gebracht haben, während wir beim Mittagessen waren.«

Der deutsche Hausdiener wurde gerufen, beteuerte aber, nichts von der Sache zu wissen. Auch alle anderen Nachforschungen verliefen ergebnislos. Nun war zu der Serie anscheinend sinnloser und mysteriöser Zwischenfälle, die so rasch aufeinander folgten, ein neues Moment hinzugekommen. Abgesehen von den unheimlichen Geschehnissen, die Sir Charles' Tod umgaben, blickten wir auf eine Reihe schwer erklärlicher Ereignisse zurück, die sich im Laufe der letzten zwei Tage abgespielt hatten. Der gedruckte Brief, der schwarzbärtige Verfolger, der Verlust des neuen braunen und des alten schwarzen und die Rückkehr des braunen Schuhs. Holmes blickte schweigend vor sich hin, während wir in die Baker Street zurückfuhren, und ich konnte aus seinen zusammengezogenen Brauen und dem angespannten Gesichtsausdruck schließen, dass er sich ebenso wie ich selbst bemühte, ein Schema herauszuarbeiten, in welches sich all diese merkwürdigen und anscheinend zusammenhanglosen Ereignisse einfügen ließen.

Knapp vor dem Abendessen wurden zwei Telegramme gebracht.

Das erste lautete: »Erfahre gerade, dass Barrymore in *Baskerville Hall* ist. Baskerville.«

Das zweite: »Dreiundzwanzig Hotels besucht, leider nichts gefunden. Cartwright.«

»Nun sind zwei meiner Fäden gerissen, Watson. Nichts spornt so an, wie ein Fall, in dem sich alles gegen einen wendet. Wir müssen eine andere Fährte suchen.

»Wir haben noch den Kutscher, der den Verfolger gefahren hat.«

»Gewiss. Ich habe bei der Polizei nach seinem Namen und seiner Adresse gefragt, und ich würde mich nicht wundern, wenn dies die Antwort auf meine Anfrage wäre.«

Das Läuten der Türglocke war befriedigender als eine Antwort, denn die Zimmertür öffnete sich, und ein gewöhnlich aussehender Mann, offenbar der Kutscher selbst, trat ein.

»Ich bekam eine Mitteilung von der Polizei, dass ein Herr mit dieser Adresse nach 2704 gefragt hat«, begann er. »Ich fahre meinen Wagen nun sieben Jahre, und nie ist Grund zu einer Klage gewesen. Ich komme geradewegs von Scotland Yard her, um Sie zu fragen, was Sie gegen mich haben.«

»Ich habe gar nichts gegen Sie, mein guter Mann«, antwortete Holmes, »im Gegenteil, Sie bekommen ein halbes Pfund, wenn Sie meine Fragen aufrichtig und klar beantworten.«

»Na, ich habe heute einen guten Tag, das ist sicher«, grinste der Kutscher, »was wollen Sie von mir wissen, Sir?«

»Vor allem Ihren Namen und Ihre Adresse, im Fall, dass ich Sie einmal brauchen würde.«

»John Clayton, 3. Turpey Street, The Borough. Meine Kutsche steht in Shipleys Yard, nahe dem Waterloo-Bahnhof.«

Sherlock Holmes notierte die Adresse.

»Nun, Clayton, erzählen Sie mir etwas von dem Fahrgast, der heute früh um zehn Uhr dieses Haus beobachtete und dann zwei Herren die Regent Street entlang verfolgte.«

Der Mann sah überrascht und etwas verlegen aus.

»Na, es hat nicht viel Sinn, dass ich Ihnen was erzähle, denn Sie scheinen schon genauso viel darüber zu wissen, wie ich«, brummte er. »Die Wahrheit ist, dass der Herr sagte, er sei ein Detektiv, und ich dürfe zu niemandem über ihn sprechen.«

»Mein Lieber – dies hier ist eine sehr ernste Sache. Sie würden nur in Ungelegenheiten kommen, wenn Sie mir etwas verschweigen wollten. Sie sagen, dass Ihr Fahrgast sich als Detektiv ausgab?«

»Jawohl.«

»Wann sagte er das?«

»Als er ausstieg.«

»Sagte er noch etwas anderes?«

»Er nannte seinen Namen.«

Holmes warf mir einen triumphierenden Blick zu.

»So, er nannte seinen Namen? Das war aber sehr unvorsichtig. Wie war der Name?«

»Sein Name«, gab der Kutscher zur Antwort, »war Sherlock Holmes.«

Noch nie habe ich meinen Freund von etwas so überrascht gesehen wie von dieser Antwort des Kutschers. Dann brach er in herzliches Lachen aus.

»Ein Hieb, Watson – unleugbar ein Hieb. Ich wittere einen Degen, der so biegsam und rasch ist, wie mein eigener. Diesmal hat er es mir gut gegeben! Sein Name war also Sherlock Holmes, nicht wahr?«

»Ja – so hieß der Herr.«

»Ausgezeichnet. Sagen Sie mir, wo er eingestiegen ist und alles, was dann geschah.«

»Er rief mich um halb zehn Uhr am Trafalgar Square herbei. Er sagte, er sei Detektiv und versprach mir zwei Pfund, wenn ich, ohne Fragen zu stellen, alles tun würde, was er von mir verlangte. Ich nahm nur zu gern an. Zuerst fuhren wir zum *Northumberland Hotel* und warteten dort, bis zwei Herren herauskamen und einen Wagen nahmen. Wir folgten ihnen dann, bis sie hier irgendwo ausstiegen.«

»Genau vor dieser Tür«, nickte Holmes.

»Nun, ich konnte das nicht so genau wissen, aber ich nehme an, dass mein Fahrgast es vermutete. Wir blieben dann etwas weiter zurück in der Straße stehen und warteten anderthalb Stunden. Dann gingen die zwei Herren an uns vorüber, und wir folgten ihnen die Baker Street entlang und in die . . .«

»Ich weiß«, unterbrach Holmes.

»Bis wir beinahe am Ende der Regent Street angelangt waren. Da rief mein Fahrgast mir zu, ich möge so rasch ich könne zum Waterloo-Bahnhof fahren. Ich hieb auf mein Pferd ein, und in weniger als zehn Minuten waren wir am Bahnhof. Dann gab er mir meine zwei Pfund und ging in den Bahnhof hinein. Im letzten Augenblick wandte er sich zu mir zurück und sagte: ›Es könnte Sie interessieren zu wissen, dass Sie Mr Sherlock Holmes gefahren haben.‹ Auf diese Weise erfuhr ich seinen Namen.«

»Ich verstehe. Und Sie haben nichts mehr von ihm gesehen?«

»Nachdem er den Bahnhof betreten hatte, nicht.«

»Wie würden Sie Sherlock Holmes beschreiben?«

Der Kutscher kratzte sich hinter dem Ohr:

»Es ist nicht leicht, ihn zu beschreiben. Ich würde meinen,

er sei um die vierzig herum, etwas kleiner als Sie. Er war elegant gekleidet, hatte einen schwarzen, viereckig gestutzten Bart und ein blasses Gesicht. Mehr könnte ich darüber nicht sagen.«

»Augenfarbe?«

»Nein – die weiß ich nicht.«

»Sie können sich an nichts anderes erinnern?«

»Nein, Sir, an sonst nichts mehr.«

»Nun, da ist Ihr halbes Pfund – das andere wartet auf Sie, wenn Sie mir noch etwas Interessantes bringen können.«

»Gute Nacht, Sir, und danke sehr.«

John Clayton ging befriedigt, und Holmes wendete sich mit einem Achselzucken und einem enttäuschten Gesicht mir zu. »Unser dritter Faden – gerissen. Wir halten dort, wo wir angefangen haben. Ein geschickter Gauner! Er wusste unsere Hausnummer, wusste, dass Mortimer und Baskerville mich konsultiert hatten, bemerkte mich in der Regent Street, nahm an, dass ich die Nummer des Wagens notiert hätte und in Kürze den Kutscher finden würde, und schickte mir daher diese freche Kampfansage. Ich sage Ihnen, Watson, diesmal haben wir es mit einem ebenbürtigen Gegner zu tun. Ich bin in London mattgesetzt worden. Ich kann Ihnen nur für Devonshire mehr Glück wünschen, aber irgendwie gefällt mir die Sache nicht.«

»Weshalb nicht?«

»Weil ich Sie dort hinschicke. Es ist eine hässliche Angelegenheit, Watson; hässlich und gefährlich, und je mehr ich davon sehe, desto weniger gefällt sie mir. Ja, mein Lieber, Sie haben gut lachen, aber ich gebe Ihnen mein Wort, dass ich sehr froh bin, wenn Sie heil und gesund wieder in die Baker Street zurückkehren.«

Sir Henry Baskerville und Dr. Mortimer waren am verabredeten Tag bereit, und wir machten uns auf den Weg nach Devonshire. Sherlock Holmes begleitete mich an die Bahn und gab mir noch Ratschläge zum Abschied mit auf den Weg.

»Ich möchte Sie nicht dadurch beeinflussen, dass ich Sie auf irgendwelchen Verdacht oder auf eine Theorie aufmerksam mache, Watson. Ich bitte Sie nur, mir die Ereignisse bis auf das kleinste Detail zu melden und es mir zu überlassen, Schlüsse daraus zu ziehen.«

»Was für Ereignisse?«, fragte ich.

»Alles, was sich irgendwie auf unseren Fall beziehen könnte, und vor allem das Verhältnis des jungen Baskerville zu seinen Nachbarn. Oder irgendwelche neue Einzelheiten über den Tod von Sir Charles. Ich selber habe in den letzten Tagen Nachforschungen darüber angestellt, aber leider ohne positives Resultat. Eines scheint sicher, und zwar, dass Mr James Desmond, der nächste Erbe, ein liebenswürdiger älterer Herr ist, von dem Böses sicher nicht ausgeht. Ich glaube, wir können ihn endgültig aus unserer Liste der Verdächtigen streichen. Also bleiben nur jene Menschen, die in unmittelbarer Nähe Sir Henry Baskervilles auf dem Moor leben.«

»Wäre es nicht besser, zuallererst das Ehepaar Barrymore zu entlassen?«

»Gewiss nicht! Man könnte keinen größeren Fehler begehen. Wenn sie unschuldig sind, wäre es eine grausame Ungerechtigkeit, und wenn sie schuldig sind, berauben wir uns damit jeder Möglichkeit, es ihnen zu beweisen. Nein, nein, wir werden sie auf unserer Liste der Verdächtigen weiterführen. Wenn ich mich recht erinnere, gibt es in *Baskerville Hall* einen Reitknecht. Dann sind da zwei Moorbauern, ferner unser Freund, Dr. Mortimer, den ich für aufrichtig halte und seine Frau, von der wir nichts wissen. Dann dieser Naturforscher Stapleton und seine Schwester, die eine anziehende junge Dame sein soll. Mr Frankland in *Lafter Hall* ist auch ein unbekannter Faktor, und dann gibt es noch einen oder zwei Nachbarn. Das sind die Menschen, die Sie sich genau ansehen müssen.«

»Ich werde mein Bestes tun.«

»Sie haben eine Waffe bei sich?«

»Ja, ich dachte, sie würde nützlich sein.«

»Sicher. Tragen Sie Ihren Revolver Tag und Nacht bei sich und lassen Sie keine Vorsichtsmaßregel außer Acht.«

Unsere Freunde hatten bereits ein Abteil erster Klasse reserviert und erwarteten uns auf dem Bahnsteig.

»Nein, wir haben keine weiteren Nachrichten«, antwortete Dr. Mortimer auf eine Frage Holmes'. »Eines aber kann ich beschwören, und das ist, dass wir während der letzten zwei Tage nicht beschattet worden sind. Wir haben bei jedem unserer Ausgänge scharf aufgepasst. Niemand hätte unserer Aufmerksamkeit entgehen können.«

»Sie waren immer zu zweit, nehme ich an?«

»Immer, außer gestern Nachmittag. Ich bin es gewöhnt, einen Tag meines Aufenthaltes in London meiner Unterhaltung zu widmen und habe ihn gestern im pathologisch-anatomischen Museum verbracht.«

»Und ich ging in den Park, um mir die elegante Welt anzusehen«, berichtete Sir Henry, »aber es hat keinerlei unangenehme Zwischenfälle gegeben.«

»Und doch war das sehr unvorsichtig«, tadelte Holmes kopfschüttelnd. »Ich bitte Sie, Sir Henry, nie mehr allein auszugehen. Es könnte Ihnen sonst ein großes Unglück zustoßen. Haben Sie Ihren zweiten Schuh wiedergefunden?«

»Nein, der ist wohl auf immer verschwunden.«

»So? Das ist sehr interessant. Also adieu«, fügte er hinzu, während sich der Zug langsam in Bewegung setzte. »Denken Sie immer an die sonderbare alte Legende, die Dr. Mortimer uns vorgelesen hat, Sir Henry, und meiden Sie das Moor in jenen dunklen Stunden, in denen die Mächte des Bösen am Werk sind.«

Ich blickte auf den Bahnsteig zurück. Holmes stand bewegungslos da und sah uns nach.

Die Reise verging rasch und angenehm; ich benützte sie dazu, mit meinen Gefährten besser bekannt zu werden und mit Dr. Mortimers Spaniel zu spielen. Nach wenigen Stunden hatte die braune Erde eine rötliche Färbung angenommen, an Stelle der Ziegelbauten traten welche aus Granit, und rot gefleckte Kühe weideten auf eingezäunten Wiesen, wo das saftige grüne Gras und die üppigere Vegetation von einem reicheren, wenn auch feuchteren Klima zeugten. Der junge Baskerville blickte aufgeregt aus dem Fenster und ließ Ausrufe des Entzückens hören, als er die ihm wohl bekannte Landschaft von Devonshire wiedersah.

»Ich habe viel von der Welt gesehen, seit ich von hier fortging, Dr. Watson«, sagte er, »aber ich habe nie etwas gefunden, was den Vergleich damit ausgehalten hätte.«

»Ich habe noch nie einen Menschen aus Devonshire gesehen, der nicht ein glühender Lokalpatriot gewesen wäre«, bemerkte ich.

»Es hängt genauso viel von der Abstammung eines Menschen, wie von der Grafschaft ab«, erklärte Dr. Mortimer. »Ein Blick auf unseren Freund hier verrät den runden Kopf des Kelten, der in sich den keltischen Enthusiasmus und die Gabe der Anhänglichkeit birgt. Der Schädel des armen Sir Charles hatte sehr seltene, halb gaelische, halb irische Merkmale. Sie waren noch sehr jung, als Sie *Baskerville Hall* zuletzt sahen, nicht wahr?«

»Als mein Vater starb, war ich ein junger Bursche und hatte das Schloss nie gesehen, denn wir lebten in einem kleinen Haus an der Südküste. Und dann ging ich gleich nach Amerika. Ich sage Ihnen ja, mir ist alles ebenso unbekannt wie Dr. Watson, und ich brenne darauf, das Moor zu sehen.«

»So. Nun, das ist ein leicht erfüllbarer Wunsch, denn hier ist das Moor.« Dr. Mortimer wies aus dem Fenster.

Jenseits der grünen Felder und der sanften Rundung eines Waldes sah man am Horizont einen braunen, melancholischen Hügel, dessen sonderbar zerklüfteter Gipfel aus der Ferne wirkte wie eine undeutliche, phantastische Traumlandschaft. Baskerville saß still da und starrte lange hinüber. Ich merkte an seinem Gesichtsausdruck, wie viel ihm der Anblick dieses merkwürdigen Fleckens Erde bedeutete, den seine Ahnen so lange beherrscht hatten, dem sie so tief verbunden waren. Er saß da in seinem Anzug aus Tweed und mit seiner amerikanischen Redeweise, in der Ecke eines prosaischen Eisenbahnabteils, und trotzdem, wenn ich sein dunkles, ausdrucksvolles Gesicht betrachtete, fühlte ich immer mehr, wie er so recht der Spross einer langen Reihe von heißblütigen, feurigen und herrischen Männern war. In seinen starken Brauen, seinen vibrierenden Nasenflügeln und seinen großen, braunen Augen lagen Stolz, Tapferkeit und Kraft. Wenn auf diesem unheimlichen Moor ein schweres und gefahrvolles Abenteuer vor uns lag, war dies wenigstens ein Kamerad, für den man etwas wagen konnte, im sicheren Gefühl, ihn als tapferen Mitkämpfer zur Seite zu haben.

Der Zug hielt an einer kleinen Haltestelle, und wir stiegen alle aus. Jenseits der niederen weißen Umzäunung stand ein Wagen mit zwei kräftigen Ponys. Unsere Ankunft war offenbar ein großes Ereignis; denn Stationschef und Träger mühten sich um unser Gepäck. Es war ein hübscher, ruhiger, ländlicher Ort; aber ich war von dem Anblick zweier militärisch aussehender Männer in dunklen Uniformen überrascht, die neben dem Eingang auf ihre Gewehre gestützt standen, und uns, als wir an ihnen vorbeigingen, forschend betrachteten. Der Kutscher, ein kleiner brummiger Mann mit hartem Gesichtsausdruck, grüßte Sir Henry Baskerville, und einige Minuten später fuhren wir rasch die breite, weiße Landstraße entlang. An beiden Seiten der Straße erstreckte sich üppiges Weideland, und alte Giebelhäuser blickten aus dichtem Grün hervor. Aber hinter der freundlichen, sonnigen Landschaft ragte dunkel gegen den Abendhimmel die lange, düstere Rundung des Moors, unterbrochen von zerklüfteten und unheildrohenden Hügeln.

Der Wagen bog in einen Seitenweg ein; jetzt fuhren wir bergauf, durch tiefe, zerfahrene Hohlwege, deren Wände von feuchtem Moos und üppigen Farnkräutern bewachsen waren. Bräunliches Dornengebüsch und buntscheckige Brombeersträucher schimmerten im Glanz der untergehenden Sonne. Immer weiter steigend, überquerten wir eine schmale Brücke aus Granit und fuhren einem geräuschvollen Bach entlang, der schäumend und tosend über Felsblöcke hinab ins Tal eilte. Sowohl die Straße als auch der Bach wanden sich durch eine Schlucht, die dicht mit verkümmerten Eichen und Tannen bewachsen war. Bei jeder Wegbiegung stieß Baskerville Rufe des Entzückens aus. Er blickte eifrig um sich und stellte endlose Fragen. In seinen Augen war alles wunderschön – für mich aber lag ein Hauch melancholischer Trauer über der Landschaft, die so deutlich die Merkmale des dahinschwindenden Jahres an sich trug. Welke gelbe Blätter fielen auf uns nieder und bildeten einen dichten Teppich auf den Wegen. Das Rollen der Räder erstarb, als wir über zusammengewehte vermodernde Laubhaufen dahinfuhren – wie mir schien, ein trauriger Willkommgruß der sterbenden Natur vor dem Wagen des heimkehrenden Erben der Baskerville.

»Hallo«, rief Dr. Mortimer, »was ist denn das?«

Eine steile Erhebung heidekrautbewachsenen Bodens, ein vereinzelter Moorhügel lag vor uns. Auf der Höhe, hart und deutlich wie ein Reiterstandbild, hielt ein berittener Soldat das Gewehr schussbereit im Arm. Er bewachte die Straße, die wir entlanggekommen waren.

»Was soll das bedeuten, Perkins?«, fragte Dr. Mortimer.

Der Kutscher wendete sich halb zu uns um.

»Ein Sträfling ist aus Princetown ausgebrochen, Sir. Schon vor drei Tagen, und die Gefängniswärter bewachen jede Straße und jeden Bahnhof, aber man hat ihn noch nicht gefasst. Die Bauern hier herum sind sehr beunruhigt, Sir, das ist sicher.«

»Ich glaube zu wissen, dass man fünf Pfund bekommt, wenn man ihn der Polizei meldet?«

»Ja, Sir, aber fünf Pfund sind wenig im Vergleich zu der Möglichkeit, umgebracht zu werden. Wissen Sie, es handelt sich nicht um einen gewöhnlichen Sträfling – das ist ein Kerl, der vor nichts zurückschreckt.«

»Wer ist es denn?«

»Es ist Selden, der Mörder von Notting Hill.«

Ich erinnerte mich genau an den Fall, denn er war einer von denen, die Holmes besonders interessiert hatten, wegen der ausgesuchten Grausamkeit des Verbrechens und der zügellosen Brutalität, die alle Taten des Mörders gekennzeichnet hatten. Die Begnadigung von der Todesstrafe zu lebenslänglichem Gefängnis hatte der Verurteilte nur dem Zweifel an seiner geistigen Zurechnungsfähigkeit zu verdanken, so ungeheuerlich war alles gewesen, was er getan hatte. Unser Wagen hatte eine Steigung überwunden; vor uns ragte die weite Fläche des Moors mit verwitterten Steinhaufen und schroffen, spitzen Felsblöcken. Ein kalter Wind blies darüber und machte uns erschauern. Irgendwo in der trostlosen Einöde lauerte dieser tückische Mensch wie ein wildes Tier in eine Höhle verkrochen, das Herz voll Rachegelüste gegen eine Welt, die ihn ausgestoßen hatte. Das gab den Schlusspunkt zu dem düsteren, inhaltschweren Anblick der unfruchtbaren Wüstenei, dem eisigen Wind und der herabsinkenden Dämmerung. Sogar Baskerville schwieg und hüllte sich enger in seinen Mantel.

Wir hatten die fruchtbare Gegend hinter und unter uns gelassen. Nun blickten wir darauf zurück – die schrägen

Strahlen der untergehenden Sonne verwandelten die Flüsse in goldene Fäden, ließen die vom Pflug aufgeworfene frische Erde und das dichte Unterholz der Waldungen rot erglühen. Die Straße vor uns wurde öder und unwegsamer, zwischen ausgedehnten rötlichen und olivfarbenen Abhängen, die mit riesigen Felsblöcken übersät waren. Hie und da fuhren wir an einem Moorbauernhaus vorbei, dessen Dach und dessen Mauern aus Stein waren, ohne dass irgendwelche grüne Ranken die schroffen Linien gemildert hätten. Plötzlich sahen wir in eine beckenförmige Mulde hinab, die von verkümmerten und durch immer währende Stürme verbogenen Eichen und Tannen dürftig bestanden war. Zwei hohe, schmale Türme ragten zwischen den Bäumen hervor. Der Kutscher deutete mit der Peitsche in jene Richtung.

»*Baskerville Hall*«, sagte er.

Der neue Besitzer war im Wagen aufgesprungen und blickte mit geröteten Wangen und blitzenden Augen dorthin. Einige Minuten später hatten wir das Parktor erreicht. Das schmiedeeiserne Tor zwischen zerbröckelten, flechtenüberzogenen Pfeilern, die von den Eberköpfen des baskervilleschen Wappens gekrönt waren, zeigte phantastisch verschlungene Verzierungen. Das Pförtnerhaus war eine Ruine aus schwarzem Granit und nackten Sparren. Ihm gegenüber sah man ein halb fertiges neues Haus, das erste sichtbare Resultat von Sir Charles' südafrikanischem Gold.

Wir fuhren durch das Tor in eine Allee ein, in der die Räder abermals lautlos in den welken Blättern versanken und die alten Bäume ihre Äste über unseren Köpfen zu einem dunklen Tunnel vereinten. Baskerville fuhr fröstelnd zusammen, als er die lange, finstere Allee, an deren Ende das Haus geisterhaft hervorschimmerte, entlangblickte.

»War es hier . . .?«, fragte er leise.

»Nein, nein, die Eibenallee liegt auf der anderen Seite.«

Der junge Erbe wandte sich mit verdüstertem Gesicht an mich. »Es ist kein Wunder, wenn mein Onkel fühlte, dass ihm an einem Ort wie diesem etwas zustoßen würde«, seufzte er. »Jeden Menschen würde hier das Grauen ankommen! Innerhalb von drei Monaten werde ich hier eine Reihe elektrischer Laternen anbringen lassen, und mit einer Tausendwattlampe gerade vor dem Haustor werden Sie das alles nicht wiedererkennen!«

Die Allee mündete auf einen großen Rasenplatz, und vor uns lag das Haus. Im schwindenden Licht konnte ich erkennen, dass der Mitteltrakt einen massiven Block bildete, aus dem eine gedeckte Einfahrt hervorsprang. Die ganze Front war von Efeu überwachsen – da und dort gab es einen Ausschnitt, wo ein Fenster oder ein steinernes Wappen den dunklen Schleier durchbrach. An den beiden Seiten dieses Mitteltrakts ragten die Zwillingstürme empor, uralt, von Zinnen gekrönt und durchbrochen von vielen Schießscharten. Rechts und links davon lagen neuere Flügel aus schwarzem Granit. Trübes Licht fiel aus altertümlichen Fenstern, und aus den schmalen Kaminen, die von dem steilen, abschüssigen Dach emporstrebten, stieg eine einzige schwarze Rauchsäule empor.

»Willkommen, Sir Henry, willkommen in *Baskerville Hall.*«

Ein hoch gewachsener Mann war aus dem Schatten der Einfahrt getreten, um die Wagentüre zu öffnen. Die Gestalt einer Frau hob sich gegen das gelbe Licht der Halle ab. Sie kam heraus und war dem Mann behilflich, unser Gepäck aus dem Wagen zu nehmen.

»Sie verzeihen, wenn ich geradewegs nach Hause fahre, Sir Henry«, sagte Dr. Mortimer. »Meine Frau erwartet mich.«

»Sie werden doch zum Essen dableiben?«

»Nein, ich muss nach Hause. Ich bin sicher, dass mich viel Arbeit erwartet. Ich würde gerne dableiben, um Ihnen das Haus zu zeigen, aber Barrymore wird Ihnen ein noch besserer Führer sein als ich. Leben Sie wohl, und zögern Sie keinen Augenblick, weder bei Tag noch bei Nacht, mich zu rufen, wenn Sie mich brauchen.«

Das Rollen der Räder verklang, als Sir Henry und ich in die Halle traten und die Türe schwer hinter uns zufiel.

Die Halle war weit und hoch – die Decke von schweren Querbalken aus altem, geschwärztem Eichenholz getragen. In dem großen, altertümlichen Kamin prasselte ein Holzfeuer hinter hohen schmiedeeisernen Gittern. Sir Henry und ich wärmten uns daran; denn wir waren von der langen Fahrt ziemlich durchfroren. Dann blickten wir uns um und sahen die hohen, schmalen Fenster aus buntem Glas, die Wandverkleidung aus Eichenholz, die Hirschköpfe, die Wappen an den Wänden, alles vom milden Licht der Lampe in der Mitte des Raumes erhellt.

»Es ist genauso, wie ich es mir vorgestellt habe«, sagte Sir Henry. »Ist es nicht das Urbild eines alten Familiensitzes? Wenn man bedenkt, dass es dieselbe Halle ist, in der meine Ahnen fünfhundert Jahre lang gewohnt haben! Mir wird ganz feierlich zumute, wenn ich mir das vorstelle.«

Ich sah, wie sein dunkles Gesicht sich in knabenhaftem Enthusiasmus aufhellte, als er um sich blickte. Er stand dort, wo das Licht hell auf ihn schien, aber lange dunkle Schatten glitten von den Wänden herab und hingen über ihm wie eine Art Baldachin. Barrymore war wiedergekommen und stand nun vor uns mit der bescheidenen Zurückhaltung eines wohlerzogenen Dieners. Er sah auffallend gut aus, groß und schlank, mit einem kurzen, schwarzen Bart und blassen, vornehmen Gesichtszügen.

»Wünschen Sie sofort zu speisen, Sir?«

»Ist das Diner bereit?«

»In einigen Minuten, Sir. Sie finden heißes Wasser in Ihrem Zimmer. Meine Frau und ich werden sehr glücklich sein, Sir Henry, in Ihren Diensten zu bleiben, bis Sie Ihre Anordnungen getroffen haben. Aber Sie werden verstehen, dass unter diesen Umständen das Haus mehr Dienerschaft benötigen wird.«

»Was für neue Umstände?«

»Ich meinte nur, Sir, dass Sir Charles ein sehr zurückgezogenes Leben führte und wir daher genügten. Sie aber werden selbstverständlich den Wunsch nach größerer Geselligkeit haben, und daraus wird sich die Notwendigkeit der Vergrößerung des Haushaltes ergeben.«

»Wollen Sie damit sagen, dass Sie und Ihre Frau mich verlassen wollen?«

»Ja, Sir, aber erst, wenn Sie es wünschen.«

»Ihre Familie ist doch seit vielen Generationen bei uns gewesen, nicht wahr? Es täte mir Leid, mein Leben hier damit zu beginnen, dass ich eine jahrhundertealte Verbindung löse.«

Ich meinte, Zeichen unterdrückter Erregung aus den blassen Zügen des Butlers herauszulesen.

»Ich fühle das auch, Sir – und meine Frau denkt dasselbe. Aber, um ganz aufrichtig zu sein, wir hingen beide sehr an Sir Charles; sein Tod hat uns erschüttert und uns das Leben in dieser Umgebung zur Qual gemacht. Ich fürchte, wir werden uns in *Baskerville Hall* nie mehr wohl und sicher fühlen.«

»Was haben Sie für Absichten?«

»Ich zweifle nicht daran, Sir, dass wir irgendein Geschäft aufmachen könnten. Sir Charles' Großmut hat uns die Mittel dazu gegeben. Und nun, Sir, möchte ich Ihnen Ihre Zimmer zeigen.«

Über eine Treppe mit zwei Absätzen erreichte man eine Galerie, die um die ganze Halle herumlief. Vom obern Ende der Treppe aus erstreckten sich rechts und links lange Gänge, auf welche die Schlafzimmer mündeten. Das meine lag in demselben Flügel wie Baskervilles, dicht neben dem seinen. Diese Zimmer schienen viel moderner eingerichtet als der mittlere Trakt des Hauses, und die hellen Tapeten und vielen Kerzen taten das ihre, um den trüben Eindruck, den unsere Ankunft auf mein Gemüt gemacht hatte, zu verwischen.

Aber der Speisesaal, der auf die Halle mündete, war düster und dunkel. Der Raum war lang gestreckt, eine Stufe trennte die Estrade, wo die Familie gegessen hatte, vom unteren Ende, das dem Gesinde vorbehalten gewesen war. Die Galerie für Musikanten befand sich an der einen Wand des Saales. Dunkle Querbalken stützten die rauchgeschwärzte Decke. Reihen flammender Fackeln, die Farben und die laute Fröhlichkeit eines mittelalterlichen Festmahles mochten den Esssaal wohl freundlicher gestaltet haben, aber heute, wo zwei schwarz gekleidete Herren in dem engen Lichtkreis einer beschirmten Lampe saßen, musste man unwillkürlich die Stimme senken und wurde still und bedrückt.

Eine Reihe von Ahnen, vom Ritter der Zeit um Elisabeth bis zum Stutzer der Regentenzeit, starrte aus ihren Rahmen durch das Halbdunkel auf uns herab und entmutigte uns durch ihre schweigende Anwesenheit.

Wir sprachen wenig, und ich für meinen Teil war erleichtert, als das Mahl vorüber war und wir uns in das moderne Billardzimmer zurückziehen und unsere Zigaretten rauchen konnten.

»Na – das ist kein sehr heiterer Ort«, bemerkte Sir Henry. »Ich nehme an, dass man sich hier einleben kann, aber momentan fühle ich mich ein wenig unbehaglich. Ich wundere mich nicht, dass mein Onkel etwas schreckhaft war, wenn er so ganz allein in diesem Hause lebte. Immerhin, wenn es Ihnen passt, werden wir uns heute Abend früh zurückziehen; vielleicht sehen die Dinge morgen freundlicher aus.«

Ehe ich zu Bett ging, zog ich meine Vorhänge auseinander und blickte aus dem Fenster. Es ging auf den Rasenplatz vor der Eingangstür hinaus. Jenseits davon bogen sich die Bäume im Wind. Zeitweise schien der Mond durch die fliehenden Wolken. In seinem kalten Licht sah ich über die

Wipfel hinweg einen zackigen Felsen und die melancholische Weite des Moors. Ich zog die Vorhänge zu und fühlte, dass dieser mein letzter Eindruck sich folgerichtig an die anderen reihte.

Und doch war dieser Eindruck nicht der allerletzte. Ich war müde, aber trotzdem wach, drehte mich ruhelos von einer Seite auf die andere, mich nach dem Schlaf sehnend, der nicht kommen wollte. In der Ferne schlug eine Uhr alle Viertelstunden, aber sonst lag Totenstille über dem Haus. Und dann, plötzlich mitten in der nächtlichen Stille, klar und nicht zu verkennen, hörte ich das Schluchzen einer Frau, das erstickte, würgende Schluchzen eines Menschen, der von einem unstillbaren Kummer zerrissen wird. Ich richtete mich im Bett auf und horchte angestrengt. Der Klang konnte nicht von weit her kommen und war bestimmt im Hause selbst. Eine halbe Stunde lag saß ich so mit angespanntesten Nerven, aber ich hörte nichts anderes mehr als die Schläge der Uhr und das Geraschel im Efeu an der Mauer.

7

Die strahlende Schönheit des nächsten Morgens trug das ihre dazu bei, den grauen und trüben Eindruck, den wir von dem ersten Abend in *Baskerville Hall* gewonnen hatten, zu verwischen. Während Sir Henry und ich beim Frühstück saßen, strömte die Sonne herein und warf wässerige Farbflecke durch die wappengezierten, bunten Fensterscheiben. Die dunkle Täfelung schimmerte wie Bronze in den goldenen Strahlen, und es war schwer zu glauben, dass es derselbe Raum war, der am Abend vorher unser Gemüt so schwer bedrückt hatte.

»Ich glaube, wir selbst sind daran schuld und nicht das Haus«, sagte der Baronet. »Wir waren von der Reise ermüdet und von der Fahrt erfroren und sahen alles grau in grau. Nun sind wir frisch und ausgeruht, und alles sieht ganz anders und viel freundlicher aus.«

»Doch war es nicht nur eine Frage der Einbildung«, antwortete ich. »Haben Sie vielleicht jemand – ich glaube, es war eine Frau – im Laufe der Nacht schluchzen gehört?«

»Das könnte stimmen, denn ich war gerade am Einschlafen, als mir schien, als höre ich etwas Ähnliches. Ich wartete eine ganze Weile, aber es war alles still, und so meinte ich, ich hätte nur geträumt.«

»Ich hörte es ganz deutlich und bin sicher, dass es das Schluchzen einer Frau war.«

»Da müssen wir uns aber gleich danach erkundigen.«

Er läutete und fragte Barrymore, ob er uns das, was wir gehört hatten, erklären könne. Mir schien, dass das blasse Gesicht des Butlers noch blasser wurde, als er hörte, um was es sich handelte.

»Es sind nur zwei Frauen hier im Haus, Sir Henry«, antwortete er. »Eine davon ist das Küchenmädchen, das im anderen Trakt schläft. Die andere ist meine Frau, und ich stehe dafür ein, dass es nicht sie gewesen sein kann.«

Er hatte aber doch gelogen; denn nach dem Frühstück traf ich in einem langen Gang mit Mrs Barrymore zusammen, und zwar in einem Augenblick, als ihr die Sonne stark ins Gesicht schien. Sie war eine große, stattliche, leidenschaftslose Frau ihre Gesichtszüge waren hart, und um ihren Mund lag ein verschlossener, strenger Ausdruck. Aber ihre Augen waren verräterisch gerötet, und sie blickte mich aus geschwollenen Lidern an. Also war sie es gewesen, die in der Nacht geweint hatte, und wenn dem so war, musste ihr Mann es doch wissen. Trotzdem hatte er die Möglichkeit, bei einer Lüge ertappt zu werden, auf sich genommen, als er erklärte, dass sie es nicht gewesen sei. Warum hatte er das getan? Und warum hatte sie so bitterlich geschluchzt? Um diesen blassen, gut aussehenden, schwarzbärtigen Mann schien sich die geheimnisvolle Atmosphäre zu verdichten. Er war es, der als erster die Leiche von Sir Charles gefunden hatte, und wir waren nur auf seine Aussagen über die Umstände, die schließlich zum Tode des alten Mannes geführt hatten, angewiesen. War es vielleicht doch möglich, dass es Barrymore gewesen, den wir in der Regent Street im Wagen gesehen hatten? Der Bart konnte derselbe sein, allerdings hatte der Kutscher seinen Fahrgast als etwas kleiner beschrieben, aber er mochte sich geirrt haben. Wie konnte ich das herausfinden? Offensichtlich war es das Wichtigste, den Postbeamten in Grimpen aufzusuchen und festzustellen, ob das Telegramm wirklich in Barrymores eigene Hände abgegeben worden war. Wie auch die Antwort lauten mochte – es war etwas, das ich Sherlock Holmes berichten konnte.

Sir Henry hatte nach dem Frühstück vielerlei Schreibereien zu erledigen, so dass der Augenblick für meinen Ausflug geeignet schien. Es war ein angenehmer Spaziergang von vier Meilen am Rande des Moors entlang bis zu einem kleinen, grauen Weiler, in welchem zwei größere Gebäude, das Gasthaus und Dr. Mortimers Haus, hoch über die anderen Häuschen hinausragten. Der Postmeister, der gleichzeitig der Gemischtwarenhändler des Dorfes war, erinnerte sich genau an das Telegramm.

»Gewiss, Sir«, beteuerte er, »ich habe Mr Barrymore das Telegramm übergeben lassen, wie es mir befohlen wurde.«

»Wer hat es abgegeben?«

»Mein Sohn. James, du hast letzte Woche das Telegramm an Mr Barrymore im Schloss abgegeben, nicht wahr?«

»Ja, Vater, ich habe es abgegeben.«

»In seine eigenen Hände?«, fragte ich.

»Na, er war gerade in diesem Augenblick im Speicher, so konnte ich es nicht ihm in die Hand geben. Aber ich gab es Mrs Barrymore, und sie versprach, es ihm sofort zu bringen.«

»Hast du Mr Barrymore gesehen?«

»Nein, Sir, ich sage Ihnen ja, er war im Speicher.«

»Wieso weißt du, dass er im Speicher war, wenn du ihn nicht gesehen hast?«

»Na – seine eigene Frau wird doch wissen, wo er ist«, sagte der Postmeister gereizt. »Hat er das Telegramm nicht bekommen? Wenn ein Irrtum unterlaufen ist, muss Mr Barrymore seine Beschwerde selbst vorbringen.«

Es schien hoffnungslos, die Untersuchung weiterzuführen, aber es war klar, dass wir trotz Holmes' List keinen Beweis dafür hatten, dass Barrymore zu jener Zeit nicht in London gewesen war. Angenommen, er war in der Hauptstadt – angenommen, dass der gleiche Mann, der als letzter Sir Charles lebend gesehen hatte, der erste war, der den neuen Erben bei seiner Rückkehr nach England beschattet hatte – was dann? War er ein Werkzeug anderer oder verfolgte er seinen eigenen unheilvollen Zweck? Was für ein Interesse konnte er daran haben, die Familie Baskerville zu verfolgen? Ich dachte an die befremdliche, aus dem Leitartikel der *Times* herausgeschnittene Warnung. War das sein Werk oder dasjenige eines anderen, der seine Pläne durchkreuzen wollte? Das einzige einleuchtende Motiv war das von Sir Henry vermutete – dass, wenn es gelang, die Familie von *Baskerville Hall* fern zu halten, den Barrymores ein bequemer Ruheposten für ihr ganzes Leben sicher war. Aber auch diese Auffassung würde kaum genügen, um die geheimen, tückischen Fäden, die ein unsichtbares Netz um den jungen Baskerville zu spinnen schienen, zu erklären. Holmes selbst hatte zugegeben, dass er in der langen Serie seiner sensationellen Nachforschungen keinen ähnlich verwickelten Fall gehabt hatte. Als ich die einsame, graue Straße zurückging, sprach ich ein stilles Stoßgebet, dass mein Freund bald hierher kommen möge, um die schwere Bürde der Verantwortung von meinen Schultern zu nehmen. Meine Gedanken wurden durch das Geräusch eilender Schritte hinter mir unterbrochen. Eine Stimme rief mich beim Namen. Ich drehte mich um, in der Annahme, Dr. Mortimer zu sehen, aber zu meiner Überraschung war es ein Fremder, der mir nachkam. Es war ein kleiner, schlanker, glatt rasierter Mann mit einem gezierten Gesichtsausdruck, flachshaarig und schmalwangig, zwischen dreißig und vierzig Jahren. Er trug einen grauen Anzug und einen Strohhut. Eine Botanisierbüchse hing über seiner Schulter und in der Hand hielt er ein grünes Schmetterlingsnetz.

»Sie werden mir meine Zudringlichkeit hoffentlich verzeihen, Dr. Watson«, rief er atemlos, als er mich erreichte. »Hier am Moor pflegen wir einfache Sitten und warten nicht auf förmliche Vorstellung. Sie haben von unserem gemeinsamen Freund Dr. Mortimer meinen Namen vielleicht schon gehört? Ich heiße Stapleton und wohne in *Merripit House*.«

»Ihre Büchse und Ihr Netz hätten mir das ohnehin verraten«, lächelte ich; denn ich wusste, dass Mr Stapleton Naturforscher war. »Aber woher wussten Sie, wer ich bin?«

»Ich war gerade bei Dr. Mortimer, und er zeigte Sie mir aus dem Fenster seines Konsultationszimmers, als Sie vorübergingen. Da wir denselben Weg haben, dachte ich, dass ich Ihnen nachlaufen und Ihre Bekanntschaft machen könnte. Ich hoffe, dass Sir Henry die Reise gut überstanden hat?«

»Es geht ihm sehr gut, danke.«

»Wir fürchteten alle, dass nach Sir Charles' tragischem Ende der neue Baronet es ablehnen würde, hier zu wohnen. Es ist ja viel verlangt von einem reichen Menschen, sich in solch einer Einöde niederzulassen, aber ich brauche Ihnen wohl nicht zu sagen, dass es für die Gegend von größter Wichtigkeit ist. Ich nehme an dass Sir Henry nicht abergläubisch ist?«

»Das glaube ich nicht.«

»Sie kennen natürlich die Legende von dem Höllenhund, der die Familie verfolgt?«

»Ich habe davon gehört.«

»Es ist unwahrscheinlich, wie abergläubisch die Bauern hier herum sind. Eine ganze Anzahl von ihnen ist bereit zu schwören, dass sie ein solches Wesen auf dem Moor gesehen haben.« Er lächelte, während er sprach, aber an seinem Blick sah ich, dass er die Sache viel ernster auffasste. »Die Geschichte hatte großen Eindruck auf Sir Charles gemacht, und ich zweifle nicht daran, dass sie letzten Endes die Ursache seines tragischen Todes war.«

»Wie konnte das sein?«

»Seine Nerven waren überreizt, so dass der Anblick des ersten besten Hundes auf sein geschwächtes Herz einen vernichtenden Einfluss haben konnte. Ich glaube, dass er in jener letzten Nacht irgendetwas in der Eibenallee sah. Ich fürchtete immer, dass so etwas geschehen würde. Ich mochte den alten Herrn sehr gern und wusste, dass er ein schwaches Herz hatte.«

»Woher wussten Sie das?«

»Mein Freund Mortimer hat es mir gesagt.«

»Sie meinen also, dass irgendein Hund Sir Charles verfolgt hat und er aus Schreck darüber gestorben ist?«

»Haben Sie eine bessere Erklärung dafür?«

»Ich bin noch zu keinem Resultat gekommen.«

»Mr Sherlock Holmes auch nicht?«

Diese Worte brachten mich für einen Augenblick aus der Fassung, aber ein Blick auf das ruhige Gesicht meines Begleiters zeigte mir, dass es keine Fangfrage sein sollte.

»Es hat keinen Sinn, Ihnen vorzutäuschen, dass wir nicht wissen, wer Sie sind, Dr. Watson«, sagte er. »Der Ruhm Ihres Detektivs ist bis zu uns gedrungen, und Sie konnten seine Taten nicht schildern, ohne dabei selbst bekannt zu werden. Als mir Mortimer Ihren Namen sagte, konnte er Ihre Identität nicht ableugnen. Ihre Anwesenheit beweist, dass sich Mr Sherlock Holmes für die Sache interessiert, und ich bin natürlich begierig zu wissen, was er davon hält.«

»Ich fürchte, dass ich diese Frage nicht beantworten kann.«

»Darf ich fragen, ob er selbst uns mit einem Besuch beehren wird?«

»Augenblicklich kann er London nicht verlassen, da er mit einigen wichtigen Fällen beschäftigt ist.«

»Wie schade. Er könnte doch einiges, das für uns ein so dunkles Geheimnis ist, aufklären. Was aber Ihre eigenen Nachforschungen betrifft: Wenn ich Ihnen in irgendeiner Weise behilflich sein kann, so bitte ich Sie, über mich zu verfügen. Wenn ich eine Ahnung von der Art Ihrer Verdachtsmomente oder von der Richtung, in der Sie Ihre Nachforschungen betreiben werden, hätte, könnte ich Ihnen vielleicht sofort raten oder helfen.«

»Ich versichere Ihnen, dass ich hier einfach zu Besuch bei meinem Freund Sir Henry bin und keinerlei Rat oder Hilfe nötig habe.«

»Ausgezeichnet«, lobte Stapleton. »Sie haben ganz recht, vorsichtig und verschwiegen zu sein. Ihre Zurechtweisung ist vollkommen am Platze; denn ich fühle, dass ich eine unverantwortliche Aufdringlichkeit begangen habe, und ich verspreche Ihnen, diese Angelegenheit nicht mehr zu berühren.«

Inzwischen waren wir an einem Punkt angelangt, wo ein schmaler, grasbewachsener Pfad von der Straße nach dem Moore abzweigte. Ein steiler, mit Felsblöcken besäter Hügel, wo in früherer Zeit ein Granitsteinbruch gewesen sein mochte, lag rechts von uns. Die uns zugekehrte Seite bildete eine dunkle, von Farnkräutern und Brombeersträuchern überwucherte Klippe. In der Ferne, jenseits einer Anhöhe, stieg eine graue Rauchsäule empor.

»Es ist nicht weit von hier nach *Merripit House*«, bemerkte Stapleton, »Sie könnten vielleicht eine Stunde für uns erübrigen, um meine Schwester kennen zu lernen?«

Mein erster Gedanke war, dass ich an Sir Henrys Seite sein

sollte. Aber dann erinnerte ich mich an den Berg von Akten und Rechnungen auf seinem Schreibtisch. Es war sicher, dass ich ihm dabei nicht behilflich sein konnte; zudem hatte mir Holmes eingeschärft, die Nachbarn auf dem Moor kennen zu lernen. Ich nahm also Stapletons Einladung an, und wir gingen den Pfad entlang.

»Dieses Moor ist eine wunderbare Gegend«, plauderte er und blickte über das hügelige Land, das langen, grünen, von zerklüftetem Granit gekrönten Wogen glich, die wie eine phantastische Brandung wirkten. »Man wird des Moors nie überdrüssig. Sie können sich nicht vorstellen, welch sonderbare Geheimnisse es in sich birgt. So unendlich ist es, so öde und so rätselhaft.«

»Sie kennen es gut?«

»Ich bin erst seit zwei Jahren hier. Die Einheimischen würden mich einen Neuankömmling nennen. Wir zogen hierher, kurz nachdem sich Sir Charles hier niedergelassen hatte. Doch meine Liebhaberei bringt mich dazu, die ganze Gegend zu durchforschen, und ich glaube, dass es wenig Leute gibt, die sich hier besser auskennen als ich.«

»Ist es denn so schwer, sich zurechtzufinden?«

»Sehr schwer. Sehen Sie zum Beispiel die weite Ebene dort, aus der diese sonderbaren Hügel herausragen? Fällt Ihnen irgendetwas Besonders daran auf?«

»Es müsste ein herrlicher Boden für einen guten Galopp sein!«

»Das ist ein ganz natürlicher Gedanke, der viele das Leben gekostet hat. Sehen Sie die hellgrünen Flecken, mit denen die Ebene besät ist?«

»Ja, sie sind anscheinend fruchtbarer als der übrige Teil.«

Stapleton lachte: »Das ist der große Grimpensumpf. Dort bedeutet ein falscher Schritt den Tod für Mensch und Tier. Ich sah gestern, wie eines der Moorponys hineingeriet. Es kam nicht mehr heraus. Ich sah seinen Kopf noch eine ganze Weile aus dem Sumpf herausragen, aber dann ging es doch unter. Es ist sogar in den trockenen Jahreszeiten gefährlich, darüber zu gehen, aber nach diesen Herbstregen ist es ein mörderischer Aufenthalt. Und doch kann ich mich ins Innerste hineinwagen und lebend zurückkommen. Herrgott, da ist wieder eines dieser unglückseligen Ponys!«

Etwas Braunes wälzte und wand sich zwischen dem grünen Schilf. Dann reckte sich ein langer Hilfe suchender Hals empor, und ein grauenhafter Schrei erklang über das Moor. Ich war starr vor Entsetzen, aber mein Begleiter schien stärkere Nerven zu haben als ich.

»Es ist verschwunden«, murmelte er, »der Sumpf hat es verschlungen. Zwei innerhalb zweier Tage, und vielleicht noch mehr, denn sie gewöhnen sich bei trockenem Wetter daran, dort zu weiden und kennen den Unterschied nicht, bis sie dann eben der Sumpf verschlingt. Ein gefährlicher Ort, der große Grimpensumpf.«

»Und Sie sagen, dass Sie ihn ungestraft überqueren können?«

»Ja, es gibt eben einen oder zwei Pfade, auf denen ein sehr geschickter Mensch sich durchwinden kann. Ich habe sie herausgefunden.«

»Warum aber sind Sie so erpicht darauf, diesen schrecklichen Ort zu betreten?«

»Sehen Sie da hinten diese Hügel? Es sind recht eigentlich Inseln, die von dem unwegsamen Sumpf umgeben und daher ganz abgeschnitten sind. Dort findet man – wenn man geschickt genug ist – die seltensten Pflanzen und die schönsten Schmetterlinge.«

»Ich werde eines Tages mein Glück dort versuchen.«

Er blickte mich überrascht an. »Schlagen Sie sich das um Gottes willen aus dem Kopf«, warnte er. »Ihr Blut käme dann über mein Haupt. Ich versichere Ihnen, dass Sie nicht die geringste Chance haben, lebend zurückzukommen. Ich selbst kann es nur, weil ich mich an bestimmte Zeichen halte.«

»Hallo«, rief ich, »was ist denn das?«

Ein langer, leiser Klagelaut von unbeschreiblicher Trauer tönte über das Moor. Er erfüllte die ganze Atmosphäre, und doch war es unmöglich, zu sagen, woher er kam. Aus einem dumpfen Murmeln schwoll er zu einem tiefen Grollen an und verklang wieder in einem traurigen, leisen Geflüster. Stapleton blickte mich mit einem sonderbaren Gesichtsausdruck von der Seite an.

»Merkwürdiger Ort, das Moor«, murmelte er.

»Was kann das sein?«, fragte ich.

»Die Bauern sagen, es sei der Bluthund der Baskervilles, der nach seinem Opfer heult. Ich habe es selbst ein- oder zweimal gehört, aber so laut noch nie.«

Ich blickte mit bangem Herzen auf die weite, mit grünem Schilf durchsetzte Fläche. Im ganzen Umkreis regte sich nichts Lebendiges, außer einigen Raben, die auf einem Steinhaufen hinter uns saßen und laut krächzten. »Sie sind doch ein gebildeter Mensch. Sie können doch nicht wirklich an einen solchen Unsinn glauben?«, fragte ich. »Was könnte denn die Ursache dieser Laute sein?«

»Sümpfe bringen manchmal merkwürdige Geräusche hervor – wenn das Wasser steigt oder wenn das Moor sich zusammenzieht oder sonst irgendetwas.«

»Nein, nein, das war die Stimme eines Lebewesens!«

»Möglich. Haben Sie je eine Rohrdommel schreien hören?«

»Nein, niemals.«

»Ein sehr seltener Vogel – besonders in England, aber auf dem Moor ist alles möglich. Ja, ich wäre nicht erstaunt, dass, was wir eben gehört haben, der Schrei der letzten Rohrdommel gewesen ist.«

»Es war der grässlichste, seltsamste Ton, den ich je in meinem Leben gehört habe!«

»Ja, es ist schon eine unheimliche Gegend hier herum. Blicken Sie auf diese Hügel hinüber – was halten Sie davon?«

Der ganze steile Abhang war von wenigstens einem Dutzend kreisrunder Formationen aus grauen Steinen bedeckt.

»Was ist das – Schafhürden?«

»Nein, es sind die Heimstätten unserer ehrenwerten Vorfahren. Die prähistorischen Menschen lebten gern auf dem Moor, und da dieses seither mehr oder weniger unbewohnt geblieben ist, finden wir all ihre häuslichen Einrichtungen genauso vor, wie sie sie verlassen haben. Dies hier sind ihre Wigwams ohne Dächer. Sie können ihre Herde und ihre Ruhelager sehen, wenn Sie neugierig sind und hineingehen.«

»Es sieht beinahe wie eine Ansiedlung aus. Wann war es bewohnt?«

»Steinzeit ohne genauere Jahreszahl.«

»Womit beschäftigten sich die Bewohner?«

»Sie ließen ihr Vieh auf diesen Abhängen weiden und gruben nach Zinn, als das Bronzeschwert die Steinaxt verdrängte. Sehen Sie diesen großen Einschnitt auf dem gegenüberliegenden Hügel? Das ist ihr Kennzeichen. Ja – Sie finden sehr merkwürdige Dinge auf dem Moor, Dr. Watson. Oh – entschuldigen Sie mich einen Augenblick! Das ist sicher eine Cyclopides!« Eine kleine Mücke oder ein Falter war über uns hinweggeflogen; einen Augenblick später rannte ihr Stapleton mit außerordentlicher Schnelligkeit und Energie nach. Zu meiner Bestürzung flog das Ding genau in die Richtung des großen Sumpfes. Aber Stapleton ließ sich nicht davon abschrecken, sondern verfolgte es von einer der grünen Inseln zur anderen springend, wobei sein Netz lustig in der Luft flatterte. Durch sein graues Gewand und seine ruckweisen, unregelmäßigen Sprünge sah er selbst beinah wie ein großer Falter aus. Ich stand und beobachtete seine Jagd mit gemischten Gefühlen – Bewunderung für seine außerordentliche Geschicklichkeit und Angst, dass er in diesem verräterischen Sumpf den festen Boden verlieren würde –, als ich Schritte hörte und eine Frauengestalt hinter mir sah. Sie kam aus der Richtung, in der die Rauchfahne *Merripit House* anzeigte, aber die Senkung des Moors hatte sie meinen Blicken entzogen, bis sie ganz in meiner Nähe war.

Ich war nicht einen Augenblick im Zweifel darüber, dass dies Miss Stapleton war, von der ich bereits gehört hatte, da es doch auf dem Moor wenig Damen gab und ich mich auch daran erinnerte, dass man von ihr als von einer Schönheit gesprochen hatte. Dies war die herannahende Frau sicherlich, und dazu eine von eigenartigem Reiz. Es konnte keinen größeren Kontrast geben als zwischen diesen Geschwistern; Stapleton war farblos, hatte helles Haar und graue Augen, während sie die dunkelste Brünette war, die ich je in England gesehen hatte – groß, schlank und elegant. Sie hatte ein stolzes, edel geformtes Gesicht, das in seiner Regelmäßigkeit beinahe kalt gewirkt hätte, wenn nicht ihr sensitiver Mund und ihre wunderschönen, dunklen, lebhaften Augen gewesen wären. Durch ihre tadellose Gestalt und ihre elegante Kleidung wirkte sie auf diesem Wiesenpfad wie eine fremdartige Erscheinung. Als ich mich nach ihr umwendete, blickte sie eben ihrem Bruder nach und kam dann rasch auf mich zu. Ich hatte den Hut gezogen und wollte gerade eine erklärende Bemerkung machen, als ihre Worte meine Gedanken in eine neue Bahn lenkten.

»Gehen Sie zurück!«, zischte sie, »kehren Sie sofort nach London zurück – sofort!«

Ich starrte sie verblüfft an; mit lodernden Augen erwiderte sie den Blick und stampfte ungeduldig mit dem Fuß.

»Warum soll ich zurückgehen?«, fragte ich.

»Ich kann es nicht erklären.« Sie sprach mit leiser, hastiger Stimme und einem sonderbaren Lispeln. »Aber, um Gottes willen, tun Sie, was ich Ihnen sage. Kehren Sie zurück und setzen Sie nie wieder einen Fuß auf dieses Moor.«

»Ich bin aber doch gerade erst gekommen.«

»Mein Gott, Mensch«, rief sie, »begreifen Sie denn nicht, dass man Sie in Ihrem eigenen Interesse warnt? Fahren Sie nach London zurück, heute Abend noch! Gehen Sie um jeden Preis von hier weg! Achtung – mein Bruder kommt. Sprechen Sie kein Wort über das, was ich gesagt habe. Würden Sie so freundlich sein, diese Orchidee für mich zu pflücken, dort bei den Schachtelhalmen? Das Moor ist sehr reich an Orchideen; schade, dass Sie etwas zu spät kommen, um die Schönheiten der Gegend zu genießen.«

Stapleton hatte die Jagd aufgegeben und kehrte schwer atmend und mit vor Anstrengung gerötetem Gesicht zu uns zurück.

»Hallo, Beryl.« Mir schien, dass der Klang seiner Begrüßungsworte nicht übermäßig herzlich war.

»Na, Jack, du siehst sehr erhitzt aus.«

»Ja, ich versuchte, eine Cyclopides zu fangen. Sie sind sehr selten, besonders im Herbst. Schade, dass es mir nicht gelungen ist.«

Er sprach unbefangen, aber seine kleinen hellen Augen glitten forschend zwischen dem Mädchen und mir hin und her.

»Ihr habt Bekanntschaft gemacht, wie ich sehe?«

»Ja, ich sagte Sir Henry gerade, dass es leider zu spät für ihn sei, die Schönheiten des Moors zu genießen.«

»Für wen hältst du denn diesen Herrn?«

»Ich nehme an, dass es Sir Henry Baskerville ist.«

»Nein, nein«, sagte ich, »ein einfacher Bürger nur, aber Sir Henrys Freund. Ich heiße Dr. Watson.«

Ein Erröten des Ärgers überzog ihr ausdrucksvolles Gesicht. »Da haben wir aneinander vorbeigeredet«, sagte sie.

»Na, ihr hattet doch nicht viel Zeit zum Reden«, bemerkte ihr Bruder mit demselben forschenden Blick.

»Ich sprach, als ob Dr. Watson sich hier niederlassen würde und nicht nur ein flüchtiger Gast wäre«, erklärte sie. »So kann es ihm nicht viel ausmachen, ob es zu früh oder zu spät für Orchideen ist. Sie werden uns doch begleiten, nicht wahr, um *Merripit House* zu sehen?«

Nach einigen Minuten waren wir dort – ein unfreundliches Landhaus, wohl der Pachthof eines Viehzüchters in vergangenen, ertragreichen Jahren, jetzt aber neu aufgebaut und modernisiert. Das Gebäude war von einem Obstgarten umgeben, doch, wie das auf dem Moor der Fall ist, waren die Bäume verkümmert und von Frost beschädigt, und der Eindruck, den der ganze Besitz machte, war armselig und trüb. Wir wurden von einem sonderbaren, eingeschrumpften alten Diener in einer abgeschabten Livree empfangen, der im Einklang mit dem Hause schien. Die großen Räume im Inneren waren jedoch mit einer Vornehmheit eingerichtet, in der ich den guten Geschmack der Dame des Hauses zu erkennen glaubte. Als ich aus dem Fenster auf das weite, steinbesäte, bis zum Horizont reichende Moor blickte, fragte ich mich, was diesen hochgebildeten Mann und dieses wunderschöne Mädchen dazu bewogen haben mochte, sich in einer solchen Gegend niederzulassen.

»Wir haben einen wunderlichen Fleck Erde gewählt, nicht wahr?«, sagte Stapleton wie als Antwort auf meine unausgesprochenen Gedanken. »Und doch bringen wir es zuwege, hier recht glücklich und zufrieden zu sein, nicht wahr, Beryl?«

»Ja – recht glücklich«, echote sie, aber ihre Worte klangen wenig überzeugend.

»Ich hatte eine Schule«, fuhr Stapleton fort, »im Norden Englands. Für einen Mann meiner Veranlagung war die Arbeit mechanisch und uninteressant. Aber der Vorzug, mit Jugend zu leben, zu helfen, diese jungen Gemüter zu bilden, ihnen eigene Gedanken und Ideale einzuimpfen, war mir unendlich wertvoll. Doch war das Schicksal gegen uns. Eine Typhusepidemie brach aus, und drei meiner Schüler starben daran. Von diesem Schlag hat sich die Schule nie erholt, der größte Teil meines Kapitals ging dabei verloren. Und doch, abgesehen davon, dass mir der tägliche herzerfreuende Umgang mit jungen Menschen fehlt, konnte ich mich sogar meines Missgeschicks freuen; denn meine Leidenschaft für Botanik und Zoologie findet hier ein unbegrenztes Tätigkeitsfeld – und meine Schwester liebt die Natur ebenso sehr wie ich. Das alles, Dr. Watson, mussten Sie über sich ergehen lassen, als Antwort auf den Gesichtsausdruck, mit dem Sie das Moor von unserem Fenster aus betrachtet haben.«

»Ich gebe zu, dass ich dachte, es müsse hier etwas langweilig für Sie sein – weniger vielleicht für Sie als für Ihre Schwester.«

»Nein, ich langweile mich nie«, widersprach sie rasch.

»Wir haben Bücher, wir haben unsere Studien, und wir haben anregende Nachbarn. Dr. Mortimer ist eine Leuchte seines Berufs, der arme Sir Charles war auch ein besonders angenehmer Gesellschafter. Wir waren sehr befreundet und vermissen ihn mehr als ich sagen kann. Glauben Sie, dass es zudringlich wäre, wenn ich Sir Henry heute Nachmittag besuchte?«

»Ich bin sicher, dass es ihn sehr freuen würde.«

»Vielleicht sind Sie so freundlich, ihn darauf vorzubereiten. Wir könnten mit unseren schlichten Mitteln vielleicht dazu beitragen, ihm das Leben angenehmer zu machen, bis er sich in seiner neuen Umgebung eingelebt hat. Wollen Sie in mein Zimmer hinaufkommen, Dr. Watson, und meine Sammlung von Lepidoptera ansehen? Ich glaube, es ist die vollkommenste im Südwesten von England. Inzwischen wird das Mittagessen bereit sein.«

Aber ich brannte darauf, zu meinem Schützling zurückzukehren. Die Trostlosigkeit des Moors und der Tod des unglückseligen Ponys, der unheimliche Ton, der mit der finsteren Legende der Baskervilles in Verbindung gebracht wurde – all diese Dinge bedrückten mein Gemüt. Und, um all den mehr oder weniger bestimmten Eindrücken noch die Krone aufzusetzen, war Miss Stapletons eindringliche Warnung hinzugekommen, war mit einer solchen ernsten Bestimmtheit ausgesprochen worden, dass ein Zweifel an den schwer wiegenden Gründen, die sie dazu veranlasst hatten, nicht möglich war.

Ich lehnte daher die Einladung zum Mittagessen ab und trat den Heimweg an. Ich ging zurück, wie wir gekommen waren; anscheinend aber gab es eine Abkürzung, denn ehe ich die Straße erreichte, war ich sehr überrascht, Miss Stapleton auf einem Stein am Rande des Wiesenpfades sitzen zu sehen. Ihr Gesicht war vor Anstrengung gerötet, und sie presste die Hand an ihre Seite.

»Ich bin die ganze Zeit gelaufen, um Ihnen den Weg abzuschneiden, Dr. Watson«, keuchte sie. »Ich muss mich sehr beeilen, weil mein Bruder mich sonst vermisst. Ich wollte Ihnen nur sagen, wie sehr ich es bedaure, dass ich mich irrte und Sie für Sir Henry hielt. Bitte vergessen Sie meine Worte, die auf Sie absolut keinen Bezug hatten.«

»Ich kann sie aber nicht vergessen, Miss Stapleton«, antwortete ich. »Sir Henry ist mein Freund, und sein Wohlergehen liegt mir sehr am Herzen. Sagen Sie mir, warum es Ihnen so wichtig ist, dass Sir Henry nach London zurückkehrt?«

»Die Laune einer Frau, Dr. Watson. Wenn Sie mich näher kennen lernen, werden Sie merken, dass ich nicht immer Gründe für das, was ich sage oder tue, angeben kann.«

»Nein, nein. Ich erinnere mich an den eindringlichen Ton Ihrer Stimme und an Ihren Blick. Bitte seien Sie aufrichtig mir gegenüber, Miss Stapleton, denn seit ich hier bin, fühle ich mich von unheimlichen Schatten umgeben. Das Leben hier macht mir den Eindruck des großen Grimpensumpfs mit kleinen grünen Flecken, in denen man versinken kann, wenn man keinen Führer hat, der einem den richtigen Weg zeigt. Ich beschwöre Sie, sagen Sie mir, was Sie meinten, und ich verspreche Ihnen, Ihre Warnung an Sir Henry weiterzugeben.«

Einen Augenblick lang schien sie unschlüssig, dann aber bekamen ihre Augen wieder einen harten Ausdruck, als sie mir antwortete:

»Sie legen der Sache zu viel Wichtigkeit bei, Dr. Watson. Mein Bruder und ich waren von Sir Charles' Tod sehr erschüttert. Wir sahen ihn sehr oft; denn sein Lieblingsweg war der über das Moor zu unserem Haus. Er war von dem Fluch, der über seiner Familie lag, sehr beeindruckt, und als diese Tragödie sich ereignete, fühlte ich natürlich, dass seine Furcht berechtigt gewesen war. Deshalb war ich sehr entsetzt, dass wieder ein Mitglied seiner Familie hierher kam, und dachte, dass es vor der Gefahr, in die es sich begab, gewarnt werden sollte. Das war alles, was ich sagen wollte.«

»Worin aber liegt die Gefahr?«

»Sie kennen doch die Legende vom Bluthund?«

»Ich glaube nicht an solchen Unsinn.«

»Ich glaube jedoch daran. Wenn Sie irgendwelchen Einfluss auf Sir Henry haben, bringen Sie ihn dazu, einen Ort zu verlassen, der immer verhängnisvoll für seine Familie gewesen ist. Die Welt ist weit – warum sollte er gerade an diesem gefährlichen Ort leben wollen?«

»Eben *weil* es ein gefährlicher Ort ist. Das liegt in Sir Henrys Natur. Ich fürchte, dass es nicht möglich sein wird, ihn zur Abreise zu bewegen, wenn Sie mir nichts Bestimmteres sagen können.«

»Ich kann nichts Bestimmteres sagen, weil ich nichts Bestimmteres weiß.«

»Nur noch eine Frage, Miss Stapleton. Wenn Sie, als Sie zuerst mit mir sprachen, nichts anderes meinten, als das, warum wollten Sie nicht, dass Ihr Bruder es höre? Es ist doch nichts, was er oder jemand anderer übel nehmen könnte?«

»Mein Bruder ist erpicht darauf, dass das Schloss bewohnt wird, weil er davon überzeugt ist, dass es für die armen Leute auf dem Moor sehr wichtig ist. Er wäre deshalb sehr böse, wenn er wüsste, dass ich etwas gesagt habe, das Sir Henry veranlassen könnte, wieder abzureisen. Aber ich habe nun meine Pflicht getan und werde nichts anderes sagen. Ich muss nun zurückgehen, sonst sucht er mich und wird argwöhnen, dass ich mit Ihnen gesprochen habe. Adieu!«

Sie wendete sich um und war nach wenigen Minuten zwischen den grauen Steinblöcken verschwunden, während ich von unbestimmter Angst beschwert den Rückweg nach *Baskerville Hall* antrat.

8

Von jetzt an werde ich den Lauf der Dinge schildern, indem ich meine eigenen Briefe an Mr Sherlock Holmes, die vor mir auf dem Tisch liegen, abschreibe. Es fehlt zwar eine Seite, aber sonst sind sie genau so, wie ich sie verfasst habe, und geben jeweils meine Gefühle und Verdachtsmomente besser wieder, als ich dies aus dem Gedächtnis tun könnte, so genau ich mich auch an die tragischen Vorkommnisse erinnere.

Baskerville Hall, den 13. Oktober

Mein lieber Holmes,

bisher haben meine Briefe und Telegramme Sie über alles, was an diesem gottverlassenen Ort vorgekommen ist, auf dem Laufenden gehalten. Je länger man hier ist, desto mehr gerät man in den Bann des Moors, dessen Unendlichkeit, aber auch dessen düsterer Anziehungskraft. Ist man einmal auf das Moor gegangen, so lässt man alle Spuren der heutigen Welt hinter sich und wird sich auf Schritt und Tritt der Heimstätten und der Tätigkeit prähistorischer Menschen bewusst. Man trifft überall auf die Baureste dieser längst vergessenen Menschen, auf ihre Gräber und auf die riesigen Steinblöcke, die angeblich ihre Tempel bezeichnet haben. Wenn man die grauen Steinhütten an den narbigen Abhängen betrachtet, versinkt das Jahrhundert, in dem man lebt, und wenn man plötzlich einen haarigen, nur mit einer Tierhaut bekleideten Menschen aus einer der niederen Türöffnungen herauskriechen und einen Pfeil mit einer Feuersteinspitze auf seinen Bogen legen sähe, käme einem seine Gegenwart hier selbstverständlicher vor als die eigene. Es berührt einen nur sonderbar, dass diese Urmenschen so eng zusammengedrängt auf einem gewiss schon damals unfruchtbaren Boden gelebt haben. Ich bin kein Geschichtsforscher, aber ich könnte mir vorstellen, dass sie irgendeiner Rasse angehörten, die gezwungen war, dort zu leben, wo niemand anderer hinwollte.

All das aber ist für meine Mission unwesentlich und nach Ihrer streng praktischen Denkungsweise höchst uninteressant. Ich wende mich daher den Sir Henry Baskerville betreffenden Tatsachen zu.

Wenn Sie über die letzten Tage keinen Bericht erhalten haben, ist es, weil bis heute nichts von Bedeutung zu berichten war. Dann ereignete sich etwas sehr Überraschendes, das ich Ihnen später schildern werde. Aber zuerst muss ich Sie bezüglich einiger der anderen Faktoren auf dem Laufenden halten. Einer davon, über den ich bisher wenig berichtet habe, ist der entlaufene Sträfling auf dem Moor. Es spricht viel dafür, dass er die Gegend endgültig verlassen hat, worüber die einsam wohnenden Bauern dieses Distrikts sehr erleichtert sind. Seit seiner Flucht sind zwei Wochen vergangen, in denen man von ihm weder etwas gehört noch gesehen hat. Es ist beinahe ausgeschlossen, dass er sich diese ganze Zeit hindurch auf dem Moor aufhalten konnte. Natürlich wäre es für ihn nicht schwer gewesen, sich zu verbergen, denn jede dieser steinernen Hütten bildet ein ideales Versteck. Es gibt aber keine Möglichkeit, sich zu ernähren, er hätte denn eines der Schafe auf dem Moor abgefangen und geschlachtet. Wir glauben daher, dass er verschwunden ist, und infolgedessen schlafen die Bauern wieder ruhiger.

Was uns betrifft, sind wir hier im Hause vier handfeste Männer, so dass wir nichts zu fürchten brauchen, aber ich gestehe, dass ich mir manchmal um die Stapletons große Sorgen gemacht habe. Dort wohnen nur Schwester und Bruder, ein Dienstmädchen und ein alter, gebrechlicher Diener. Auch ist Mr Stapleton nicht besonders kräftig. Sie alle wären in den Händen eines so verzweifelten Kerls, wie dieser Verbrecher von Notting Hill ist, verloren gewesen. Sowohl Sir Henry als ich waren ihretwegen sehr beunruhigt und schlugen vor, dass Perkins, der Reitknecht, bei ihnen übernachten solle, aber Stapleton wollte nichts davon wissen.

Tatsache ist, dass unser Freund, der Baronet, ein wachsendes Interesse an unserer schönen Nachbarin zur Schau trägt. Das ist kein Wunder, denn für einen so tätigen Menschen wie ihn wird es in dieser Einsamkeit bald langweilig, und sie ist ein bezauberndes, schönes Mädchen. In ihrem Wesen liegt etwas Fremdartig-Tropisches, das in seltsamem Kontrast zu ihrem kühlen, leidenschaftslosen Bruder steht. Obzwar man auch bei ihm den Eindruck eines langsam schwelenden inneren Feuers hat. Jedenfalls steht sie vollkommen unter seinem Einfluss, denn wenn sie spricht, sieht sie ihn dabei immer an, als wolle sie seine Zustimmung zu dem, was sie sagt, erbitten. Ich hoffe, dass er gut zu ihr ist. In seinen Augen liegt ein harter Glanz, und seine schmalen, herb aufeinander gepressten Lippen lassen auf einen sehr entschlossenen und vielleicht rauen Charakter schließen. Ihn zu studieren wäre für Sie sehr fesselnd. Er kam an jenem ersten Tag zu uns und führte uns gleich am nächsten Morgen an den Fleck, von dem die Legende des grausamen Hugo anscheinend ausgeht. Es war ein Ausflug von einigen Meilen über das Moor bis zu einem Ort, der so trostlos ist, dass man den Ursprung der Geschichte begreift. Wir fanden ein kleines Tal zwischen rauen Steinblöcken, das auf eine offene, grasbewachsene, von weißlichem Schilf gesprenkelte Fläche mündete. In ihrer Mitte ragten zwei große Felsblöcke empor, deren Spitzen verwittert und abgeschliffen waren; sie sahen aus wie die riesigen Klauen eines vorsintflutlichen Tieres. Es stimmte in jeder Beziehung mit dem Schauplatz der legendären Tragödie überein. Sir Henry zeigte großes Interesse und fragte Stapleton mehr als einmal, ob er wirklich an die Möglichkeit der Einmischung übernatürlicher Mächte in menschliche Angelegenheiten glaube. Er sprach leichthin, aber man konnte sehen, dass es ihm ernstlich um eine Antwort zu tun war. Stapleton erwiderte vorsichtig, aber es war klar, dass er etwas zurückhielt und dass er seine wirkliche Antwort gegen die Gefühle des Baronets nicht aussprach. Er erzählte uns von ähnlichen Fällen, wo Familien unter einem solchen Fluch gelitten hatten und hinterließ uns den Eindruck dass er die allgemeine Ansicht teilt. Auf dem Rückweg blieben wir zum Mittagessen in *Merripit House*, und Sir Henry machte die Bekanntschaft von Miss Stapleton. Er war vom ersten Augenblick an entzückt von ihr, und ich müsste mich sehr irren, wenn dieses Gefühl nicht gegenseitig wäre. Auf unserem Heimweg sprach er immer wieder von ihr, und seither vergeht kaum ein Tag, an dem wir nicht mit den Geschwistern zusammen sind. Heute Abend speisen wir bei uns; nächste Woche werden wir wahrscheinlich bei ihnen soupieren. Man sollte meinen, dass Stapleton von einer solchen Heirat sehr begeistert wäre, und doch habe ich mehr als einmal an seinem verärgerten, abweisenden Gesichtsausdruck gesehen, dass ihm Sir Henrys Aufmerksamkeiten seiner Schwester gegenüber unangenehm sind. Wahrscheinlich hängt er sehr an ihr und würde sich ohne sie sehr vereinsamt fühlen, aber es wäre doch der Gipfel der Selbstsucht, wenn er sie daran hindern wollte, eine so glänzende Heirat zu machen. Und doch bin ich überzeugt, er sucht zu vermeiden, dass sich ihre Freundschaft in Liebe verwandelt, und ich habe oft gemerkt, dass er alles tut, um ein Alleinsein der beiden zu verhindern. Es wird übrigens kaum möglich sein, Ihren Befehl, Sir Henry nie allein ausgehen zu lassen, zu befolgen, wenn zu unseren übrigen Schwierigkeiten noch eine Liebesgeschichte hinzukommt. Wenn ich Ihre Anordnungen buchstäblich ausführen wollte, wäre meine Beliebtheit bald beim Teufel.

Unlängst – Donnerstag, um es genau zu sagen – speiste Dr. Mortimer bei uns. Er hatte gerade einen Grabhügel in Long Down geöffnet und dabei einen prähistorischen Schädel gefunden, was ihn mit inniger Freude erfüllte. Ich habe selten einen so einseitigen Enthusiasten gesehen. Später kamen dann die Stapletons, und der gute Doktor führte uns auf Sir Henrys Wunsch hin in die Eibenallee, um uns genau zu zeigen, wie sich alles in jener verhängnisvollen Nacht zugetragen hatte. Die Eibenallee ist ein langer, trübseliger Weg zwischen zwei Wänden von beschnittenen Eiben; ein schmaler Grasstreifen säumt die Allee zu beiden Seiten. An ihrem Ende steht ein altes, verfallenes Sommerhäuschen. Etwa in der Mitte ist das Tor, wo der alte Herr stillgestanden und die Asche seiner Zigarre zu Boden gefallen ist. Jenseits davon liegt das weite Moor. Ich erinnere mich an Ihre Theorie über die Sache und versuchte mir auszumalen, wie alles geschehen ist. Als der alte Herr am Tor stand, sah er etwas über das Moor auf sich zukommen, etwas, das ihm ein solches Grauen einflößte, dass er die Fassung verlor und lief und lief, bis er vor lauter Entsetzen und Erschöpfung tot hinfiel. Da war der lange, finstere Tunnel, dem entlang er geflüchtet war. Geflüchtet – wovor? Vor einem Schäferhund am Moor? Oder vor einem Gespensterhund, schwarz, lautlos und ungeheuerlich? Waren Menschenhände dabei im Spiel? Wußte der blasse, wachsame Barrymore mehr, als er sagen wollte? Alles war verschwommen und nebelhaft, aber man spürte dahinter den dunklen Schatten eines Verbrechens.

Ich habe seit meinem letzten Brief einen anderen Nachbarn kennen gelernt. Es ist Mr Frankland von *Lafter Hall,* der etwa vier Meilen südlich von uns wohnt. Ein älterer, sehr cholerischer Herr mit rotem Gesicht und weißen Haaren. Seine Leidenschaft ist das englische Gesetzbuch, und er hat mit seinem Prozessieren bereits ein Vermögen verloren. Er kämpft um des Kampfes willen; es ist ihm einerlei, für welche Seite einer Streitfrage er kämpft, so dass es nicht erstaunlich ist, dass ihn diese Leidenschaft sehr viel kostet. Manchmal schließt er einen Weg, auf dem ein Servitut liegt, ab und fordert die Gemeinde damit heraus, ihn zu zwingen, den Weg wieder freizugeben. Und ein andermal wird er mit seinen eigenen Händen das Tor eines anderen Grundbesitzers niederreißen, erklären, dass sich dort seit undenklichen Zeiten ein Weg befand, und dem Besitzer anheim stellen, ihn wegen Verletzung fremden Eigentums zu verklagen. Er ist eine Kapazität, was alle Guts- und Gemeinderechte betrifft, und wendet seine Wissenschaft einmal zu Gunsten der Bewohner von Fernworthy, ein andermal zu deren Ungunsten an, so dass er abwechselnd im Triumph durch die Straßen des Dorfes getragen oder in effigie verbrannt wird, je nach seiner letzten Heldentat. Es heißt, dass er augenblicklich in sieben Prozesse verwickelt sei, die wahrscheinlich den Rest seines Vermögens verzehren, ihm daher den Stachel herausziehen und ihn für alle Zukunft unschädlich machen werden. Abgesehen von seinem Querulantentum scheint er ein gütiger, harmloser Mensch zu sein, und ich erwähne ihn nur deshalb, weil Ihnen besonders daran lag, die Menschen unserer Umgebung kennen zu lernen. Augenblicklich hat er noch ein besonderes Steckenpferd – da er ein Freund der Astronomie ist, besitzt er ein ausgezeichnetes Fernrohr, mit dem bewaffnet er auf dem Dach seines Hauses sitzt und den ganzen Tag das Moor durchsucht, um möglicherweise den ausgebrochenen Sträfling zu erblicken. Wenn er seine Tatkraft nur für solche Dinge verwendete, wäre alles in Ordnung, aber man munkelt, dass er die Absicht habe, Dr. Mortimer gerichtlich dafür zu belangen, dass er ein Grab ohne Einwilligung der Angehörigen geöffnet habe – und den neolithischen Schädel aus dem Tumulus in Long Down herausholte. Er trägt dazu bei, die Eintönigkeit unseres Daseins zu unterbrechen, und verursacht manchmal eine uns sehr willkommene heitere Entspannung.

Und nun, da ich Ihnen über den entlaufenen Sträfling, die Stapletons, Dr. Mortimer und Frankland von *Lafter Hall* alles bis zum heutigen Tage Wichtige berichtet habe, schließe ich mit dem Allerwichtigsten – mit den Barrymores und einem höchst überraschenden Geschehnis in der vergangenen Nacht. Ich habe Ihnen bereits gesagt, dass sich durch die Aussage des Postmeisters unsere Stichprobe als wertlos herausstellte und dass wir keinerlei Beweis in Händen haben. Ich erzählte Sir Henry, wie die Sache steht, und in seiner gewohnten geraden Weise ließ er Barrymore kommen und fragte ihn ohne Umschweife, ob er das Telegramm erhalten habe. Barrymore bejahte das.

»Hat der Junge es Ihnen selbst übergeben?«, fragte Sir Henry.

Barrymore schien überrascht und überlegte eine Weile.

»Nein«, antwortete er dann, »in diesem Augenblick war ich im Speicher; meine Frau brachte es mir.«

»Haben Sie die Antwort selbst geschrieben?«

»Ich sagte meiner Frau die Antwort, sie ging hinunter und schrieb sie.«

Im Laufe des Abends kam Barrymore dann auf dieses Gespräch zurück.

»Ich konnte heute Morgen den Zweck Ihrer Frage nicht ganz begreifen, Sir Henry. Ich hoffe, sie bedeutete nicht, dass ich irgendetwas getan hätte, wodurch ich Ihr Vertrauen verloren habe?«

Sir Henry musste ihm versichern, dass dem nicht so sei, und ihn damit trösten, dass er ihm den größten Teil seiner alten Anzüge schenkte. Sir Henrys neue Ausstattung vom Londoner Schneider war nämlich inzwischen angekommen.

Mrs Barrymore interessiert mich ungemein. Sie ist eine massive, gediegene Person mit engem Horizont, ungeheuer anständig und eher puritanisch eingestellt. Es ist kaum möglich, sich einen weniger erregbaren Menschen vorzustellen. Und doch habe ich sie, wie ich Ihnen schrieb, in der ersten Nacht hier bitterlich weinen hören, auch habe ich seither öfter Tränenspuren in ihrem Gesicht gesehen. Irgendein tiefer Kummer wühlt in ihrem Herzen. Ich frage mich manchmal, ob sie von Schuldbewusstsein gepeinigt wird, oder ob vielleicht Barrymore ein Haustyrann ist. Ich hatte immer das Gefühl, dass im Wesen dieses Mannes etwas Sonderbares und Fragwürdiges liegt, und das Ereignis von heute Nacht hat meine Vermutungen bestärkt.

Dabei ist es an und für sich nichts Erschütterndes. Sie wissen, dass ich nie sehr gut schlafe, und seit ich hier sozusagen auf Wachtposten bin, ist mein Schlaf noch leichter als sonst.

Vergangene Nacht, ungefähr um zwei Uhr, wurde ich durch leise Schritte, die im Korridor an meinem Zimmer vorbeischlichen, geweckt. Ich stand auf, öffnete die Tür und blickte hinaus. Ein langer, dunkler Schatten kroch an der Wand entlang. Der Schatten eines Mannes, der, eine Kerze in der Hand, leise den Gang hinunterschlich. Er war mit Hemd und Hose bekleidet, doch seine Füße waren nackt. Ich konnte nur seine Umrisse sehen, aber an seiner Größe erkannte ich Barrymore. Er ging sehr langsam und vorsichtig, und in seiner Erscheinung lag etwas unendlich Schuldbewusstes und Hinterhältiges. Ich sagte Ihnen vielleicht schon, dass der Korridor durch die Galerie, die die Halle umgibt, unterbrochen wird, sich aber auf der anderen Seite fortsetzt. Ich wartete, bis Barrymore außer Sehweite war und folgte ihm dann. Als ich die Galerie passiert hatte, war er schon am anderen Ende des Ganges angelangt, und ich konnte aus dem Lichtschein, der aus einer offenen Türe fiel, schließen, dass er eines der Zimmer betreten hatte. Nun sind all jene Zimmer unmöbliert und unbewohnt, so dass sein Unternehmen immer verdächtiger und mysteriöser wurde. Das Licht flackerte nicht, als ob er ganz unbeweglich dastünde. Ich kroch so leise ich konnte den Gang entlang und blickte durch die geöffnete Türe.

Barrymore saß auf dem Fensterbrett zusammengekauert und hielt die Kerze gegen die Scheibe. Sein Profil war mir halb zugekehrt, und seine Züge, wie er so in die Dunkelheit des Moors hinaussah, schienen vor Erwartung gespannt. Nachdem er einige Minuten lang angestrengt hinausgestarrt hatte, stieß er einen tiefen Seufzer aus und löschte die Kerze mit einer ungeduldigen Bewegung aus. Ich eilte so schnell ich konnte in mein Zimmer zurück, und eine Weile später hörte ich die verstohlenen Schritte wieder an meiner Türe vorbeischleichen. Viel später dann, als ich in einen leichten Schlummer verfallen war, hörte ich, dass sich irgendwo ein Schlüssel im Schloss drehte, doch könnte ich nicht sagen, woher dieser Klang kam. Was das alles bedeutet, kann ich mir nicht erklären, aber in diesem düsteren Haus geht irgendetwas Geheimnisvolles vor, das wir früher oder später hoffentlich enträtseln werden. Ich werde Sie nicht mit meinen Schlussfolgerungen langweilen, denn Sie wünschten ja nur Tatsachen zu hören; doch habe ich heute Morgen lange mit Sir Henry darüber gesprochen, und wir haben einen auf meine Beobachtungen von heute Nacht aufgebauten Schlachtplan entworfen. Ich will jetzt nichts darüber schreiben, aber es dürfte meinen nächsten Bericht recht interessant gestalten.

9

Baskerville Hall, 15. Oktober

Mein lieber Holmes,
wenn ich Ihnen auch am Anfang meiner Mission nicht viel Nachrichten geben konnte, müssen Sie gestehen, dass ich die verlorene Zeit bestens nachhole und dass sich die Ereignisse überstürzen. Mit meiner Erzählung von Barrymore am Fenster schloss ich meinen letzten Bericht, und nun habe ich einen ganzen Sack voll Neuigkeiten, die, wenn ich mich nicht irre, Sie höchlichst überraschen werden. Die Dinge nehmen einen Verlauf, der mir ganz unerwartet kommt. In mancher Beziehung sind sie in den letzten 48 Stunden viel klarer geworden – andererseits zeigen sich allerlei neue Verwicklungen. Aber ich will Ihnen alles berichten, und Sie werden sich selbst Ihr Urteil bilden.

Am Morgen nach meinem Abenteuer ging ich vor dem Frühstück den Korridor entlang und betrat das Zimmer, in dem Barrymore die Nacht vorher gewesen war. Das westliche Fenster, durch das Barrymore so eindringlich hinausgestarrt hatte, unterscheidet sich von allen anderen Fenstern des Hauses dadurch, dass es den nächsten und direktesten Ausblick auf das Moor eröffnet. Zwischen zwei Bäumen des Parks ist es von hier aus möglich, geradeaus auf das Moor zu blicken, während man von allen anderen Fenstern aus nur einen fernen Schimmer davon sieht. Daraus folgt natürlich, dass Barrymore, da er ja gerade dieses Fenster gewählt hatte, etwas oder jemand auf dem Moor suchte. Die Nacht war sehr dunkel, so dass ich mir kaum vorstellen kann, wieso er hoffte, jemanden zu sehen. Plötzlich kam mir der Gedanke, dass vielleicht eine Liebesangelegenheit hinter dem allem steckte. Das wäre eine Erklärung für sein geheimnisvolles Tun und für die Unruhe seiner Frau. Der Mann sieht gut aus und ist gewiss imstande, das Herz eines Bauernmädchens zu erobern, so dass diese Theorie nicht von der Hand zu weisen war. Das Öffnen der Türe, das ich im Schlafe hörte, konnte bedeuten, dass er sich zu einem heimlichen Rendezvous begeben hatte. So reimte ich mir am Morgen alles zusammen. Ich schildere Ihnen jedenfalls die Richtung meines Verdachts, wenn sich auch später zeigte, dass er unbegründet war ... Was immer die richtige Auslegung für Barrymores Benehmen sein mochte, ich fühlte, dass ich es nicht verantworten konnte, mit niemandem darüber zu sprechen. Ich hatte nach dem Frühstück eine Unterredung mit dem Baronet und schilderte ihm meine Beobachtungen. Er war davon weniger überrascht, als ich gedacht hatte.

»Ich wusste, dass Barrymore nachts herumgeht und wollte auch schon mit ihm darüber sprechen«, erklärte er. »Ich habe zwei- oder dreimal genau um die Stunde, die Sie nannten, seine Schritte auf dem Gang gehört.«

»Vielleicht geht er jede Nacht zu diesem Fenster!«

»Möglich. Wenn das der Fall ist, können wir ihn beobachten und sehen, was er damit bezweckt. Was würde Ihr Freund Holmes in diesem Fall tun?«

»Ich glaube, genau das, was Sie gerade vorgeschlagen haben«, antwortete ich, »er würde Barryrnore nachgehen und schauen, was er tut.«

»Dann wollen wir es gemeinsam versuchen.«

»Aber er wird uns vielleicht hören?«

»Er ist etwas taub. Wie dem auch sei, wir müssen eben das Kriegsglück versuchen. Wir werden heute Nacht in meinem Zimmer wach bleiben und warten, bis er kommt.«

Sir Henry rieb sich vergnügt die Hände; es war klar, dass er dieses Abenteuer als erfreuliche Abwechslung in seinem ereignislosen Dasein begrüßte.

Der Baronet hatte sich mit dem Architekten, der die Baupläne für Sir Charles gemacht hatte, und mit einem Bauunternehmer aus London in Verbindung gesetzt, wir werden hier also bald große Veränderungen zu erwarten haben.

Von Plymouth kamen Innenarchitekten und Tapezierer. Es scheint, dass unser Freund große Pläne hat und weder Mühe noch Geld sparen will, um den Glanz seiner Familie wieder aufleben zu lassen. Wenn das Haus umgebaut und neu eingerichtet ist, wird ihm nur noch eine Frau fehlen, um alles vollkommen zu machen. Unter uns gesagt sind Anzeichen dafür vorhanden, dass auch dafür gesorgt wäre – falls die Dame einverstanden ist; denn ich habe selten einen Mann so verliebt gesehen, wie Sir Henry in unsere schöne Nachbarin, Miss Stapleton. Und doch ist der Pfad treuer Liebe kein so unbeschwerlicher, wie es zu erwarten wäre. Heute zum Beispiel ereignete sich ein unvorhergesehener Zwischenfall, der unseren Freund sehr verwirrt und geärgert hat.

Nach dem Gespräch über Barrymore nahm Sir Henry seinen Hut und machte Anstalten, auszugehen. Ich tat selbstverständlich das gleiche.

»Ja – gehen Sie denn auch aus, Watson?«, fragte er und sah mich dabei sonderbar an.

»Das hängt davon ab, ob Sie auf das Moor gehen«, antwortete ich.

»Ja – allerdings.«

»Nun, Sie wissen ja, wie meine Vorschrift lautet. Es tut mir Leid, aufdringlich zu scheinen, aber Sie erinnern sich doch, wie ernst Holmes darauf bestand, dass ich Sie nie verlassen sollte und besonders betonte, dass Sie nie allein über das Moor gehen dürften.«

Sir Henry lächelte freundlich und legte mir die Hand auf die Schulter.

»Mein lieber Freund, wenn auch Holmes allwissend ist, konnte er doch manches nicht voraussehen, was sich, seit ich hier bin, ereignet hat. Sie verstehen mich doch? Ich bin sicher, dass Sie der Letzte wären, der als Spielverderber gelten möchte. Ich muss jetzt allein fortgehen.«

Ich war in größter Verlegenheit und wusste nicht, was ich

sagen oder tun sollte, und ehe ich noch zu einem Entschluss gekommen war, nahm er seinen Stock und verließ das Zimmer.

Bei näherer Überlegung aber fühlte ich starke Gewissensbisse, dass ich ihn, aus welchem Grund auch immer, aus den Augen gelassen hatte. Ich stellte mir meine Gefühle vor, wenn ich vor Sie hintreten und Ihnen beichten müsste, dass ihm durch meine Nichtbeachtung Ihrer Anordnungen etwas zugestoßen sei. Ich versichere Ihnen, dass mir bei diesem Gedanken ganz heiß wurde. Es war noch nicht zu spät, ihn einzuholen, also schlug ich sogleich den Weg nach *Merripit House* ein.

Ich eilte so schnell ich konnte die Straße entlang, ohne Sir Henry zu erblicken, bis ich zu der Abzweigung des Fußpfades kam, der ins Moor führt. Dort bestieg ich einen Hügel, da ich fürchtete, vielleicht doch den falschen Weg genommen zu haben, und sah mich um. Ich erblickte Sir Henry sofort. Er ging auf dem Pfad zum Moor, ungefähr eine Viertelmeile von mir entfernt, ihm zur Seite eine Dame, die nur Miss Stapleton sein konnte. Es war klar, dass bereits ein Einverständnis zwischen ihnen herrschte und dass sie sich verabredet hatten. Sie gingen langsam, ganz vertieft in ihr Gespräch. An den schnellen, kleinen Bewegungen ihrer Hände sah ich, dass Miss Stapleton etwas sehr Ernstes oder Eindringliches vorbrachte, wobei er ihr aufmerksam zuhörte und ein- oder zweimal in heftiger Verneinung den Kopf schüttelte.

Ich stand inmitten der Felsen als stiller Beobachter und war mir nicht klar, was ich beginnen sollte. Den beiden zu folgen und ihr Gespräch zu unterbrechen, wäre sicherlich ein grober Missgriff, aber andererseits war es meine Pflicht, Sir Henry nicht aus den Augen zu lassen. Einen Freund zu bespitzeln ist eine widerliche Aufgabe. Immerhin fand ich keine bessere Lösung, als ihn von meinem Hügel aus weiterhin zu beobachten und mein Gewissen zu erleichtern, indem ich ihm nachher beichtete, was ich getan hatte. Wenn ihm allerdings wirklich Gefahr drohte, wäre ich viel zu weit von ihm entfernt gewesen, um helfen zu können. Aber Sie müssen zugeben, dass meine Lage sehr heikel war und ich wirklich nichts anderes tun konnte.

Sir Henry und die Dame waren stehen geblieben und hatten sichtlich über ihrem Gespräch die ganze Welt vergessen, als ich plötzlich bemerkte, dass ich nicht der einzige Zeuge ihres Zusammenseins war. Etwas Grünes flatterte in der Luft, es war Stapletons Schmetterlingsnetz, und im nächsten Augenblick tauchte er zwischen den Felsen auf. Er war dem Paar viel näher als ich und wollte anscheinend in dieser Richtung weitergehen. Da zog Sir Henry Miss Stapleton an sich. Sein Arm lag um ihre Schultern, aber mir schien, dass sie sich mit abgewendetem Gesicht von ihm losmachen wollte. Er beugte den Kopf zu ihr herab und sie hob die eine Hand in Abwehr. Im nächsten Augenblick sah ich, wie sie erschreckt auseinander fuhren und sich umwendeten. Stapleton war die Ursache dieser Unterbrechung. Er stürzte wild auf sie zu, sein lächerliches Netz wehte hinter ihm her. Mit heftig erregten Gebärden blieb er vor den Liebenden stehen. Was die Szene zu bedeuten hatte, konnte ich mir nicht vorstellen, aber es schien mir, dass Stapleton Sir Henry beschimpfte, während dieser sich zu rechtfertigen suchte. Die Dame stand in abweisendem Schweigen daneben. Schließlich drehte sich Stapleton abrupt um und machte seiner Schwester ein befehlendes Zeichen, worauf sie nach einem unschlüssigen Blick auf Sir Henry zu ihrem Bruder trat und sich mit ihm entfernte. Die wütenden Gebärden des Naturforschers verrieten, dass auch ihr Benehmen sein größtes Missfallen erregt hatte. Der Baronet sah ihnen noch eine Weile nach und ging dann langsam den Weg zurück, den er gekommen war, mit gesenktem Kopf und tief niedergeschlagen.

Ich konnte mir das alles nicht erklären, aber ich war tief

beschämt darüber, ohne Wissen meines Freundes Zeuge dieses Auftrittes gewesen zu sein. Ich eilte den Hügel hinab und traf unten mit dem Baronet zusammen. Sein Gesicht war vor Ärger gerötet und seine Brauen waren in scharfem Nachdenken zusammengezogen.

»Hallo, Watson, wo kommen Sie denn her?«, fragte er. »Sie wollen doch nicht sagen, dass Sie mir trotz allem gefolgt sind?«

Ich erklärte ihm alles: Dass ich es unmöglich hätte verantworten können, ihn allein zu lassen, dass ich ihm nachgekommen sei und alles gesehen habe. Einen Moment lang blickte er mich böse an, dann aber entwaffnete ihn meine Offenheit, und schließlich brach er in ein ziemlich klägliches Lachen aus.

»Man sollte die Mitte dieser Ebene für einen geeigneten Platz halten, um jemand ungestört zu treffen, aber, zum Donnerwetter, die ganze Gegend scheint auf den Beinen zu sein, um mich bei meiner Werbung zu beobachten – bei einer so erbärmlichen noch dazu! Wo hatten Sie denn Ihren Platz?«

»Ich war auf diesem Hügel dort oben.«

»Also dritte Galerie, was? Dafür war ihr Bruder ganz vorn, Orchesterfauteuil, sozusagen. Haben Sie gesehen, wie er auf uns zukam?«

»Ja, ich sah ihn.«

»Hatten Sie je den Eindruck, dass dieser Herr verrückt ist?«

»Bisher eigentlich nicht.«

»Gewiss nicht; auch ich hielt ihn bis heute für geistig normal. Aber jetzt sage ich Ihnen, dass entweder er oder ich in eine Zwangsjacke gehören. Was ist denn los mit mir? Sie leben doch nun schon einige Wochen mit mir zusammen, Watson. Sagen Sie mir die Wahrheit! Ist irgendetwas an mir, das mich daran hindern sollte, der Frau, die ich liebe, ein guter Gatte zu sein?«

»Gewiss nicht!«

»Gegen meine gesellschaftliche Stellung kann er doch nichts einzuwenden haben. Also muss es gegen mich persönlich gehen. Was hat er gegen mich? Ich habe in meinem ganzen Leben weder einem Mann noch einer Frau etwas Böses getan. Und doch will er mir nicht erlauben, ihre Fingerspitzen zu berühren.«

»Hat er das gesagt?«

»Das, und noch vieles andere. Ich versichere Ihnen, Watson, ich kenne sie ja erst seit wenigen Wochen, aber vom ersten Augenblick an fühlte ich, dass sie für mich geschaffen ist, und auch sie – sie war glücklich, wenn sie mit mir zusammen war, darauf könnte ich schwören. In den Augen dieses Mädchens schimmert ein Ausdruck, der mehr sagt als Worte. Aber Stapleton hat unser Beisammensein immer verhindert. Erst heute ergab sich für mich die Möglichkeit, ein paar Worte mit ihr allein zu wechseln. Sie war damit einverstanden, mich zu treffen, aber dann wollte sie nichts von Liebe hören und kam nur immer wieder darauf zurück, dass dies ein gefährlicher Ort für mich sei, und dass sie nicht einen glücklichen Augenblick haben würde, solange ich hier bliebe. Ich antwortete ihr, dass ich gar keine Lust habe, abzureisen, seitdem ich sie gesehen, und wenn sie wirklich wolle, dass ich weggehe, dann wäre das einzige Mittel, dass sie mit mir käme. Das war ja gleichbedeutend mit einem Heiratsantrag, aber ehe sie antworten konnte, kam ihr Bruder mit dem Gehaben eines Wahnsinnigen auf uns zugestürzt. Er war weiß vor Wut, seine hellen Augen sprühten vor Zorn. Was ich da zu suchen hätte? Wieso ich dazu käme, dieser Dame, der ich lästig sei, Aufmerksamkeiten zu erweisen? Glaubte ich, weil ich ein Baronet sei, könne ich mir alles erlauben? Wenn er nicht ihr Bruder wäre, hätte ich ihm die richtige Antwort gegeben. So aber sagte ich nur, dass ich mich meiner Gefühle seiner Schwester gegenüber nicht zu schämen brauche, und dass ich hoffe, sie würde mir die

Ehre erweisen, meine Frau zu werden. Das schien aber die Sache nicht besser zu machen, worauf ich dann auch wütend wurde und ihm vielleicht heftiger antwortete, als es in Miss Stapletons Gegenwart richtig war. Es endete, wie Sie sahen, damit, dass er sie mit sich fortzog, und ich weiß nicht, was ich davon denken soll. Verraten Sie mir, Watson, was das alles bedeutet, ich werde Ihnen ewig dankbar sein.«

Ich versuchte, eine oder die andere Erklärung zu finden, war jedoch selber vollkommen verwirrt. Der Titel unseres Freundes, sein Vermögen, sein Alter, sein Wesen und seine äußere Erscheinung – alles spricht für ihn, und ich wüsste nicht, was man gegen ihn einwenden könnte, es sei denn das düstere Verhängnis, das über seiner Familie schwebt. Dass seine Werbung in einer so brüsken Weise zurückgewiesen wurde, ohne Rücksicht auf die etwaigen Wünsche der betreffenden Dame, und dass diese nicht dagegen protestiert hatte – das alles ist zumindest rätselhaft und ungeheuer verblüffend. Doch wurden unsere Vermutungen durch einen Besuch Stapletons am selben Nachmittage beruhigt. Er kam, um sich seiner Heftigkeit wegen zu entschuldigen, und nach einer langen Unterredung in Sir Henrys Schreibzimmer wurde der Bruch wieder geleimt. Zum Beweis dessen werden wir nächsten Freitag bei Stapletons speisen.

»Ich bin aber noch immer nicht davon überzeugt, dass er normal ist«, gestand Sir Henry. »Ich kann den Ausdruck seiner Augen, als er uns heute Morgen überraschte, nicht vergessen. Aber ich gebe zu, dass man sich nicht besser und ehrlicher entschuldigen kann, als er es getan hat.«

»Hat er Ihnen irgendeine Erklärung für sein Benehmen gegeben?«

»Er sagt, seine Schwester bedeute alles für ihn. Das ist nur natürlich, und ich freue mich, dass er sie zu schätzen weiß. Sie haben immer zusammengelebt, und nach dem, was er erzählt, ist sie seine einzige Gesellschaft gewesen, so dass ihm der Gedanke, sie zu verlieren, entsetzlich schien. Er hatte nicht erfasst, sagt er, dass ich mich in sie verliebt hätte, aber als er mit eigenen Augen sah, dass es so war und dass sie ihm entrissen werden könnte, gab es ihm einen solchen Schock, dass er eine Zeit lang nicht wusste, was er tat oder sagte. Er bedauerte von ganzem Herzen alles, was geschehen war, und sah ein, wie ungerecht und egoistisch es sei, sich einzubilden, dass er ein so schönes Mädchen wie seine Schwester sein ganzes Leben bei sich behalten könne. Wenn er sie schon verlieren müsse, so wäre es ihm lieber, ihr Zukünftiger sei ein Nachbar, wie ich, als jemand anderer. Jedenfalls aber sei es ein harter Schlag für ihn, den er erst langsam überwinden würde. Er wolle seinen Widerstand aufgeben, wenn ich ihm verspräche, die Sache drei Monate lang auf sich beruhen zu lassen, und mich während dieser Zeit mit Miss Stapletons Freundschaft begnüge, ohne andere Gefühle von ihr zu verlangen. Das habe ich ihm versprochen, und damit ist die Sache erledigt.«

Damit ist also eines unserer kleinen Rätsel gelöst. Es bedeutet immerhin etwas, in dem Morast, in dem wir waren, irgendwo auf festen Boden gestoßen zu sein. Wir wissen nun, weshalb Stapleton dem Freier seiner Schwester gegenüber so feindselig eingestellt war, obwohl er ein so wünschenswerter Anwärter ist, wie Sir Henry. Und nun gehe ich zu einem anderen Faden über, den ich aus dem verwirrten Knäuel gelöst habe: Das Rätsel des nächtlichen Schluchzens, der Tränenspuren auf Mrs Barrymores Gesicht und der nächtlichen Wanderung des Butlers an das Fenster im unbewohnten Zimmer. Gratulieren Sie mir dazu, lieber Holmes, und sagen Sie mir, dass ich Sie in meiner Eigenschaft als Ihr Vertreter nicht enttäuscht habe – dass Sie das Vertrauen, das Sie mir bewiesen, als Sie mich hierher schickten, nicht bedauern. Das alles ist durch die Arbeit einer Nacht aufgeklärt worden.

Ich sage »die Arbeit einer Nacht«; aber in Wirklichkeit waren es zwei Nächte, da sich die erste als eine Niete erwies. Ich saß mit Sir Henry in seinem Zimmer bis gegen drei Uhr morgens, aber wir hörten nichts, nur die Uhr auf der Treppe. Es war eine sehr trübselige Nachtwache, die damit endete, dass wir beide in unseren Fauteuils einschliefen. Glücklicherweise ließen wir uns nicht entmutigen und beschlossen, einen zweiten Versuch zu machen. Am nächsten Abend schraubten wir die Lampe hinunter und saßen Zigaretten rauchend, ohne den leisesten Laut von uns zu geben. Es war unglaublich, wie langsam die Stunden dahinschlichen, aber wir hielten durch, belebt durch dieselbe Art geduldiger Spannung, die ein Jäger fühlen mag, wenn er die Falle beobachtet, in die, wie er hofft, das Wild geraten wird.

Die Uhr schlug eins, dann zwei, und wir hatten beinahe jede Hoffnung aufgegeben, als wir plötzlich beide aufschreckten und unsere ermüdeten Sinne wieder geschärft und wachsam wurden. Wir hatten das Knarren eines Schrittes auf dem Korridor vernommen.

Wir hörten den Mann sich leise vorbeistehlen, bis sein Schritt in der Ferne verklang. Dann öffnete der Baronet geräuschlos die Türe, und wir machten uns an die Verfolgung. Unser Mann hatte die Galerie bereits hinter sich. Der Korridor lag ganz im Dunkel. Lautlos bewegten wir uns vorwärts, bis wir in den anderen Flügel kamen. Da sahen wir gerade noch die große, schwarzbärtige Gestalt, die mit gerundeten Schultern auf Zehenspitzen durch den Gang schlich. Dann verschwand Barrymore hinter der gleichen Türe wie das erste Mal. Das Kerzenlicht beleuchtete einen Augenblick lang die Umrisse der Türe und warf dann einen einzigen gelben Strahl quer durch den dunklen Korridor. Wir tasteten uns vorsichtig an die Stelle, jeden Zoll des Fußbodens prüfend, ehe wir wagten, unser ganzes Gewicht darauf zu verlegen. Natürlich waren wir so vorsichtig gewesen, unsere Schuhe auszuziehen, aber trotzdem krachten und ächzten die alten Bretter unter unseren Schritten.

Manchmal schien es uns ausgeschlossen, dass er unser Nahen nicht bemerken sollte; aber glücklicherweise hört der Mann nicht sehr gut und war ganz in sein Vorhaben vertieft. Als wir endlich die Türe erreicht hatten und in das Zimmer blickten, sahen wir ihn mit der Kerze in der Hand neben dem Fenster stehen, das blasse, gespannte Gesicht an die Scheibe gedrückt, genau so, wie ich ihn zwei Tage vorher beobachtet hatte.

Wir hatten keinerlei Schlachtplan entworfen, aber der Baronet ist ein Mann, dem der gerade Weg immer der selbstverständlichste ist. Er betrat das Zimmer. Barrymore sprang mit einem leisen Zischlaut vom Fenster zurück und stand blass und zitternd vor uns. Mit entsetztem Staunen blickten seine dunklen Augen aus totenbleichem Gesicht auf Sir Henry und mich.

»Was tun Sie hier, Barrymore?«

»Nichts, Sir.« Er war so aufgeregt, dass er kaum sprechen konnte, und die Kerze, die er hielt, warf durch sein Zittern groteske Schatten an die Wand.

»Es war das Fenster, Sir. Ich gehe nachts herum, um zu sehen, dass die Fenster richtig geschlossen sind.«

»Im zweiten Stock?«

»Ja, Sir, alle Fenster.«

»Hören Sie, Barrymore«, sagte Sir Henry streng, »wir haben beschlossen, die Wahrheit aus Ihnen herauszukriegen. Es ist für Sie besser, lieber früher als später alles einzugestehen. Also! – Keine Lügen! Was taten Sie bei diesem Fenster?«

Der Mann sah uns hilflos an und rang die Hände, wie jemand, der sich in äußerster Not befindet.

»Ich tat nichts Unrechtes, Sir. Ich hielt eine Kerze an die Scheiben.«

»Und warum taten Sie das?«

»Fragen Sie mich nicht, Sir Henry – bitte fragen Sie mich nicht! Ich gebe Ihnen mein Wort, Sir, dass es nicht mein eigenes Geheimnis ist und dass ich es nicht verraten darf; wenn es niemand anderen als mich betreffen würde, könnte ich es Ihnen sagen.«

Mir fiel plötzlich etwas ein, ich nahm die Kerze in die Hand, die der Butler auf das Fensterbrett gestellt hatte.

»Er hat die Kerze wohl als Signal benützt«, sagte ich, »wir wollen sehen, ob jemand antwortet.«

Ich hielt die Kerze empor, so wie er es getan hatte, und blickte angestrengt in die Dunkelheit hinaus. Ich konnte die schwarze Masse der Bäume und die etwas hellere Weite des Moors nur undeutlich unterscheiden; denn der Mond war hinter Wolken verschwunden. Dann aber schrie ich triumphierend auf: Ein winziger heller Punkt durchbrach plötzlich die Finsternis und leuchtete ruhig inmitten des dunklen, vom Fenster eingerahmten Vierecks.

»Da ist es«, rief ich.

»Nein, nein, Sir, es ist nichts, wirklich nichts«, unterbrach mich der Butler, »ich versichere Ihnen, Sir –«

»Bewegen Sie das Licht, Watson«, rief der Baronet. »Sehen Sie, der andere bewegt es auch! Nun, Sie Gauner, wollen Sie noch immer leugnen, dass Sie ein Lichtsignal gegeben haben? Los, sprechen Sie, wer ist Ihr Spießgeselle draußen, und was geht hier vor?«

Das Gesicht des Mannes bekam einen offen herausfordernden Ausdruck.

»Das ist meine Sache und nicht die Ihrige. Ich werde nichts sagen.«

»Dann verlassen Sie augenblicklich meinen Dienst.«

»Sehr wohl, Sir. Wenn ich gehen muss, gehe ich.«

»Und Sie gehen in Schimpf und Schande. Zum Donnerwetter! Sie sollten sich in Grund und Boden schämen. Ihre Familie hat über hundert Jahre mit der meinigen unter einem Dach gelebt, und jetzt ertappe ich Sie bei dunklen, gegen mich gerichteten Machenschaften . . .«

»Nein, nein, Sir, nicht gegen Sie!«

Es war die Stimme einer Frau. Noch bleicher und noch entsetzter als ihr Mann, stand Mrs Barrymore in der Türe. Ihre umfangreiche, in ein Wolltuch gewickelte Gestalt hätte komisch gewirkt, wenn ihr Gesicht nicht eine so starke seelische Erschütterung ausgedrückt hätte.

»Wir müssen gehen, Eliza. Das ist das Ende. Du kannst unsere Sachen packen«, rief ihr der Butler zu.

»Oh, John, John! Ist es so weit mit uns gekommen? Es ist meine Schuld, Sir Henry – nur die meinige. Er hat es nur um meinetwillen getan, weil ich ihn so sehr darum bat.«

»Sprechen Sie doch – was bedeutet dies alles?«

»Mein unglückseliger Bruder stirbt vor Hunger auf dem Moor. Wir können ihn doch nicht vor unserer Türe zugrunde gehen lassen. Dieses Licht bedeutet, dass Essen für ihn bereit ist, und sein Licht dort draußen bezeichnet den Ort, wo es hinzubringen ist.«

»Dann ist Ihr Bruder –?«

»Der entlaufene Sträfling, Sir, der Verbrecher Selden.«

»Das ist die Wahrheit, Sir«, beteuerte Barrymore, »ich sagte ja, dass es nicht mein Geheimnis sei, und dass ich es nicht verraten dürfe. Nun kennen Sie es und wissen, dass, wenn es eine Verschwörung gab, sie nicht gegen Sie gerichtet war.«

Das also war die Erklärung der nächtlichen Spaziergänge und des Lichts vor dem Fenster. Sir Henry und ich starrten die Frau verwundert an. War es möglich, dass in den Adern dieser schwerfälligen, anständigen Frau dasselbe Blut floss, wie in jenen des ärgsten Verbrechers im Lande?

»Ja, Sir, mein Name war Selden, und er ist mein jüngster Bruder. Wir haben ihn in seiner Jugend zu sehr verwöhnt und ihm in allem nachgegeben, bis er dachte, die Welt sei nur zu seinem Vergnügen da und er könne alles tun, was ihm gefiel. Dann, als er älter wurde, geriet er in schlechte Gesellschaft und war wie vom Teufel besessen, bis er das

Herz meiner Mutter brach und unseren guten Namen in den Kot zog. Von Verbrechen zu Verbrechen sank er, immer tiefer und tiefer, bis es wirklich nur die Gnade Gottes war, die ihn vor dem Galgen gerettet hat; aber für mich, Sir, ist er immer noch der kleine, goldlockige Junge, den ich gepflegt und mit dem ich gespielt habe, wie es für eine ältere Schwester natürlich ist. Deshalb ist er auch ausgebrochen, Sir. Er wusste, dass ich hier wohne und dass wir es nicht ablehnen würden, ihm zu helfen. Als er sich eines Nachts hierher schleppte, ganz erschöpft, und die Wärter ihm hart auf den Fersen waren – was konnten wir tun? Wir nahmen ihn auf und gaben ihm zu essen und pflegten ihn. Dann kamen Sie zurück, Sir, und mein Bruder meinte, dass, bis sich die Aufregung über sein Ausbrechen gelegt hätte, er auf dem Moor am besten aufgehoben sei. Wir versicherten uns aber jede zweite Nacht, ob er noch dort sei, indem wir ein Licht ins Fenster stellten; wenn er antwortete, trug mein Mann Brot und Fleisch zu ihm hinaus. Jeden Tag hofften wir, dass er weggehen würde, aber solange er da ist, können wir ihn nicht verlassen. So wahr ich eine gute Christin bin, das ist die volle Wahrheit, und Sie werden einsehen, Sir, dass, wenn jemand in dieser Sache zu tadeln ist, ich es bin und nicht mein Mann; denn er hat das alles nur um meinetwillen getan.«

Die Worte der Frau waren mit tiefem Ernst gesprochen und wirkten überzeugend.

»Ist das die Wahrheit, Barrymore?«

»Jawohl, Sir Henry, jedes Wort.«

»Nun, ich kann Sie nicht dafür tadeln, dass Sie Ihrer Frau geholfen haben. Vergessen Sie meine Worte. Gehen Sie beide in Ihr Zimmer. Morgen früh werden wir weiter über die Sache sprechen.«

Als sie verschwunden waren, blickten wir wieder aus dem Fenster. Sir Henry hatte es geöffnet, und die kalte Nachtluft wehte herein. Weit weg in der dunklen Entfernung schimmerte noch immer das winzige gelbe Lichtpünktchen.

»Ich wundere mich, dass er es wagt«, bemerkte Sir Henry.

»Vielleicht ist es so aufgestellt, dass man es nur von hier aus sehen kann.«

»Sehr wahrscheinlich. Wie weit ist es Ihrer Meinung nach entfernt?«

»Ich glaube, es ist beim Cleft Tor.«

»Also nicht mehr als eine oder zwei Meilen von hier?«

»Kaum.«

»Nun, es kann nicht sehr weit sein, wenn Barrymore ihm Essen hinausgetragen hat. Und neben dem Licht wartet der Verbrecher! Bei Gott, Watson – ich gehe hinaus, um diesen Mann zu fassen!«

Ich hatte den gleichen Gedanken gehabt. Die Barrymores hatten uns ja nicht in ihr Geheimnis eingeweiht, sondern wir hatten es ihnen abgerungen. Der Mann war gemeingefährlich, ein Erzschurke, für den es weder Mitleid noch Entschuldigungen geben durfte. Wir taten nur unsere Pflicht, wenn wir die Möglichkeit ausnutzten, ihn unschädlich zu machen. Diesem brutalen und gewalttätigen Menschen konnten andere in die Hände fallen, wenn wir schwiegen. In irgendeiner der nächsten Nächte konnte er einen unserer Nachbarn, die Stapletons zum Beispiel, überfallen; wahrscheinlich gab der Gedanke daran Sir Henry den Ansporn zu diesem Abenteuer.

»Ich werde mitkommen«, erklärte ich.

»Dann holen Sie Ihren Revolver und ziehen Sie Schuhe an. Je schneller wir losgehen, desto besser, denn der Kerl löscht vielleicht sein Licht und macht sich im Dunkeln aus dem Staub.«

Fünf Minuten später waren wir vor der Türe und eilten durch das dunkle Gebüsch, begleitet von dem dumpfen Seufzen des Herbstwindes und dem Rauschen der fallenden Blätter. Die Nachtluft roch schwer nach Feuchtigkeit und

Verwesung. Hie und da blickte der Mond durch die Wolken, die über den Himmel jagten, und gerade, als wir auf das Moor hinauskamen, begann ein leichter Regen herabzurieseln.

»Sind Sie bewaffnet?«, fragte ich.

»Ich habe eine schwere Reitpeitsche.«

»Wir müssen ihn überraschen, denn er soll doch ein verzweifelter, zu allem entschlossener Bursche sein. Wir müssen ihn schnell überwältigen, ehe er Widerstand leisten kann.«

»Hören Sie, Watson«, flüsterte der Baronet, »was würde Holmes zu all dem sagen? Wie ist das mit den dunklen Stunden, in denen der Böse am Werk ist?«

Gleichsam als Antwort auf diese Frage klang plötzlich aus der fernen Dunkelheit des Moors der sonderbare Ton, den ich schon einmal am Rande des großen Grimpensumpfes gehört hatte. Er kam vom Wind herübergeweht durch die nächtliche Stille, ein langes, tiefes Murmeln, dann ein Aufheulen und wieder das traurige Seufzen, in dem der Ton dahinstarb. Immer wieder erklang er, die ganze Luft erfüllend, schneidend, wild und drohend. Der Baronet packte mich am Ärmel – sein Gesicht schimmerte bleich durch die Dunkelheit. »Guter Gott, was ist das, Watson?«

»Ich weiß es nicht. Ein Ton, den das Moor von sich gibt. Ich habe ihn schon einmal gehört.«

Der Laut verklang; die Stille um uns war so tief wie zuvor. Wir horchten angestrengt, aber es war nichts mehr zu vernehmen. »Watson«, stammelte der Baronet, »es war das Heulen eines Hundes.«

Mir erstarrte das Blut in den Adern; denn seine gebrochene Stimme verriet das Entsetzen, das ihn gepackt hatte.

»Wie nennen sie diesen Ton?«, fragte er.

»Wer?«

»Die Leute vom Moor.«

»Das sind doch ungebildete Leute – was kümmert Sie das?«

»Antworten Sie mir, Watson. Was sagen die Leute von diesem Ton?«

Ich zögerte, aber ich konnte die Antwort nicht umgehen.

»Sie sagen, es sei das Geheul des Hundes von Baskerville.«

Er stöhnte auf und schwieg einige Minuten lang.

»Ein Bluthund war es«, murmelte er endlich, »aber er schien viele Meilen weit zu sein. Dort drüben, würde ich meinen.«

»Es ist schwer zu sagen, woher es kam.«

»Es stieg und fiel mit dem Wind. Ist das dort die Richtung des großen Grimpensumpfs?«

»Ja.«

»Nun, dann kam es von dort. Watson, glauben Sie denn nicht auch, dass es das Heulen eines Bluthundes ist? Ich bin doch kein Kind. Sie brauchen nicht zu zögern, mir die Wahrheit zu sagen!«

»Stapleton war dabei, als ich es zum ersten Mal hörte. Er meinte, es könne der Schrei eines fremden Vogels sein.«

»Nein, nein, es war ein Bluthund! Mein Gott – wenn an all diesen Geschichten wirklich etwas Wahres wäre! Ist es möglich, dass mir auf so übernatürliche Weise ein Unheil droht? Sie glauben doch nicht daran, Watson?«

»Nein, gewiss nicht.«

»Und doch ist es etwas anderes, in London darüber zu lachen, als hier in der Dunkelheit des Moores zu stehen und ein derartiges Heulen zu hören. Und mein Onkel! Die Spuren eines Bluthundes waren neben seiner Leiche zu sehen! Es stimmt alles. Ich halte mich nicht für einen Feigling, Watson, aber dieser Ton hat mein Blut zum Erstarren gebracht. Fühlen Sie nur meine Hand.«

Sie war so kalt wie Marmor.

»Morgen werden Sie wieder ganz in Ordnung sein.«

»Ich glaube nicht, dass mir dieses Geheul je aus dem Kopf gehen wird. Was meinen Sie, sollten wir nun tun?«

»Sollen wir umkehren?«

»Nein, bei Gott! Wir sind hergekommen, um den Kerl zu erwischen, und das werden wir auch. Wir sind hinter dem Sträfling her und ein Höllenhund ist anscheinend hinter uns her. Kommen Sie, wir setzen es durch, auch wenn alle bösen Mächte auf dem Moor losgelassen sind.«

Wir kamen in der Dunkelheit nur langsam vorwärts. Um uns die schwarzen Schatten der felsigen Hügel und vor uns der ruhige, gelbe Lichtschein. Nichts täuscht so sehr über die Entfernung als der Schimmer eines Lichts in einer tief dunklen Nacht – manchmal schien es weit am Horizont zu brennen und manchmal, als wäre es in unserer nächsten Nähe. Endlich konnten wir sehen, woher es kam, und da waren wir aber schon beinahe am Ziel angelangt. Eine tropfende Kerze stand in einer Höhlung der Felsen, die sie von beiden Seiten vor dem Winde schützten und gleichzeitig, außer für die Richtung von *Baskerville Hall*, abdeckten. Ein Granitblock ermöglichte uns, ungesehen näher zu kommen. Wir kauerten dahinter und blickten über ihn hinweg auf das Signal. Es war ein sonderbarer Anblick – diese einsame Kerze inmitten des Moors – nichts Lebendes weit und breit – nur die schlanke, gelbe Flamme und deren Widerschein auf dem Gestein zu beiden Seiten.

»Was machen wir jetzt?«, flüsterte Sir Henry.

»Hier warten. Er muss doch in der Nähe sein. Vielleicht sehen wir ihn.« Die Worte waren kaum ausgesprochen, als wir ihn beide zu gleicher Zeit erspähten. Über die Felsen, in deren Höhlung das Licht brannte, streckte sich ein böses, fahlgelbes Gesicht vor. Ein furchtbares, tierisches Gesicht, durchfurcht und verzehrt von niedrigen Leidenschaften. Von Mooserde besudelt, mit starrendem Bart und verfilztem Haar, konnte der Mann ebenso gut einer jener vorgeschichtlichen Wilden sein, die die Höhlen des Hügels bewohnt hatten.

Das Licht spiegelte sich in seinen kleinen, schlauen Augen, die mit wilden, suchenden Blicken die Finsternis durchforschten wie ein listiges Raubtier, das das Nahen des Jägers wittert. Irgendetwas hatte anscheinend seinen Verdacht erregt; vielleicht benützte Barrymore noch ein besonderes Signal für sein Kommen, das wir nicht kannten. Oder nahm der Kerl aus einem anderen Grund an, dass nicht alles in Ordnung war, jedenfalls las ich deutlich Zeichen der Angst in seinem grausamen Gesicht. Er konnte jeden Augenblick das Licht ausblasen und in die Finsternis entschwinden. Ich sprang auf, und Sir Henry tat das gleiche. Im selben Augenblick schrie uns der Sträfling einen wilden Fluch zu und warf einen großen Stein in unsere Richtung, der aber an dem Felsblock, der uns verborgen hatte, abprallte. Als er aufsprang und sich zur Flucht wendete, konnte ich gerade noch einen Blick auf seine gedrungene, kräftige Gestalt werfen. Da brach glücklicherweise der Mond durch die Wolken, wir sprangen in großen Sätzen den Hügel hinan und sahen auf der anderen Seite unseren Mann in schnellster Flucht hinablaufen, wobei er mit der Geschicklichkeit einer Bergziege über die großen umherliegenden Steine sprang. Ein gut gezielter Schuss meines Revolvers hätte ihn vielleicht zum Krüppel machen können, aber ich hatte ihn ja nur zu meiner Verteidigung bei mir und nicht, um einen unbewaffneten Mann, der vor uns flüchtete, niederzuknallen. Wir sind beide gute Läufer, gesund und kräftig, aber bald wurde uns klar, dass wir wenig Aussicht hatten, ihn einzuholen. Wir sahen ihn noch lange im Mondschein, bis er nur noch ein kleiner Punkt zwischen den Granitfelsen am Hang war. Wir liefen und liefen, bis wir ganz erschöpft waren, aber der Abstand zwischen uns wurde immer größer. Endlich hielten wir an und saßen schweratmend auf zwei Felsen, während er in der Ferne endgültig verschwand.

In diesem Augenblick geschah etwas höchst Sonderbares und Unerwartetes. Gerade waren wir aufgestanden, um nach Hause zu gehen; denn wir hatten die Verfolgung als hoffnungslos aufgegeben. Der Mond stand niedrig zu unserer Rechten, und die zackigen Spitzen eines Granitfelsens hoben sich scharf vom unteren Rand der silbernen Mondsichel ab. Und – ebenso scharf umrissen, so schwarz wie eine Statue aus Ebenholz, stand dort eine männliche Gestalt vor dem leuchtenden Hintergrund. Glauben Sie ja nicht, dass es eine Sinnestäuschung war. Ich versichere Ihnen, dass ich noch nie in meinem Leben etwas so klar gesehen habe. Soweit ich es beurteilen konnte, war es die Gestalt eines großen, schlanken Mannes. Er stand da, die Beine etwas gespreizt, mit verschränkten Armen und gesenktem Kopf, als grüble er über diese unendliche Wüstenei aus Moor und Granit, die vor ihm lag, nach. Er hätte ganz gut der Geist dieses schrecklichen Ortes sein können. Der Sträfling war es sicher nicht, denn diese Erscheinung war weit von der Richtung, in der der Sträfling verschwunden war, entfernt, und er war auch viel größer und schlanker.

Mit einem Ausruf des Erstaunens packte ich Sir Henry am Arm, um ihm den Mann zu zeigen, aber in dem kurzen Augenblick, als ich mich zu ihm umgewendet hatte, war der Fremde verschwunden. Die scharfe Granitspitze hob sich noch immer von der Mondsichel ab, aber von der regungslosen, schweigsamen Gestalt war nichts mehr zu sehen.

Ich wäre gern in jene Richtung gegangen, um die Felsspitze zu untersuchen, aber die Entfernung dahin war doch ziemlich groß. Die Nerven des Baronets waren durch das Geheul, das ihn wieder an die düstere Familiengeschichte erinnert hatte, noch sehr angegriffen, und die Lust auf neue Abenteuer schien ihm vergangen. Er hatte die Erscheinung auf der Felsspitze nicht gesehen und konnte daher den Schauer nicht begreifen, der mich beim Anblick dieser seltsamen, gebieterischen Gestalt durchrieselt hatte.

»Es war zweifellos ein Gefängniswärter«, meinte er. »Seit dieser Kerl ausgebrochen ist, wimmelt das Moor von den Leuten.«

Nun, vielleicht ist diese Erklärung die richtige, aber ich hätte gerne den Beweis dafür. Wir wollen uns heute mit Princetown in Verbindung setzen, um ihnen zu sagen, wo sie ihren Pflegling suchen sollen, aber es ist bitter, dass wir nicht die Genugtuung haben konnten, ihn als unseren eigenen Gefangenen im Triumph dort einzuliefern. Das sind also die Ereignisse der letzten Nacht. Sie müssen zugeben, lieber Holmes, dass ich Sie mit diesem Bericht gut bedient habe. Gewiss ist viel von dem, was ich Ihnen schildere, unwichtig, aber ich finde, es ist am besten, wenn ich Ihnen alles Tatsächliche schreibe und Ihnen überlasse, daraus zu entnehmen, was Ihnen am zweckdienlichsten erscheint, um Ihre Schlüsse daraus zu ziehen. Sicherlich machen wir Fortschritte. Was die Barrymores betrifft, haben wir den Beweggrund ihrer Handlungsweise ausfindig gemacht; und das hat die Lage bedeutend geklärt. Aber das Moor mit seinen Geheimnissen und seinen sonderbaren Bewohnern bleibt noch immer unergründlich. Vielleicht kann ich in meinem nächsten Brief etwas Licht in dieses Dunkel bringen. Am besten wäre es natürlich, wenn Sie selbst zu uns kommen könnten.

10

Bis hierher konnte ich mich damit begnügen, die Berichte, die ich in den ersten Tagen meines Aufenthalts in Baskerville Hall an Sherlock Holmes schickte, abzuschreiben. Nun aber bin ich an einem Punkt meiner Erzählung angelangt, wo ich dies aufgeben und mich wieder ausschließlich auf mein Gedächtnis verlassen muss, wobei ich das Tagebuch, das ich regelmäßig führte, als Unterlage benütze. Einige Auszüge aus demselben werden die Einleitung zu jenen Szenen bilden, die in allen Einzelheiten unauslöschlich in meinem Gedächtnis eingeprägt sind. Ich beginne mit dem Morgen, der unserer fruchtlosen Jagd nach dem Sträfling und den übrigen sonderbaren Erlebnissen auf dem Moor folgte.

16. Oktober

Ein düsterer, nebliger Tag mit unaufhörlichem, feinem Regen. Das Haus ist in ziehende Wolken gehüllt, die sich zeitweilig lichten, um einen Ausblick auf die öden Wellenlinien des Moors freizugeben, auf die schmalen, silbernen Adern an den Flanken der Hügel und die fernen Felsblöcke, die schwach schimmern, wo das Licht auf ihre nasse Oberfläche fällt. Melancholie in unserem Innern ebenso wie in der Natur. In der Laune des Baronets ist nach den Aufregungen der vergangenen Nacht ein starker Rückschlag zu verzeichnen. Mir selbst ist das Herz sehr schwer, und ich fühle eine drohende Gefahr, eine sehr nahe Gefahr, die umso beängstigender ist, als ich mir nicht erklären kann, worin sie besteht.

Habe ich nicht berechtigte Ursache für eine solche Vorahnung? Man blicke auf die lange Reihe von Zwischenfällen zurück, die alle darauf schließen lassen, dass eine unheimliche Macht um uns herum am Werke ist. Der Tod des letzten Schlossherrn, der so genau mit den Einzelheiten der Familienlegende übereinstimmt, und die wiederholten Berichte der Bauern über das Erscheinen eines fremdartigen Wesens auf dem Moor. Ich habe zweimal mit meinen eigenen Ohren den Laut, der wie das ferne Geheul eines Bluthundes klingt, gehört. Es ist unglaublich, eigentlich unmöglich, diesen Laut wirklich in das Gebiet des Übernatürlichen zu verweisen. Ein Gespensterhund, der richtige Fußspuren hinterlässt und die Luft mit seinem Geheul erfüllt, das ist ein Ding der Unmöglichkeit. Stapleton mag sich einem solchen Aberglauben hingeben und Dr. Mortimer desgleichen, aber wenn ich mich einer Eigenschaft rühmen kann, ist es gesunder Menschenverstand, und nichts wird mich dazu bringen, an so etwas zu glauben. Man würde sich auf dieselbe Stufe mit jenen ungebildeten, dummen Bauern stellen, denen ein gewöhnlicher Gespensterhund noch nicht genügt – sie beschreiben ihn als ein Tier, dem höllisches Feuer aus Augen und Nase sprüht. Holmes würde solche Märchen nicht anhören, und ich bin sein gelehriger Schüler. Aber Tatsachen bleiben Tatsachen; ich habe zweimal das Geheul auf dem Moor gehört. Man könnte ja annehmen, dass sich wirklich ein riesiger Bluthund auf dem Moor herumtreibt – das wäre eine Erklärung. Aber wo würde sich ein solcher Hund verstecken – wo würde er Nahrung finden? Woher kommt er und wieso sieht man ihn nie bei Tag? Man muss zugeben, dass die natürliche Erklärung fast ebenso schwierig ist wie die andere. Und, abgesehen von dem Hund, ist es doch sicher, dass in London menschliche Kräfte am Werke waren: Der Mann in der Kutsche und der Brief, der Sir Henry vor dem Moor warnte. Dieser Letztere wenigstens war echt, aber er konnte ebenso gut das Werk eines Beschützers wie eines Feindes sein. Wo befindet sich dieser Beschützer oder dieser Feind jetzt? Ist er in London geblieben oder ist er uns gefolgt? Könnte es – könnte es der Fremde sein, den ich auf der Felsspitze erblickt habe? Es ist wahr, dass ich ihn nur einen kurzen Augenblick sah, aber da sind einige Dinge, die ich zu beschwören bereit bin. Es ist niemand, dem ich hier unten begegnet bin, und ich habe bis heute schon alle Nachbarn kennen gelernt. Die Gestalt war größer als die Stapletons und viel schlanker als die Franklands. Es hätte möglicherweise Barrymore sein können, aber wir hatten ihn doch im Schloss zurückgelassen, und ich bin sicher, dass er uns nicht nachgekommen ist. Wir werden also noch immer von einem Fremden verfolgt, genauso wie in London. Wir haben ihn nie abschütteln können. Wenn ich dieses Mannes habhaft werden könnte, wären wir wahrscheinlich am Ende aller unserer Schwierigkeiten. Dieses Ziel muss ich nun um jeden Preis zu erreichen suchen.

Mein erster Gedanke war, Sir Henry von dieser Absicht in Kenntnis zu setzen. Mein zweiter und gewiss klügerer brachte mich zu dem Entschluss, auf eigene Faust zu handeln und so wenig wie möglich darüber zu sprechen. Sir Henry ist schweigsam und zerstreut. Seit er das Geheul im Moor gehört hat, haben seine Nerven einen schweren Schock erlitten. Ich möchte nicht dazu beitragen, seine Unruhe zu vermehren, aber ich werde selbständig vorgehen, um meinen Zweck zu erreichen.

Heute Morgen gab es nach dem Frühstück einen kleinen Zwischenfall. Barrymore bat Sir Henry um eine Unterredung, die in der Bibliothek stattfand. Ich saß im Billardzimmer und hörte, dass das Gespräch, von dessen Inhalt ich mir leicht ein Bild machen konnte, zeitweilig erregt wurde. Nach einer Weile öffnete der Baronet die Türe und rief mich hinein.

»Barrymore glaubt, Grund zu einer Beschwerde zu haben«, sagte er. »Er meint, dass es unfair von uns war, auf seinen Schwager Jagd zu machen, nachdem er uns freiwillig dessen Geheimnis verraten hat.«

Der Butler stand vor uns, sehr blass, aber auch sehr gefasst.

»Ich habe vielleicht zu heftig gesprochen, Sir«, sagte er, »und wenn es so war, bitte ich Sie aufrichtig um Entschuldigung. Aber ich war doch sehr überrascht, als ich heute früh hörte, dass die beiden Herren Selden gejagt haben. Der arme Kerl hat es schwer genug, ohne dass ich ihm auch noch die Verfolger auf die Fersen setze.«

»Wenn Sie es uns freiwillig gesagt hätten, wäre es auch etwas anderes«, meinte der Baronet. »Sie gestanden es ja nur – oder vielmehr tat das Ihre Frau –, als wir Sie dazu zwangen und Sie sich nicht anders helfen konnten.«

»Ich glaubte nicht, dass Sie es ausnützen würden, Sir Henry ich glaubte das wirklich nicht von Ihnen.«

»Der Mann bedeutet eine öffentliche Gefahr. Überall am Moor liegen vereinzelte Gehöfte, und das ist ein Kerl, der vor nichts zurückschrecken würde. Man braucht nur sein Gesicht gesehen zu haben, um davon überzeugt zu sein. Denken Sie an Mr Stapletons Haus – da ist der Hausherr der einzige, der die Familie verteidigen könnte. Ehe dieser Kerl nicht wieder hinter Schloss und Riegel sitzt, ist niemand auf dem Moor seines Lebens sicher.«

»Er bricht nirgends ein, Sir. Ich gebe Ihnen mein heiliges Wort darauf. Ich versichere Ihnen, Sir Henry, dass in einigen Tagen das Notwendige erledigt ist und er auf der Reise nach Südamerika sein wird. Ich flehe Sie an, Sir Henry, um Gottes willen sagen Sie der Polizei nicht, dass sich mein Schwager noch auf dem Moor befindet. Man hat die Suche dort aufgegeben, und er könnte verborgen bleiben, bis das Schiff abgeht. Sie können ihn auch nicht anzeigen, ohne meine Frau in Ungelegenheiten zu verwickeln. Ich bitte Sie, Sir, sagen Sie der Polizei nichts davon.«

»Was meinen Sie dazu, Watson?«

Ich zuckte die Achseln. »Wenn er außer Landes wäre, hätten die Steuerzahler eine Last weniger.«

»Was aber, wenn er noch jemand umbringt, ehe er verschwindet?«

»So einen Wahnsinn würde er nie begehen, Sir. Wir haben ihn mit allem versorgt, was er braucht. Wenn er ein Verbrechen beginge, würde seine Anwesenheit auf dem Moor ja bekannt werden.«

»Das ist wahr«, gab Sir Henry zu. »Na, Barrymore –«

»Gott segne Sie, Sir, und ich danke Ihnen aus tiefstem Herzen! Es hätte meine arme Frau umgebracht, wenn man ihn wieder eingesperrt hätte.«

»Ich fürchte, dass wir uns da einer Begünstigung und Vorschubleistung schuldig machen, wie, Watson? Aber nach allem, was ich gehört habe, kann ich mich nicht entschließen, den Mann anzuzeigen. Und damit Schluss. Es ist gut, Barrymore, Sie können gehen.«

Barrymore stammelte noch einige Dankesworte und wendete sich zum Gehen. Plötzlich zögerte er und kam zurück.

»Sie sind so gut zu uns gewesen, Sir, dass ich es Ihnen gerne vergelten würde. Ich weiß etwas, Sir Henry, und hätte es vielleicht schon früher sagen sollen, aber ich bin erst lange nach der Leichenschau darauf gekommen. Ich habe zu keiner Seele bis jetzt davon gesprochen. Es bezieht sich auf den Tod des armen Sir Charles.«

Der Baronet und ich sprangen gleichzeitig auf.

»Wissen Sie, wie er ums Leben gekommen ist?«

»Nein, Sir, das weiß ich nicht.«

»Was wissen Sie denn?«

»Ich weiß, warum er zu dieser Stunde an der Pforte war. Er hatte eine Verabredung mit einer Frau.«

»Mit einer Frau! Sir Charles!«

»Ja, Sir.«

»Und der Name dieser Frau?«

»Den Namen kenne ich nicht, Sir, aber ich kann Ihnen die Anfangsbuchstaben sagen. Sie lauten L. L.«

»Woher wissen Sie das, Barrymore?«

»Nun, Sir Henry, an jenem Morgen erhielt Sir Charles einen Brief. Er bekam gewöhnlich viele Briefe, denn er war doch hier in der Gegend eine große Persönlichkeit und bekannt für sein gutes Herz, so dass sich jeder, der in Verlegenheit war, an ihn wandte. Aber an diesem Morgen war es der einzige Brief, und deshalb fiel er mir auf. Er kam von Coombe Tracey, die Schrift war die einer Frau.«

»Und dann?«

»Und dann, Sir, habe ich nicht mehr daran gedacht und hätte es auch weiter nicht getan, wenn nicht vor ein paar Wochen meine Frau Sir Charles' Schreibzimmer – es wurde nach seinem Tode nicht mehr betreten – aufgeräumt und dabei die Asche eines halb verbrannten Briefes im Kamin gefunden hätte. Der größte Teil des Papiers war verkohlt, aber ein Streifen war noch ganz geblieben, gerade das Ende einer Seite, und die Schrift war noch gut leserlich, obzwar sie sich grau von dem schwarzen Papier abzeichnete. Es schien eine Nachschrift am Schlusse des Briefes zu sein, die lautete: ›Bitte, bitte, da Sie ein Gentleman sind, verbrennen Sie diesen Brief und seien Sie um zehn Uhr an der Pforte.‹ Darunter standen die Buchstaben L. L.«

»Haben Sie diesen Streifen?«

»Nein, Sir, er zerfiel zu Asche, als wir ihn berührten.«

»Hatte Sir Charles schon früher Briefe in derselben Handschrift erhalten?«

»Nun, Sir, ich habe mich nie sehr um seine Briefe gekümmert – es wäre mir auch sicher nicht aufgefallen, wenn nicht der Brief an jenem Tage der einzige gewesen wäre.«

»Und Sie haben keine Ahnung, wer L. L. sein könnte?«

»Nein, Sir, nicht mehr als Sie selbst. Aber ich glaube, wenn wir diese Dame ermitteln könnten, würden wir mehr über Sir Charles' Ende erfahren.«

»Was ich nicht recht verstehen kann, Barrymore, ist, warum Sie diesen wichtigen Umstand verschwiegen haben.«

»Es war gerade in jenen Tagen, als wir selbst mit meinem Schwager solche Sorgen hatten, Sir. Und dann – wir hatten beide Sir Charles sehr gerne, was kein Wunder ist, wenn man bedenkt, wie gut er zu uns war. Diese Geschichte wieder aufzurühren, hätte unserem armen Herrn nichts mehr genützt, und es ist immer besser, vorsichtig zu sein, wenn eine Dame im Spiele ist. Auch der beste Mensch –«

»Sie meinten, es könne noch nachträglich seinem Rufe schaden?«

»Nun, Sir Henry, ich dachte, Gutes könne nicht dabei herauskommen. Aber jetzt, wo Sie zu uns so gut gewesen sind, wäre es nicht recht, wenn ich Ihnen dies alles nicht erzählt hätte.«

»Danke, Barrymore. Sie können gehen.«

Als der Butler uns verlassen hatte, wendete sich der Baronet zu mir:

»Nun, Watson, was meinen Sie zu diesem neuen Licht, das auf meines Onkels Ende fällt?«

»Mir scheint die Dunkelheit noch schwärzer als zuvor.«

»Das ist auch meine Meinung. Wenn wir aber L. L. ermitteln könnten, würde sich die ganze Sache aufklären; so viel haben wir jedenfalls gewonnen. Wir wissen, dass es jemanden gibt, der die Einzelheiten kennt, aber wir müssen diesen Jemand finden. Was sollen wir Ihrer Ansicht nach jetzt tun?«

»Holmes sofort davon benachrichtigen. Es wird für ihn der Anhaltspunkt sein, nach dem er so lange gesucht hat. Ich müsste mich sehr irren, wenn ihn das nicht dazu bewegen würde, herzukommen.«

Ich ging sogleich in mein Zimmer, um den Bericht über das Gespräch mit Barrymore an Holmes abzuschicken. Es war mir klar, dass er augenblicklich sehr beschäftigt sein müsse; denn die Nachrichten, die ich von der Baker Street erhalten hatte, waren spärlich und kurz, ohne Erwähnung meiner Mission. Wahrscheinlich nimmt dieser Erpresserprozess seine Gedanken völlig in Anspruch. Und doch müsste dieser neu hinzugekommene Umstand seine Aufmerksamkeit fesseln und sein Interesse an der Sache neu beleben. Ich wollte, er wäre schon hier . . .

18. Oktober

Es hat den ganzen Tag hindurch geregnet – der Efeu trieft, und das Wasser fließt aus den Dachrinnen. Ich dachte an den Sträfling, der obdachlos da draußen auf dem trostlosen, kalten Moor herumirrt. Armer Teufel! Was er auch begangen haben mag, jetzt büßt er einiges davon ab. Dann fiel mir der andere ein – das Gesicht in der Kutsche – die Gestalt im Mondschein. Befand auch er sich draußen im strömenden Regen – der geheimnisvolle Wächter? Der Mann der Finsternis? Gegen Abend zog ich meinen Regenmantel an und wanderte weit hinaus auf das regendurchweichte Moor; der Regen schlug mir ins Gesicht und der Wind heulte mir in die Ohren. Gott schütze jene, die sich in dem großen Grimpensumpf verirren; denn nun ist sogar das feste Land ein Morast geworden. Ich fand den schwarzen Felsen, auf dem ich die einsame Gestalt erblickt hatte, und sah von dessen zerklüftetem Gipfel auf die trostlosen Dünen hinab. Regengüsse peitschten über die braunrote Heide dahin, und bleierne Wolken hingen tief über der Landschaft, wie graue Vorhänge vor den sonderbaren Hügeln. Links in einer fernen, tiefen Mulde, halb vom Nebel verhüllt, ragten die beiden schlanken Türme von *Baskerville Hall* über die Bäume empor. Sie waren die einzigen Anzeichen menschlichen Lebens, die ich erblicken konnte – die einzigen Wohnstätten weit und breit waren die vorgeschichtlichen Hütten auf den Abhängen der Hügel. Von dem einsamen Wanderer, den ich vor zwei Nächten an dieser Stelle gesehen hatte, war keine Spur zu erblicken.

Auf dem Rückweg überholte mich Dr. Mortimer mit seinem kleinen Wagen. Er kam auf einem holprigen Weg von dem entlegenen Pächterhaus *Foulmere*. Er benimmt sich uns gegenüber sehr aufmerksam. Es vergeht kaum ein Tag, an dem er nicht im Schloss vorspricht, um sich nach unserem Befinden zu erkundigen. Er bestand darauf, mich nach Hause zu bringen und erzählte mir, dass er sehr betrübt über das Verschwinden seines kleinen Spaniels sei, der auf das Moor hinausgelaufen und seither nicht wiedergekommen war. Ich tröstete ihn so gut ich konnte – aber mir fiel das Pony im Grimpensumpf ein; ich fürchte, er wird seinen Liebling nie wieder sehen.

»Hören Sie, Mortimer«, sagte ich, während wir den schlechten Weg entlangrumpelten, »es gibt wohl hier in der Gegend kaum jemanden, den Sie nicht kennen?«

»Nein, wirklich nicht.«

»Können Sie mir den Namen einer Frau oder eines Mädchens sagen, deren Anfangsbuchstaben L. L. lauten?«

Er dachte einige Minuten lang nach.

»Nein«, erwiderte er dann, »es gibt hier einige Zigeuner und Landarbeiter, über die ich nichts Genaues weiß. Aber unter den Pächtern und Gutsbesitzern gibt es niemanden, auf den diese Buchstaben passen würden. Halt – warten Sie mal –«, fuhr er nach einer kleinen Pause fort, »da ist Laura Lyons – ihre Anfangsbuchstaben sind L. L. –, aber sie lebt in Coombe Tracey.«

»Wer ist das?«, fragte ich.

»Die Tochter des alten Frankland.«

»Was? Die Tochter des alten Frankland, des Querulanten?«

»Ganz richtig. Sie heiratete einen Maler namens Lyons, der hierher kam, um Skizzen zu machen. Später stellte es sich heraus, dass er ein Lump war, und kurz darauf verließ er sie. Nach dem, was ich gehört habe, soll die Schuld aber nicht nur auf seiner Seite gewesen sein. Ihr Vater lehnte es ab, fernerhin etwas mit ihr zu tun zu haben, weil sie ohne seine Zustimmung geheiratet hatte – und vielleicht noch aus anderen Gründen. Sie hat es daher sowohl mit dem alten Sünder als auch mit dem jungen nicht leicht gehabt.«

»Wovon lebt sie?«

»Ich glaube, der alte Frankland hat ihr eine kleine Rente ausgesetzt. Viel kann es nicht sein, denn seine eigenen Verhältnisse sind ja nicht sehr erfreulich. Was sie aber auch getan haben mochte – man konnte sie doch nicht ganz verkommen lassen. Man beschäftigte sich mit ihrer Lage, und einige der Leute hier in der Gegend waren ihr behilflich, einen anständigen Erwerb zu finden. Stapleton war einer derselben, auch Sir Charles, und sogar ich trug ein Scherflein dazu bei. Sie hat sich eine Schreibmaschine gekauft und lebt nun von Schreibarbeiten.«

Er wollte wissen, warum ich das gefragt hatte, aber ich

brachte es zuwege, seine Neugier zu befriedigen, ohne zu viel zu sagen; es ist besser, niemand anderen ins Vertrauen zu ziehen.

Morgen Vormittag werde ich nach Coombe Tracey wandern, und wenn ich diese Frau Laura Lyons von anscheinend zweifelhaftem Ruf sprechen kann, wird uns das wohl die Aufklärung eines der Ereignisse in dieser geheimnisvollen Kette bringen. Jedenfalls habe ich die Klugheit einer Schlange bewiesen, denn als Mortimer mir mit seinen Fragen zu unbequem wurde, fragte ich ihn ganz beiläufig, zu welchem Typus eigentlich Franklands Schädel gehöre. Die Folge davon war, dass ich für den Rest unserer Fahrt von nichts als von Schädelbildungen hörte. Ich habe nicht umsonst viele Jahre mit Sherlock Holmes zusammengelebt.

Von dem heutigen stürmischen und trüben Regentag gibt es nur noch einen einzigen Vorfall zu verzeichnen, und zwar mein eben stattgefundenes Gespräch mit Barrymore, das mir eine starke Trumpfkarte in die Hände gespielt hat. Ich werde sie im gegebenen Moment auszuspielen wissen. Mortimer war zum Speisen bei uns geblieben und spielte nachher mit dem Baronet Ecarté. Barrymore brachte mir den Kaffee in die Bibliothek, was ich dazu ausnutzte, ihm einige Fragen zu stellen.

»Nun«, begann ich, »ist Ihr ehrenwerter Schwager fort oder macht er noch immer das Moor unsicher?«

»Ich weiß es nicht, Sir. Ich hoffe zu Gott, dass er fort ist, denn er hat uns nichts als Ungelegenheiten gemacht. Ich habe, seit ich ihm das letzte Mal Essen gebracht hatte, nichts von ihm gehört, und das ist drei Tage her.«

»Haben Sie ihn gesehen?«

»Nein, Sir, aber das Essen war verschwunden, als ich das nächste Mal hinkam.«

»Dann ist er doch sicher dort gewesen?«

»Man sollte es glauben, Sir, außer *der andere* hätte es genommen.«

Ich wollte gerade die Kaffeetasse zum Munde führen, hielt aber inne und starrte Barrymore an.

»Sie wissen, dass noch ein anderer Mann da ist?«

»Ja, Sir, es ist noch ein anderer auf dem Moor.«

»Haben Sie ihn gesehen?«

»Nein, Sir.«

»Woher wissen Sie es denn?«

»Selden erzählte vor etwa einer Woche von ihm. Der andere versteckt sich auch, aber ich bin sicher, dass es kein Sträfling ist. Es gefällt mir nicht, Herr Doktor – ich sage es Ihnen gerade heraus, Sir, dass es mir nicht gefällt.«

Es lag plötzlich ein seltsam eindringlicher Ton in Barrymores Stimme.

»Nun, Barrymore, hören Sie mich an! Ich verfolge bei dieser ganzen Sache nichts anderes als das Interesse Ihres Herrn. Ich bin nur hergekommen, um ihm zu helfen. Sagen Sie mir ganz aufrichtig, was es ist, das Ihnen bei dieser Sache nicht gefällt.«

Barrymore zögerte einen Augenblick, als bereue er seinen Ausbruch oder als falle es ihm schwer, seine Gefühle in Worte zu fassen.

»All diese Vorgänge, Sir«, rief er dann, mit der Hand auf das regengepeitschte Fenster weisend. »Da draußen ist ein Verbrecher am Werk, und es wird irgendwo ein fürchterlicher Schurkenstreich ausgebrütet – darauf möchte ich schwören. Ich wäre ehrlich froh, Sir, wenn ich Sir Henry erst wieder auf der Rückreise nach London wüsste.«

»Was ist es denn, das Sie so beunruhigt?«

»Nehmen Sie nur Sir Charles' Tod. Trotz allem, was der Leichenbeschauer sagte, waren die Umstände sonderbar genug. Dann die Töne nachts auf dem Moor. Kein Mensch hier würde sich nach Sonnenuntergang hinauswagen, und wenn man ihm noch so viel dafür zahlen wollte. Dann dieser Fremde, der sich versteckt, herumschleicht und herumschnüffelt. Worauf wartet er? Was bedeutet das? Sicherlich nichts Gutes für jemand, der den Namen Baskerville trägt. Mein glücklichster Tag wird der sein, an dem Sir Henrys neue Dienerschaft in *Baskerville Hall* einzieht und ich nichts mehr damit zu tun habe.«

»Aber dieser Fremde«, beharrte ich, »könnten Sie mir irgendetwas über ihn berichten? Was hat Selden gemeint? Hat er herausgefunden, wo sich der Mann versteckt und was für einen Zweck er verfolgt?«

»Er hat den Mann ein- oder zweimal gesehen, aber Selden ist ein verschlossener Mensch und durchaus nicht geschwätzig. Zuerst meinte er, der andere sei einer von der Polizei, aber dann merkte er bald, dass jener seine eigenen Absichten verfolgte. Soweit er es beurteilen konnte, sei es ein feiner Herr, aber was er vorhabe, das könne er nicht herausbringen.«

»Wo meinte Selden, dass der Fremde haust?«

»In einer der Hütten am Abhang des Hügels.«

»Wie könnte er sich sein Essen verschaffen?«

»Selden fand heraus, dass ein Junge für ihn arbeitet und ihm alles besorgt. Ich nehme an, dass er ihm das Essen von Coombe Tracey bringt.«

»Danke, Barrymore. Wir werden gelegentlich noch darüber sprechen.«

Als der Butler gegangen war, trat ich an das Fenster und blickte durch die regennassen Scheiben auf die ziehenden Wolken und die Baumwipfel, die sich im Sturmwind bogen. Eine böse Nacht hier drinnen – wie musste es erst in einer Steinhütte auf dem Moor sein? Was für ein tiefer, unergründlicher Hass muss es sein, der einen Mann dazu bringt, an einem solchen Ort und zu einer solchen Jahreszeit zu lauern? Was für einen ernsten, verborgenen Zweck mag er verfolgen, um sich dabei solchen Strapazen auszusetzen? Dort, in jener Hütte auf dem Moor scheint der Mittelpunkt des Problems, das mir so viel Kopfzerbrechen verursacht, zu liegen. Ich schwöre, dass kein Tag mehr vergehen soll, ohne dass ich alles Menschenmögliche daransetze, um diesem Geheimnis auf den Grund zu kommen.

11

Der Auszug aus meinem Tagebuch, der dieses letzte Kapitel bildet, bringt meine Erzählung bis zum Datum des 18. Oktober. Von dem Tage an begannen diese seltsamen Ereignisse sich schnell ihrem schrecklichen Ende zu nähern. Die Vorfälle der nächsten Tage sind unauslöschlich in mein Gedächtnis eingegraben, und ich kann sie wiedergeben, ohne meine damaligen Aufzeichnungen zu benützen. Ich beginne also mit dem Tag nach jenem, an dem ich zwei Tatsachen von großer Bedeutung festgestellt hatte – die eine, dass Frau Laura Lyons an Sir Charles Baskerville geschrieben und ihm ein Stelldichein gegeben hatte, genau an dem Ort, wo er dann sein Ende fand, und auch zur gleichen Stunde – die andere, dass man den lauernden Fremden in einer der Steinhütten auf dem Hügel finden konnte. Im Besitze dieser zwei Tatsachen meinte ich, dass es mir entweder an Intelligenz oder an Mut fehlen müsse, wenn ich nicht unbedingt einen neuen Ausweg aus diesem dunklen Labyrinth finden würde.

Ich hatte am Abend vorher keine Gelegenheit, dem Baronet zu erzählen, was ich über Frau Laura Lyons erfahren hatte, weil Dr. Mortimer bis in die späte Nacht bei ihm blieb. Beim Frühstück jedoch teilte ich ihm meine Entdeckung mit und fragte ihn, ob er mich nach Coombe Tracey begleiten wolle. Zuerst war er Feuer und Flamme für diesen Plan; bei reiflicher Überlegung schien es uns jedoch besser, wenn ich allein fuhr; je weniger formell dieser Besuch vor sich ging, desto mehr würden wir vielleicht erfahren. Ich verließ Sir Henry nicht ohne Gewissensbisse und begab mich auf mein neues Abenteuer. In Coombe Tracey angekommen, befahl ich Perkins, die Pferde einzustellen und erkundigte mich nach der Dame, die ich besuchen wollte. Es war nicht schwer, ihre Wohnung zu finden, die mitten im Ort lag und sehr hübsch eingerichtet war. Ein Dienstmädchen ließ mich ohne weiteres ins Wohnzimmer eintreten, und eine Dame, die vor einer Remington-Schreibmaschine saß, sprang mit einem erfreuten Lächeln auf. Als sie mich erblickte, schwand der freundliche Ausdruck aus ihrem Gesicht, sie setzte sich wieder und fragte mich nach dem Anlass meines Besuches. Der erste Eindruck, den man von Mrs Lyons empfing, war der einer außerordentlichen Schönheit. Ihre Haare waren wie ihre Augen von tief dunkelbrauner Farbe, ihre Wangen waren zwar ziemlich sommersprossig, doch lag auf ihnen der köstliche Flaum der Brünetten, jener zartrosa Hauch, der sich im Herzen der gelben Rose birgt. Der erste Eindruck – ich wiederhole es – rief restlose Bewunderung hervor. Aber schon der zweite gab Raum zu einer gewissen Kritik. Irgendetwas Unangenehmes lag in diesem Gesicht, ein Anflug von Gewöhnlichkeit, eine gewisse Härte des Blicks, eine Schlaffheit der Lippen – kurz, die Vollkommenheit ihrer Züge war beeinträchtigt. Aber ich wurde mir erst hinterher dieses Eindrucks bewusst. Im ersten Augenblick sah ich nur, dass ich einer sehr schönen Frau gegenübersaß, die mich fragte, warum ich sie aufsuche. Erst jetzt empfand ich, wie heikel meine Aufgabe war.

»Ich habe das Vergnügen«, begann ich, »Ihren Herrn Vater zu kennen.«

Das war eine plumpe Einleitung, und die Dame gab mir das auch zu verstehen.

»Zwischen meinem Vater und mir bestehen keine Beziehungen«, entgegnete sie. »Ich schulde ihm nichts, und seine Freunde sind nicht die meinen. Wäre der verstorbene Sir

Charles Baskerville nicht gewesen und einige andere gütige Menschen – ich hätte ebenso gut verhungern können, mein Vater hätte sich nicht darum gekümmert.«

»Der Anlass meines Besuchs bei Ihnen betrifft gerade den verstorbenen Sir Charles Baskerville.«

Die Dame errötete, wodurch die Sommersprossen auf ihrem Gesicht deutlich hervortraten.

»Was könnte ich Ihnen in Bezug auf diesen Herrn sagen?«, fragte sie und ihre Finger spielten nervös mit den Tasten der Schreibmaschine.

»Sie kannten ihn gut, nicht wahr?«

»Ich sagte Ihnen schon, dass ich seiner Güte viel zu verdanken habe. Wenn ich imstande bin, mir mein Brot zu verdienen, so ist das in erster Linie seiner Teilnahme an meiner unglücklichen Lage zuzuschreiben.«

»Standen Sie mit ihm in Briefwechsel?«

Sie warf einen raschen Blick auf mich, und in ihren nussbraunen Augen blitzte es unwillig auf.

»Was ist der Zweck dieser Fragen?«, rief sie dann scharf.

»Ich bezwecke damit, einen öffentlichen Skandal zu vermeiden. Es ist besser, dass ich diese Fragen hier an Sie richte, als an einem anderen Ort, wo die Sache vielleicht eine Wendung nehmen würde, die wir dann nicht mehr beeinflussen könnten.«

Sie schwieg und wurde sehr blass. Schließlich blickte sie auf; in ihrem Wesen lag jetzt ein gewisser leichtfertiger und herausfordernder Trotz.

»Gut, ich werde antworten«, versprach sie. »Was wollen Sie von mir wissen?«

»Standen Sie mit Sir Charles in Briefwechsel?«

»Gewiss. Ich schrieb ihm ein- oder zweimal, um ihm für seine Großmut und sein Zartgefühl zu danken.«

»Wissen Sie die Daten dieser Briefe?«

»Nein.«

»Sind Sie öfter mit ihm zusammengekommen?«

»Ja, ein- oder zweimal hier in Coombe Tracey. Er lebte sehr zurückgezogen und tat nur im Stillen Gutes.«

»Aber wenn Sie ihn so selten sahen und ihm so selten schrieben, wieso wusste er so viel von Ihren Angelegenheiten, dass er Ihnen helfen konnte – wie Sie sagen, dass er es tat.«

Auch auf diesen Einwurf hatte sie rasch eine Erklärung.

»Mehrere Herren hier in der Gegend, die meine traurige Lage kannten, vereinigten sich, um mir zu helfen. Einer von ihnen war Mr Stapleton, ein Nachbar und intimer Freund von Sir Charles, und durch ihn wurde Sir Charles über meine Angelegenheiten unterrichtet.«

Da ich bereits wusste, dass Sir Charles bei verschiedenen wohltätigen Anlässen Stapleton als Mittelsmann benützt hatte, schien mir diese Angabe glaubwürdig.

»Haben Sie je an Sir Charles geschrieben, um eine Begegnung zu erbitten?«, fragte ich weiter.

Frau Lyons wurde abermals rot vor Ärger.

»Wirklich, mein Herr, das ist eine höchst sonderbare Frage!«

»Es tut mir sehr Leid, aber ich muss auf dieser Frage bestehen.«

»Dann lautet meine Antwort: nein – gewiss nicht.«

»Auch nicht am Tage von Sir Charles' Tod?«

Die Röte verflog im Nu, und sie starrte mich aus totenblassem Gesicht an. Ihre trockenen Lippen konnten kaum das ›nein‹ hervorbringen, das ich mehr sah als hörte.

»Ihr Gedächtnis täuscht Sie ganz gewiss«, wandte ich ein, »ich kann Ihnen sogar eine Stelle Ihres Briefes wortgetreu wiederholen. Sie lautete: ›Bitte, bitte, da Sie ein Gentleman sind, verbrennen Sie diesen Brief und seien Sie um zehn Uhr an der Pforte.‹«

Ich glaubte, sie würde ohnmächtig werden, aber sie riss sich zusammen.

»Gibt es denn keine Gentlemen mehr?«

»Sie tun Sir Charles Unrecht. Er *hat* den Brief verbrannt. Manchmal aber bleibt ein Brief doch leserlich, auch wenn er halb verkohlt ist. Sie geben also zu, dass Sie ihm geschrieben haben?«

»Ja, ich schrieb ihm!«, rief sie, und die ganze Erregung ihrer Seele brach sich in einem Wortstrom Bahn. »Ich habe ihm geschrieben. Warum soll ich es leugnen? Ich habe keinen Grund, mich dessen zu schämen. Ich wollte seine Hilfe und meinte, wenn ich selbst mit ihm sprechen könne, würde er mir sicher helfen, und deshalb bat ich ihn um eine Zusammenkunft.«

»Warum aber zu einer solchen Stunde?«

»Weil ich gerade erfahren hatte, dass er am nächsten Tag nach London fahren und vielleicht monatelang abwesend sein würde. Aus verschiedenen Gründen konnte ich nicht früher hinkommen.«

»Warum aber ein Zusammentreffen im Garten und nicht in seinem Haus?«

»Meinen Sie, dass eine Frau zu dieser Stunde allein in die Wohnung eines Junggesellen gehen könne?«

»Nun – was geschah, als Sie dort waren?«

»Ich bin gar nicht hingegangen.«

»Frau Lyons!«

»Nein, ich schwöre Ihnen bei allem, was mir heilig ist, dass ich nicht dort war. Es kam etwas dazwischen, das mich abhielt.«

»Und das war?«

»Eine Privatangelegenheit. Ich kann es Ihnen nicht sagen.«

»Sie geben also zu, dass Sie mit Sir Charles genau zu der Stunde und an der Stelle, wo er starb, eine Verabredung hatten, aber Sie geben nicht zu, die Verabredung eingehalten zu haben?«

»So ist es.«

Ich fragte sie immer wieder, nahm sie ins Kreuzverhör, aber über diesen Punkt kam ich nicht hinaus. Schließlich stand ich auf, um diesem langen und ergebnislosen Gespräch ein Ende zu machen.

»Frau Lyons«, mahnte ich, »Sie nehmen eine große Verantwortung auf sich und bringen sich selbst in eine schiefe Lage, wenn Sie nicht alles sagen, was Sie wissen. Sollte ich die Hilfe der Polizei anrufen müssen, dann werden Sie sehen, wie ernstlich Sie belastet scheinen. Wenn Sie unschuldig sind, warum haben Sie zuerst geleugnet, Sir Charles an jenem Tag geschrieben zu haben?«

»Weil ich fürchtete, dass es eine falsche Auslegung finden würde und dass ich in einen Skandal verwickelt worden wäre.«

»Und warum drangen Sie so sehr darauf, dass Sir Charles den Brief verbrennen solle?«

»Wenn Sie den Brief gelesen haben, wissen Sie es ja.«

»Ich sagte nicht, dass ich den Brief gelesen hätte.«

»Aber Sie haben doch etwas daraus zitiert.«

»Ich habe die Nachschrift zitiert. Der Brief war, wie ich Ihnen gesagt habe, verbrannt, und nur ein Teil davon lesbar. Ich frage Sie noch einmal, warum es Ihnen so wichtig war, dass Sir Charles den Brief, den er am Tag seines Todes erhielt, verbrannte?«

»Das ist eine ganz private Angelegenheit.«

»Dann müsste es Ihnen doch umso wichtiger sein, eine öffentliche Untersuchung zu vermeiden.«

»Gut, ich werde es Ihnen sagen. Wenn Sie etwas über mein verfehltes Leben gehört haben, werden Sie wissen, dass ich eine unglückliche Ehe eingegangen bin und Grund hatte, es zu bereuen.«

»Ja, das hörte ich.«

»Seither werde ich unaufhörlich von meinem Mann, den ich verabscheue, verfolgt. Er hat das Recht auf seiner Seite, und ich muss jeden Tag gewärtig sein, dass er mich zwingt, zu ihm zurückzukehren. Als ich Sir Charles diesen Brief schrieb, hatte ich gerade erfahren, dass es eine Möglichkeit gab, meine Freiheit wiederzuerlangen – wenn ich eine gewisse Geldsumme zur Verfügung hätte. Es bedeutete für mich alles – Seelenruhe, Glück und wiedergefundene Selbstachtung. Ich kannte Sir Charles' Großmut und meinte, dass er mir helfen würde, wenn ich ihm meine Geschichte selbst erzählen könnte.«

»Warum gingen Sie dann einfach nicht hin?«

»Weil ich inzwischen von anderer Seite Hilfe erhielt.«

»Warum haben Sie dann nicht an Sir Charles geschrieben und ihm das gesagt?«

»Ich hätte es getan, wenn ich nicht am nächsten Tage die Nachricht von seinem Tode in der Zeitung gelesen hätte.«

Diese Darstellung schien vollkommen logisch und war durch keine meiner Fragen zu erschüttern. Ich konnte nichts tun, als Nachforschungen anstellen, ob Frau Lyons ungefähr um die Zeit der Tragödie Schritte zu einer Ehescheidung eingeleitet hatte.

Es schien unwahrscheinlich, dass sie es wagen würde, zu behaupten, sie sei nicht in *Baskerville Hall* gewesen, wenn sie wirklich dort war, denn sie hätte einen Wagen nehmen müssen und wäre erst spät in der Nacht zurückgekommen. Ein solches Unternehmen konnte nicht geheim gehalten werden. Es war also wahrscheinlich, dass sie – wenigstens teilweise die Wahrheit sprach. Enttäuscht und entmutigt verließ ich Coombe Tracey. Wieder einmal war ich gegen die Mauer angerannt, die jeden Weg, auf dem ich mein Ziel zu erreichen suchte, zu versperren schien. Und doch – je mehr ich an das Gesicht und das Benehmen dieser Dame dachte, desto mehr fühlte ich, dass sie mir etwas vorenthalten hatte. Warum war sie so blass geworden? Warum ließ sie sich so mühsam jedes Wort entreißen? Warum war sie zur Zeit der Tragödie so schweigsam geblieben? Das ließ sich doch gewiss nicht auf eine so unschuldige Art und Weise erklären, wie sie es mich glauben machen wollte! Aber im Augenblick konnte ich meine Nachforschungen in dieser Richtung nicht weiter fortsetzen und musste mich jener anderen Spur zuwenden, die zu den Steinhütten auf den Hügeln führte. Der Ungewissheit der Richtung wurde ich mir bewusst, als ich auf dem Heimweg sah, dass ein Hügel nach dem anderen Spuren der Steinzeitmenschen aufwies. Barrymore hatte nur gesagt, dass der Fremde in einer dieser verlassenen Hütten hauste; und es sind deren Hunderte über das Moor verstreut. Immerhin konnte ich mich nach meinen eigenen Beobachtungen richten, da ich doch den Mann auf der Spitze des Schwarzen Tor gesehen hatte. Dort mussten also meine Nachforschungen beginnen. Von dort aus würde ich jede einzelne Hütte auf dem Moor durchsuchen, bis ich die richtige fände. Wenn ich den Fremden darin antraf, würde ich ihn mit vorgehaltenem Revolver dazu zwingen, mir zu gestehen, wer er sei und warum er uns so lange verfolgte. Im Gewühl der Regent Street hatte er uns entkommen können, aber auf dem Moor würde das nicht so leicht sein. Wenn ich die richtige Hütte in Abwesenheit ihres Bewohners finden sollte, musste ich dort bis zu seiner Rückkehr warten. In London war er Holmes entwischt. Es wäre in der Tat ein großer Triumph für mich, wenn mir das gelänge, worin mein Meister versagt hatte.

Bis jetzt war uns das Glück in allem, was wir unternommen hatten, abhold gewesen, aber nun schien sich das Blatt zu wenden. Und der Glücksbote war niemand anderer als Mr Frankland, der rotbackig und grauhaarig vor seiner Gartenpforte stand, als ich vorüberfuhr.

»Grüß Gott, Dr. Watson!«, rief er in ungewöhnlich guter Laune. »Sie müssen Ihren Pferden eine Rast gönnen und hereinkommen, um ein Glas Wein mit mir zu trinken und mich zu beglückwünschen.«

Meine Gefühle für ihn waren alles eher als freundlich, nach allem was ich über die Art und Weise gehört hatte, wie er sich seiner Tochter gegenüber benahm. Aber es war mir eine sehr willkommene Gelegenheit, Perkins mit den Pferden nach Hause zu schicken. Ich stieg also aus und ließ Sir Henry sagen, dass ich zu Fuß zurückkehren und rechtzeitig zum Abendessen da sein würde. Dann folgte ich Frankland ins Speisezimmer.

»Heute ist ein großer Tag für mich – einer der rot im Kalender angestrichenen Tage«, rief er kichernd und glucksend. »Ich habe zwei Fliegen mit einem Schlag erlegt. Ich werde den Leuten hier beweisen, dass Recht Recht bleibt und dass es einen Mann gibt, der sich nicht davor scheut, es für sich in Anspruch zu nehmen. Ich habe mir ein Durchgangsrecht geschaffen, mitten durch den Park des alten Middleton, hundert Meter von seiner Haustüre entfernt. Was sagen Sie nun dazu? Wir werden diesen Magnaten zeigen, dass sie sich nicht kurzerhand über die Rechte der gewöhnlichen Bürger hinwegsetzen können – hol sie der Teufel! Und zweitens ist es mir gelungen, den Wald zu sperren, wo die Leute aus Fernworthy ihre Picknicks abgehalten haben. Diese verfluchten Kerle scheinen zu glauben, dass es keinerlei Eigentumsrecht gibt und dass sie mit ihren Flaschen und ihren Papierfetzen überall herumlümmeln können. Beide Fälle sind erledigt, Dr. Watson, und beide zu meinen Gunsten. So einen Tag habe ich nicht mehr gehabt, seit ich Sir John Morland wegen Verletzung fremden Eigentums verklagte, weil er in seinem eigenen Kaninchengehege jagte – und Recht bekam.«

»Wie ist Ihnen denn das gelungen?«

»Lesen Sie es in den Akten nach, Frankland gegen Morland, Königlicher Gerichtshof. Es hat mich zweihundert Pfund gekostet, aber das Urteil lautet zu meinen Gunsten.«

»Erwächst Ihnen irgendwelchen Vorteil daraus?«

»Keiner, Dr. Watson, gar keiner. Ich bin stolz darauf, an der Sache keinerlei eigenes Interesse zu haben. Ich habe lediglich aus Pflichtgefühl der Öffentlichkeit gegenüber gehandelt. Und ich zweifle nicht daran, dass mich die Leute aus Fernworthy heute Nacht in effigie verbrennen werden.

Das letzte Mal, als es geschah, sagte ich der Polizei, dass sie diese schändlichen Zurschaustellungen verbieten solle. Die Polizei der Grafschaft ist in einer skandalösen Verfassung und hat mir nicht den Schutz gewährt, auf den ich Anspruch habe. Der Fall Frankland gegen die Obrigkeit wird die Sache vor die Öffentlichkeit bringen. Ich sagte ihnen, dass sie Gelegenheit haben würden, ihre Handlungsweise mir gegenüber zu bereuen, und meine Worte sind bereits zur Tatsache geworden.«

»Wieso das?«, fragte ich.

Der alte Mann machte ein verschmitztes, wissendes Gesicht. »Weil ich ihnen etwas sagen könnte, das sie um ihr Leben gern wüssten; aber nichts wird mich dazu bewegen, diesen Halunken zu helfen.«

Ich hatte mir schon den Kopf zerbrochen, wie ich diesem Geschwätz entgehen könne, aber plötzlich empfand ich den Wunsch, mehr davon zu hören. Ich kannte die widerhaarige Art des alten Sünders gut genug, um zu wissen, dass das geringste Zeichen von Interesse meinerseits genügen würde, um seinen Redefluss zu hemmen.

»Es handelt sich wahrscheinlich um eine Wilddieberei«, sagte ich mit möglichst gleichgültigem Gesicht.

»Haha, mein Junge! Etwas viel Wichtigeres als das. Wie wäre es mit dem Sträfling auf dem Moor?«

Ich stutzte. »Sie wollen doch nicht sagen, dass Sie wissen, wo er ist?«, erkundigte ich mich.

»Ich weiß es vielleicht nicht ganz genau, aber ich weiß, dass ich der Polizei helfen könnte, ihn zu erwischen. Ist es Ihnen nie eingefallen, dass der beste Weg, diesen Mann zu fangen, wäre, herauszufinden, woher er sein Essen bekommt, und so seine Fährte aufzustöbern?«

Er schien mir der Wahrheit unangenehm nahe zu kommen.

»Zweifellos«, gab ich zu, »aber woher wissen Sie, dass er überhaupt auf dem Moor ist?«

»Ich weiß es, weil ich mit meinen eigenen Augen den Boten, der ihm sein Essen bringt, gesehen habe.«

Das sah böse für Barrymore aus. Es war keine Kleinigkeit, in der Macht dieses boshaften alten Wichtigtuers zu sein, aber seine nächste Bemerkung ließ mich erleichtert aufatmen.

»Sie werden überrascht sein, zu hören, dass dieser Bote ein Junge ist. Ich sehe ihn jeden Tag durch mein Fernrohr. Er geht täglich um dieselbe Stunde denselben Weg, und zu wem sollte er gehen, außer zu dem Sträfling?«

Einen glücklicheren Zufall konnte es kaum geben! Doch bemühte ich mich, jegliches Zeichen der Neugier zu unterdrücken. Ein Junge! Barrymore hatte gesagt, dass unser Unbekannter durch einen Jungen versorgt würde; Frankland war auf seine Fährte und nicht auf die des Sträflings gestoßen. Wenn ich darüber mehr erfahren konnte, würde es mir langes, mühsames Suchen ersparen. Meine besten Trümpfe waren, gleichgültig und ungläubig zu scheinen.

»Ich würde eher meinen, es sei der Sohn eines der Schafhirten auf dem Moor, der seinem Vater regelmäßig das Essen bringt.«

Der geringste Widerspruch stachelte den alten Autokraten aufs höchste auf. Er blickte mich höhnisch an, und sein grauer Schnurrbart sträubte sich wie der eines bösen Katers.

»So, meinen Sie das, Herr!«, knurrte er, auf das öde Moor weisend. »Sehen Sie dort drüben den schwarzen Tor? Sehen Sie den niederen Hügel mit dem großen Dornbusch? Es ist der steinigste Teil des ganzen Moors. Ist es anzunehmen, dass sich ein Schafhirte gerade dort niederlässt? Ihre Vermutung, Herr, ist vollkommen sinnlos.«

Ich antwortete demütig, dass ich gesprochen hätte, ohne Genaueres zu wissen. Meine Unterwürfigkeit schien ihn zu freuen und bewog ihn zu weiteren Mitteilungen.

»Sie können versichert sein, Sir, dass ich es mir sehr gut überlege, ehe ich zu einer Schlussfolgerung komme. Ich habe den Jungen mit seinem Bündel immer wieder gesehen. Täglich und manchmal zweimal an einem Tag war es mir möglich – halt, warten Sie einen Augenblick, Dr. Watson, täuschen mich meine Augen oder bewegt sich in diesem Augenblick etwas auf jenem Abhang?«

Es war wohl einige Meilen bis zu dem Hügel, aber trotzdem sah ich ganz deutlich einen kleinen, schwarzen Punkt, der sich vom stumpfen Grau und Grün abhob.

»Kommen Sie, Sir, kommen Sie«, rief Frankland, die Treppe hinaufeilend, »Sie werden es mit eigenen Augen sehen und können sich selbst Ihr Urteil bilden.«

Das Fernrohr, ein großes, schönes Gerät, war auf dem flachen Schieferdach aufgebaut. Frankland blickte hinein und schrie entzückt auf.

»Rasch, Dr. Watson, rasch, ehe er den Hügel überquert!«

Richtig – ein kleiner Junge mit einem Bündel über der Schulter stieg langsam den Hügel hinan. Als er den Gipfel erreichte, sah ich seine zerlumpte Gestalt sich einen Augenblick gegen den kalten, blauen Himmel abheben. Das Kind blickte scheu um sich, als fürchte es, verfolgt zu werden. Dann verschwand es hinter dem Hügel.

»Nun, habe ich Recht gehabt?«

»Es ist sicher ein Junge, der irgendeinen geheimen Zweck verfolgt.«

»Und was dieser Zweck ist, könnte sogar einer von der Grafschaftspolizei erraten. Aber von mir werden sie kein Wort erfahren, und ich verlange auch von Ihnen die größte Verschwiegenheit. Nicht ein Wort! Sie verstehen mich!«

»Ganz wie Sie wünschen.«

»Man hat mich schändlich behandelt, schändlich. Wenn im Prozess ›Frankland gegen Obrigkeit‹ die Tatsachen ans Licht kommen, wird – wie ich hoffe – ein Schrei der Entrüstung durch das ganze Land gehen. Nichts würde mich dazu bewegen, der Polizei auf irgendeine Weise zu helfen. Die hätte ruhig zugesehen, wenn diese Halunken mich selber anstatt meines Abbildes auf dem Scheiterhaufen verbrannt hätten! Sie wollen doch nicht schon gehen? Sie müssen mir dabei helfen, zu Ehren dieses feierlichen Anlasses die Karaffe zu leeren!«

Aber ich blieb seinem Drängen gegenüber standhaft, und es gelang mir auch, ihn davon abzuhalten, mich nach Hause zu begleiten. Ich ging, solange ich mich von ihm beobachtet fühlte, die Straße entlang, bog aber dann vom Wege ab ins Moor und schritt auf den Hügel zu, hinter dem der Junge verschwunden war. Alles war mir günstig, und ich schwor mir zu, dass ich den Zufall, den mir Fortuna in den Schoß geworfen hatte, nicht aus Mangel an Tatkraft oder Ausdauer ungenutzt lassen würde.

Die Sonne war am Untergehen, als ich den Gipfel des Hügels erreichte, und die lang gestreckten Abhänge zu meinen Füßen erglänzten auf der einen Seite in goldenem Grün und waren auf der anderen in graue Schatten gehüllt. Aus dem leichten Nebel, der über dem Horizont lag, ragten die fantastischen Umrisse des Belliver und Vixen Tor hervor. Auf der ganzen weiten Fläche gab es keinen Laut – nichts regte sich. Ein großer, grauer Vogel schwebte hoch über mir im blauen Himmel. Er und ich schienen die einzigen Lebewesen zwischen dem riesigen Gewölbe des Himmels und der weiten Wüste darunter zu sein. Die öde Landschaft, das Gefühl der Einsamkeit und das Geheimnisvolle und Dringliche meines Vorhabens ergriffen mein Herz. Von dem Jungen war weit und breit nichts zu sehen, aber unter mir in einem Einschnitt standen alte Steinhütten in einem Kreis, und in ihrer Mitte bemerkte ich eine, deren Dach noch gut genug erhalten war, um Schutz gegen das Wetter zu bieten. Mein Herz klopfte schneller, als ich das sah. Dies musste der Bau sein, in dem der Fremde hauste. Endlich stand ich an der Schwelle seines Verstecks – nun lag sein Geheimnis greifbar vor mir.

Ich näherte mich der Hütte mit derselben Vorsicht, wie

Stapleton es tat, wenn er sich mit seinem Netz an einen Schmetterling heranschlich, und stellte befriedigt fest, dass diese Hütte wirklich als Wohnstätte benützt worden war. Ein kaum erkennbarer Fußweg führte durch die Felsen hindurch zu ihrem verfallenen Eingang. Drinnen war alles still. Der Unbekannte mochte darin versteckt sein – oder trieb er sich auf dem Moor umher? Meine Nerven waren durch das Abenteuer aufs höchste gespannt. Ich warf die Zigarette weg und griff nach meinem Revolver, schritt schnell auf die Türöffnung zu und blickte in die Hütte hinein. Sie war leer.

Aber viele Anzeichen sprachen dafür, dass ich auf der richtigen Fährte war. Der Fremde wohnte ganz bestimmt hier. Eingewickelt in einen Regenmantel lagen mehrere Wolldecken auf der Steinplatte, die wohl den Menschen der Steinzeit als Ruhelager gedient haben mochte. Auf einem kunstlosen Herd sah ich ein Häuflein Asche. Daneben bemerkte ich einige Kochgeräte und einen halb vollen Wassereimer. Eine Anzahl leerer Konservenbüchsen bewies, dass die Hütte längere Zeit bewohnt gewesen war, und als sich meine Augen halbwegs an die Dunkelheit gewöhnt hatten, erspähte ich in einer Ecke eine Zange und eine angebrochene Flasche Spiritus. In der Mitte des Raumes stand ein flacher Stein, der wohl als Tisch diente, und auf diesem lag ein kleines Bündel – zweifellos dasselbe, das ich durch das Fernrohr auf der Schulter des Jungen gesehen hatte. Es enthielt einen Laib Brot, eine Büchse mit Zunge und eine andere mit Pfirsichkompott. Als ich nach sorgfältiger Untersuchung diese Gegenstände wieder hingelegt hatte, bemerkte ich plötzlich mit Herzklopfen, dass unter dem Bündel ein beschriebener Zettel lag. Ich nahm ihn auf und las folgende, in unbeholfenen Zügen gekritzelte Worte: »Dr. Watson ist nach Coombe Tracey gefahren.«

Eine Minute lang stand ich mit dem Papier in der Hand regungslos da; was konnte diese kurze Botschaft bedeuten? So war ich es also und nicht Sir Henry, der von diesem geheimnisvollen Unbekannten belauert wurde? Er verfolgte mich nicht selbst, aber er hatte einen anderen – wahrscheinlich den Jungen – auf meine Spur gesetzt, und dies war der Bericht, den er erhielt. Wahrscheinlich hatte ich seit meiner Ankunft keinen Schritt getan, der nicht beobachtet und berichtet worden war. Immer wieder hatte ich das Gefühl einer unsichtbaren Macht, eines mit äußerstem Geschick und Sorgfalt um uns gelegten Netzes aus so leichten und fein gesponnenen Fäden, dass man sich erst im entscheidenden Moment bewusst wurde, in seine Maschen verstrickt zu sein.

Wenn es diesen einen schriftlichen Bericht gab, mochte es auch andere, ähnliche gegeben haben, und ich blickte suchend in der Hütte umher. Doch sah ich nichts dergleichen und konnte auch keinerlei Zeichen entdecken, welche mich über Wesen und Absichten des Mannes, der hier lebte, aufgeklärt hätten. Sicher schien nur, dass er ein Mensch von spartanischen Gewohnheiten war und wenig Sinn für eine bequeme Häuslichkeit haben musste. Wenn ich an die schweren Regengüsse der letzten Tage dachte und das klaffende Dach sah, begriff ich, wie stark und unerschütterlich die Willenskraft war, die ihn an einem so unwirtlichen Ort festhielt. War er unser erbitterter Feind, oder konnte er vielleicht unser Schutzengel sein? Ich schwor mir zu, die Hütte nicht eher zu verlassen, als bis ich das ergründet hatte.

Draußen ging gerade die Sonne unter, und der westliche Himmel erstrahlte in Gold und Rot. Sein Widerschein lag auf den Wassertümpeln des großen Grimpensumpfes. Man sah die Türme von Baskerville Hall, und eine schwache Rauchsäule bezeichnete den Ort Grimpen. Zwischen diesen beiden Punkten lag das Haus der Stapletons. So ruhig, sanft und friedlich sah das alles im goldenen Abendsonnenschein aus, aber meine Seele fühlte nichts von dem Frieden der Natur und bebte vor Erregung, in Gedanken an das unbestimmte Grauen des Zusammentreffens, das jede Minute näher brachte. Mit angespannten Nerven, aber voll eiserner Entschlossenheit saß ich in der finsteren Hütte und wartete auf das Nahen ihres Bewohners. Endlich hörte ich ihn kommen. Von weit her klang der harte Tritt eines Stiefels auf felsigem Boden. Die Schritte kamen näher. Ich zog mich in die dunkelste Ecke zurück und spannte den Hahn meines Revolvers, fest entschlossen, meine Anwesenheit nicht eher zu verraten, als bis ich den Fremden deutlich gesehen hätte. Eine längere Pause trat ein – er war offenbar stehen geblieben. Dann kamen die Schritte näher, und ein Schatten fiel quer über die Türöffnung.

»Ein wunderbarer Abend, mein lieber Watson«, sagte eine wohl bekannte Stimme. »Ich glaube, es sitzt sich draußen angenehmer als dort drinnen!«

12

Es hatte mir sekundenlang den Atem verschlagen – ich traute meinen Ohren nicht. Dann kam ich wieder zu mir selbst; mir war, als würde die drückende Last der Verantwortung mit einem Ruck von meinen Schultern gehoben. Diese kalte, schneidende Stimme konnte auf der ganzen Welt nur einem Mann angehören.

»Holmes!«, rief ich, »Holmes!«

»Kommen Sie heraus«, sagte er, »und bitte, seien Sie vorsichtig mit dem Revolver.«

Ich musste mich unter dem roh behauenen Türsturz bücken beim Heraustreten. Richtig, da saß er auf einem Stein, und seine grauen Augen funkelten vor Vergnügen, als er mein verblüfftes Gesicht sah. Er war mager und abgezehrt, sah aber gesund und frisch aus, und sein scharfes Gesicht war von Sonne und Wind gebräunt. In seinem Sportanzug und der Stoffmütze konnte er gut als ein gewöhnlicher

Tourist gelten, und dank seiner wahren Passion für körperliche Reinlichkeit war sein Kinn so glatt rasiert und sein Hemd so frisch, als wäre er in seiner Wohnung in der Baker Street.

»Ich habe mich in meinem ganzen Leben noch nie über den Anblick eines Menschen so gefreut!«, rief ich, als ich ihm die Hand schüttelte.

»Oder noch nie waren Sie so überrascht, was?«

»Ja, das muss ich zugeben.«

»Ich versichere Ihnen, dass die Überraschung keine völlig einseitige ist. Ich hatte keine Ahnung, dass Sie meinen Schlupfwinkel entdeckt hatten und noch weniger, dass Sie in der Hütte waren, bis zwanzig Schritte vor dem Eingang.«

»Meine Fußspur, nehme ich an?«

»Nein, Watson, ich fürchte, dass ich nicht imstande wäre, Ihre Fußspuren unter all den Fußspuren auf der Welt zu erkennen. Wenn Sie einmal ernstlich die Absicht haben, mich zu täuschen, müssen Sie Ihren Tabaklieferanten wechseln, denn wenn ich einen Zigarettenstummel mit der Marke ›Bradley, Oxford Street‹ sehe, weiß ich, dass mein Freund Watson in der Nähe ist. Der Stummel liegt dort neben dem Weg. Wahrscheinlich haben Sie ihn weggeworfen, ehe Sie zum Angriff auf die unbewohnte Hütte übergingen?«

»Richtig.«

»Ich dachte es mir – und da ich Ihre unglaubliche Zähigkeit kenne, war ich davon überzeugt, dass Sie mit dem Revolver in der Hand im Hinterhalt sitzen würden, um den Bewohner der Hütte zu erwarten. Sie meinten also wirklich, dass ich dieser Verbrecher sei?«

»Ich wusste nicht, wer hier hauste, aber ich war fest entschlossen, es herauszubekommen.«

»Ausgezeichnet, Watson. Und wieso entdeckten Sie mich? Haben Sie mich vielleicht in der Nacht, in der Sie auf den Sträfling Jagd machten und ich so unvorsichtig war, den aufsteigenden Mond hinter mir zu haben, gesehen?«

»Ja, da habe ich Sie gesehen.«

»Und haben wahrscheinlich alle Hütten durchsucht, bis Sie zu dieser hier kamen?«

»Nein. Ihr Junge wurde beobachtet, das gab mir die Richtung an, in welcher ich Sie zu suchen hatte.«

Wahrscheinlich der alte Herr mit dem Fernrohr? Ich konnte mir zuerst nicht erklären, was es war, als ich das Sonnenlicht von der Linse seines Instruments reflektiert sah.« Holmes stand auf und blickte in die Hütte. »Ha, ich sehe, dass Cartwright wieder einige Vorräte gebracht hat. Was steht denn da? Ach – Sie sind in Coombe Tracey gewesen?«

»Ja.«

»Um Frau Laura Lyons zu sprechen?«

»Richtig.«

»Ausgezeichnet. Unsere Nachforschungen haben sich anscheinend auf derselben Linie bewegt, und wenn wir die Ergebnisse zusammenfassen, dürften wir eine ziemlich vollständige Kenntnis des ganzen Falles besitzen.«

»Nun, ich bin von Herzen froh, dass Sie hier sind, denn die Verantwortung und das Geheimnisvolle der Sache sind fast zu viel für meine Nerven geworden. Wie aber, in aller Welt, sind Sie hergekommen? Und was haben Sie gemacht? Ich glaubte, Sie wären in der Baker Street und vollkommen in die Erpressergeschichte vertieft.«

»Das sollten Sie auch glauben.«

»So – Sie bedienen sich meiner und vertrauen mir doch nicht!«, rief ich etwas verbittert aus. »Das habe ich nicht um Sie verdient, Holmes.«

»Mein lieber Freund – Sie haben mir in diesem wie in vielen anderen Fällen unschätzbare Dienste geleistet, und ich bitte Sie sehr um Entschuldigung, wenn es aussieht, als hätte ich Ihnen einen Streich gespielt. Um die Wahrheit zu sagen, war es hauptsächlich Ihretwegen, dass ich es tat; die Erkenntnis der Gefahr, in der Sie schweben, hat mich dazu bewogen, herauszukommen, um die Sache mit eigenen Augen zu sehen. Wenn ich mit Sir Henry und Ihnen zusammen gewesen wäre, hätte ich die Dinge von demselben Gesichtspunkt wie Sie betrachtet, und meine Gegenwart hätte unsere gefährlichen Gegner veranlasst, noch mehr auf der Hut zu sein. So aber konnte ich mich frei bewegen, was unmöglich gewesen wäre, wenn ich im Schloss gewohnt hätte, und in der ganzen Angelegenheit verbleibe ich eine unbekannte Größe, die im gegebenen Augenblick entscheidend eingreifen kann.«

»Aber warum haben Sie es *mir* verheimlicht?«

»Wenn Sie von meiner Anwesenheit gewusst hätten, würde es uns nicht viel genützt, möglicherweise aber zu meiner Entdeckung geführt haben. Sie hätten mir irgendeine Nachricht geben oder in Ihrer Güte etwas zu meiner Bequemlichkeit beisteuern wollen, was ein überflüssiges Wagnis gewesen wäre. Ich nahm Cartwright mit – Sie erinnern sich wohl an den kleinen Jungen im Express-Büro –, und er hat für meine einfachen Bedürfnisse gesorgt: einen Laib Brot und einen reinen Hemdkragen. Was braucht der Mensch mehr? Außerdem bedeutet er ein zweites Augenpaar und ein zweites Paar sehr tüchtiger Füße, beides von ungeheurem Wert für mich.«

»Dann waren also alle meine Berichte umsonst?« Meine Stimme zitterte, als ich an die große Mühe, mit der ich sie ausgearbeitet, und den Stolz, den ich dabei empfunden hatte, dachte.

Holmes zog ein Bündel Papiere aus seiner Tasche.

»Hier sind Ihre Berichte, lieber Freund. Und noch dazu ganz zerlesen! Ich hatte ausgezeichnete Vorkehrungen getroffen, so dass sie nur um einen Tag verspätet in meine Hände gelangten. Ich muss Ihnen meine vollste Anerkennung für den Eifer und die Geschicklichkeit aussprechen, die Sie in diesem außerordentlich verwickelten Fall gezeigt haben.«

Ich fühlte mich zwar noch etwas verletzt wegen der Art und Weise, in der ich getäuscht worden war, aber Holmes' warmes, aufrichtiges Lob verscheuchte bald meinen Ärger. Auch sah ich ein, dass er ganz recht gehabt hatte; es war für unsere Zwecke entschieden besser gewesen, dass ich von seiner Anwesenheit auf dem Moor nichts gewusst hatte.

»So ist's recht«, lobte Holmes, als er sah, dass mein Gesicht sich aufhellte, »nun berichten Sie mir über das Ergebnis Ihres Besuches bei Mrs Laura Lyons – es war für mich nicht schwer zu erraten, dass Sie ihretwegen hinfuhren, denn sie ist der einzige Mensch in Coombe Tracey, der uns in unserer Sache irgendwie nützen kann. Wenn Sie nicht heute hingefahren wären, hätte ich es wahrscheinlich morgen getan.«

Inzwischen war die Sonne untergegangen, und die Nacht sank über das Moor herab. Es wurde kühl. Wir zogen uns der Wärme wegen in die Hütte zurück. Dort saßen wir im Zwielicht nebeneinander, und ich erzählte Holmes von meinem Gespräch mit Mrs Lyons.

Es interessierte ihn so sehr, dass ich einiges wiederholen musste, ehe er sich befriedigt erklärte.

»Das ist von größter Wichtigkeit«, meinte er, als ich geendet hatte, »denn es füllt eine Lücke aus, die ich bis jetzt in diesem höchst verwickelten Fall nicht überblicken konnte. Sie wissen vielleicht, dass zwischen dieser Dame und Stapleton höchst intime Beziehungen bestehen?«

»Nein, davon wusste ich nichts.«

»Darüber kann es keinen Zweifel geben. Sie treffen sich, sie schreiben einander, es herrscht zwischen ihnen ein vollkommenes Einverständnis. Nun haben wir durch Ihre Unterredung mit Laura Lyons eine sehr wirksame Waffe in die Hand bekommen. Wenn ich sie nur dazu benützen könnte, um seine Frau von ihm zu lösen ...«

»Seine Frau?«

»Jetzt bekommen Sie von mir etwas Neues zu hören, als Dank für alles, was Sie mir berichtet haben. Die Dame, die hier für Stapletons Schwester gilt, ist in Wirklichkeit seine Frau.«

»Um Himmels willen, Holmes, sind Sie dessen sicher? Wie konnte er dann zulassen, dass sich Sir Henry in sie verliebte?«

»Wenn Sir Henry sich in sie verliebte, konnte das niemandem schaden als nur Sir Henry selbst. Außerdem gab Stapleton gut darauf acht, dass der Baronet seine Liebe zu ihr nicht in Taten umsetzte, das haben Sie ja selber bemerkt. Ich wiederhole es: Die Dame ist nicht seine Schwester, sondern seine Frau.«

»Wozu diese unverständliche Täuschung?«

»Weil er vorausgesehen hat, dass sie ihm, wenn sie als unverheiratet galt, von viel größerem Nutzen sein konnte.«

Plötzlich nahmen all meine unausgesprochenen, instinktmäßigen Verdachtsgründe eine feste Gestalt an und richteten sich gegen den Naturforscher. In diesem leidenschaftslosen, farblosen Menschen mit seinem Strohhut und seinem lächerlichen Schmetterlingsnetz meinte ich jetzt etwas Fürchterliches zu erblicken, ein Wesen von unendlicher Geduld und Tücke, mit lächelndem Gesicht und Mord im Herzen.

»Er also ist unser Feind? Er ist es, der uns in London verfolgt hat?«

»Das dürfte des Rätsels Lösung sein.«

»Und die Warnung kam uns von ihr?«

»Ganz sicher.«

Eine furchtbare, unvorstellbare Schlechtigkeit, halb gesehen, halb nur geahnt, trat plötzlich aus dem Dunkel hervor, das mich so lange umfangen hatte.

»Sind Sie ganz sicher, Holmes? Woher wissen Sie, dass sie seine Gattin ist?«

»Weil er sich so weit vergessen hat, Ihnen anlässlich Ihrer ersten Begegnung einen wahren Ausschnitt aus seiner Lebensgeschichte zu erzählen – ich bin sicher, dass er es seither oft bereut hat. Er *war* einst Direktor einer Schule im Norden von England. Nun kann man über keinen Menschen leichter etwas erfahren als über einen Schullehrer. Es gibt Stellenvermittlungsagenturen für Lehrer, durch die man die Identität eines jeden feststellen kann, der einmal diesen Beruf ausgeübt hat. Durch eine kleine Nachforschung erfuhr ich, dass eine Schule in Nordengland unter ungeheuerlichen Umständen zugrunde gegangen war und dass der Mann, der sie führte – es war ein anderer Name –, mit seiner Frau verschwunden ist. Die Beschreibungen passten haargenau. Als ich dann noch erfuhr, dass sich der flüchtige Lehrer ganz besonders für Schmetterlingskunde interessiert hatte, war kein Zweifel mehr möglich.«

Das Dunkel lichtete sich, aber noch immer war vieles von Schatten verhüllt.

»Wenn diese Dame wirklich seine Frau ist«, fragte ich, »was ist dann mit Mrs Laura Lyons?«

»Das ist eben eine der Fragen, die durch Ihre Nachforschungen beantwortet ist. Ihr Besuch in Coombe Tracey hat die Situation bedeutend geklärt. Ich wusste nicht, dass von einer Ehescheidung zwischen ihr und ihrem Mann die Rede war. In diesem Fall rechnet sie anscheinend damit, dass Stapleton, den sie für einen Junggesellen hält, sie heiraten wird.«

»Was wird geschehen, wenn sie erfährt, dass sie sich getäuscht hat?«

»Nun, dann wird uns diese Dame vielleicht sehr nützlich sein können. Das Erste, was wir morgen zu tun haben, ist, dass wir sie aufsuchen – und zwar wir beide zusammen. Glauben Sie nicht, Watson, dass Sie Ihren Schutzbefohlenen schon ziemlich lange allein gelassen haben? Sie sollten längst wieder in Baskerville Hall sein.«

Die letzten roten Strahlen waren am westlichen Himmel verblichen, und nächtliches Dunkel lag über dem Moor. Einige schwache Sternpünktchen funkelten am violetten Himmel.

»Eine letzte Frage, Holmes.« Ich erhob mich. »Wir brauchen doch kein Geheimnis voreinander zu haben. Was bedeutet das alles? Was für einen Zweck verfolgt er?«

Holmes' Stimme wurde zu einem Flüstern, als er antwortete: »Es ist Mord, Watson, abgefeimter, kaltblütiger, überlegter Mord. Fragen Sie mich nicht nach Einzelheiten. Meine Netze ziehen sich um ihn zusammen, so wie sein Netz über Sir Henry schwebt. Dank Ihrer Hilfe ist er schon beinahe in meine Hand gegeben. Nur noch eine Gefahr ist es, die uns droht: dass er losschlägt, ehe auch wir so weit sind. Ein Tag – noch höchstens zwei –, und ich habe mein Material vollständig beisammen; aber bis dahin halten Sie bei Ihrem Schützling so sorgsam Wacht wie eine Mutter bei ihrem kranken Kind. Ihr Tagewerk heute war durch die Umstände berechtigt, und doch muss ich wünschen, Sie wären an seiner Seite geblieben. – Hören Sie!«

Ein furchtbarer Schrei – ein langes gellendes Aufbrüllen voll Angst und Entsetzen – drang aus der schweigenden Einsamkeit des Moors zu uns herüber. Ein fürchterlicher Laut, der das Blut in meinen Adern erstarren ließ.

»Um Gottes willen«, stieß ich aus, »was bedeutet das?«

Holmes war aufgesprungen. Ich sah die dunklen Umrisse seiner athletischen Gestalt in der Türöffnung. Die Schulter gebeugt, den Kopf vorgestreckt, suchte er mit den Blicken die Finsternis zu durchdringen.

»Pst«, flüsterte er, »pst!«

Der Schrei hatte laut geklungen, weil er mit unerhörter Heftigkeit ausgestoßen war, aber er war von weit her, irgendwo aus der dunklen Ebene gekommen. Nun drang ein neuer Schrei zu uns herüber – näher, lauter, noch durchdringender als der erste.

»Wo ist es?«, flüsterte Holmes, und am Beben seiner Stimme erkannte ich, dass sogar er, der Mann aus Stahl und Eisen, bis ins Tiefste seiner Seele erschüttert war. »Wo ist es, Watson?«

»Dort glaube ich.« Ich zeigte ins Dunkel hinein. »Nein, hier.«

Wieder durchbrach ein verzweifelter Schrei die stille Nacht, noch lauter und noch viel näher als vorhin, und ein neuer Klang tönte mit, ein tiefes murmelndes Grollen, klangvoll und doch drohend, steigend und fallend wie das unablässige, tiefe Rauschen des Meeres.

»Der Bluthund!«, schrie Holmes. »Rasch, Watson, vorwärts! Um Himmels willen – wenn wir zu spät kämen!«

Er war aus der Türe geeilt und rannte, so schnell er konnte, dem Moor zu – ich folgte ihm auf den Fersen. Aber plötzlich kam aus der Wirrnis des zerklüfteten Bodens vor uns ein letzter, verzweifelt aufgehender Schrei und dann ein dumpfer, schwerer Fall. Wir blieben stehen und horchten. Kein Laut durchbrach mehr die tiefe Stille der Nacht.

Holmes schlug sich mit der Faust vor die Stirne wie ein Mensch, der den Verstand verloren hat. Er stampfte mit dem Fuß auf.

»Er hat uns besiegt, Watson, wir sind zu spät gekommen!«

»Nein, nein – das ist doch nicht möglich!«

»Narr, der ich war, zuzuwarten! Sehen Sie, Watson, das sind die Folgen davon, dass Sie Ihren Posten verlassen haben. Aber, beim Himmel, wenn das Ärgste wirklich geschehen ist, werden wir ihn rächen!«

Blindlings rannten wir durch die Dunkelheit; wir stolperten über Steine, zwängten uns zwischen Ginsterbüschen durch, keuchten Hügel hinauf, stürzten in großen Sätzen Abhänge hinunter, immer in der Richtung, aus der diese furchtbaren Schreie erklungen waren. Jedes Mal, wenn wir eine Höhe erreicht hatten, blickte Holmes gespannt um sich, aber die Nacht lag schwer über dem Moor, und nichts rührte sich auf der öden Fläche.

»Sehen Sie etwas?«

»Nichts.«

»Aber – horchen Sie –, was ist das?«

Ein leises Stöhnen war an unsere Ohren gedrungen. Da – noch einmal –, es war zu unserer Linken. Auf dieser Seite lief ein Felsengrat in eine steile Wand aus, die einen mit Steinen besäten Abhang überragte. Und auf diesem unebenen Grund lag etwas Dunkles von eigentümlicher Form. Als wir hinzuliefen, nahm der unbestimmte Umriss feste Gestalt an. Am Boden lag ein Mann mit abwärts gewandtem Gesicht. Sein Kopf stak in einem fürchterlichen Winkel unter seiner Brust, die Schultern waren gerundet, und der ganze Körper war so zusammengezogen, als wäre der Mann im Begriff gewesen, einen Purzelbaum zu schlagen. So grotesk war die ganze Haltung, dass mir zuerst gar nicht zu Bewusstsein kam, dass der Mann mit diesem letzten Seufzer seine Seele ausgehaucht hatte. Kein Laut, kein Röcheln ging nunmehr von der dunklen Gestalt aus, über die wir uns beugten. Holmes berührte sie mit der Hand, zog dieselbe jedoch gleich mit einem Ausruf des Entsetzens zurück. Der Schein des Streichholzes, das er entzündete, beleuchtete seine blutbesudelten Finger und die grausige Blutlache, die sich unter dem zertrümmerten Schädel des Opfers immer mehr erweiterte. Und es beleuchtete noch etwas anderes, das unsere Herzen vor Schmerz und Trauer krank machte: die Leiche von Sir Henry Baskerville.

Keiner von uns beiden hatte den eigentümlichen rötlichen Tweedanzug vergessen, den Sir Henry an jenem ersten Tag in der Baker Street getragen hatte. Eine Minute lang konnte ich einen Blick darauf werfen – dann erlosch das Licht, ebenso wie jede Hoffnung in uns erloschen war.

Holmes stöhnte auf; sein Gesicht schimmerte bleich durch das nächtliche Dunkel.

»Die Bestie, die Bestie!«, schrie ich mit geballten Fäusten. »O Holmes, ich werde es mir nie verzeihen, Sir Henry seinem Schicksal überlassen zu haben!«

»Ich bin mehr zu tadeln als Sie, Watson. Um meinen Fall schön abgerundet und vollständig zu haben, setzte ich das Leben meines Klienten aufs Spiel. Es ist der härteste Schlag, der mich während meiner ganzen Laufbahn getroffen hat. Aber wie konnte ich wissen – wie *konnte* ich wissen, dass er es wagen würde, trotz all meiner Warnungen allein auf das Moor hinauszugehen?«

»Dass wir seine Schreie gehört haben – mein Gott! – Diese Schreie! – Und ihm nicht helfen konnten! Wo ist diese Bestie von einem Hund, die ihn zu Tode gehetzt hat? Vielleicht lauert sie zwischen den Felsen, noch in diesem Augenblick. Und Stapleton, wo ist er? Er soll für seine Tat büßen!«

»Das wird er, dafür will ich sorgen. Onkel und Neffe sind ermordet worden – der eine zu Tode erschreckt durch den bloßen Anblick einer Bestie, die er für ein übernatürliches Wesen hielt, der andere in seiner wilden Flucht vor demselben Tier in sein Verderben gerast. Nun müssen wir beweisen, dass zwischen dem Mann und der Bestie ein Zusammenhang besteht. Von dieser haben wir allerdings nur gehört und können ihr Vorhandensein nicht beschwören, da Sir Henrys Ende augenscheinlich infolge seines Sturzes erfolgt ist. Aber, beim Himmel, so schlau der Kerl auch sein mag – ehe ein Tag vergangen ist, wird er in meiner Gewalt sein.«

Tiefe Bitterkeit im Herzen, standen wir bei dem zerschmetterten Leichnam überwältigt von dem plötzlichen, nie wieder gut zu machenden Unglück, das alle unsere mühselige, langwierige Arbeit zunichte gemacht hatte. Dann, als der Mond aufging, stiegen wir zu der Höhe des

Felsens empor, von dem unser aller Freund herabgestürzt war, und blickten von dort aus auf das weite Moor, das halb in silbernem Glanz und halb in dunklen Schatten lag. Weit entfernt, in der Richtung gegen Grimpen zu, schimmerte ruhig ein einzelnes gelbes Licht. Es konnte nur aus dem einsamen Haus der Stapletons kommen. Mit einem Fluch schüttelte ich meine Fäuste in diese Richtung.

»Warum können wir ihn nicht sofort festnehmen?«

»Unsere Beweise sind nicht vollständig. Der Kerl ist über alle Maßen vorsichtig und schlau. Das, was wir wissen, genügt nicht – wir müssen es auch beweisen können. Ein falscher Schritt, und der Schurke ist uns entwischt.«

»Was können wir jetzt machen?«

»Morgen werden wir genug zu tun haben. Für heute bleibt uns nichts übrig, als unserem armen Freund die letzten Dienste zu erweisen.«

Wir stiegen wieder den steilen Abhang hinab und näherten uns dem Leichnam, der sich nun dunkel und deutlich von den silbern schimmernden Steinen abhob. Der Anblick dieser im Todeskampf verrenkten Gliedmaßen erschütterte mich so sehr, dass mir die Tränen in die Augen kamen.

»Wir müssen Hilfe holen, Holmes. Wir können ihn nicht allein den ganzen Weg bis zum Schloss tragen. Großer Gott – sind Sie verrückt geworden?«

Holmes hatte einen Schrei ausgestoßen und sich über den Leichnam gebeugt. Nun sprang er herum und lachte und schüttelte mir die Hand. Konnte das mein ernster, beherrschter Freund sein?

»Ein Bart! Ein Bart! Der Mann hat einen Bart!«

»Einen Bart?«

»Es ist nicht der Baronet – es ist – ja wahrhaftig, es ist mein Nachbar, der Sträfling!«

In fiebriger Hast drehten wir den Leichnam um, und der zottige Bart starrte zum hellen, klaren Mond empor. Es war kein Zweifel möglich, die vorspringende Stirne, die eingesunkenen, tierischen Augen ... Es war dasselbe Antlitz, das mich im Kerzenlicht damals über die Felskante angestarrt hatte – es war der Verbrecher Selden.

Im nächsten Augenblick war mir alles klar. Ich erinnerte mich daran, dass der Baronet mir gesagt hatte, er habe Barrymore seine alten Anzüge geschenkt. Barrymore hatte sie an Selden weitergegeben, um ihm die Flucht zu ermöglichen. Hemd, Stiefel, Mütze – alles hatte Sir Henry gehört. Die Tragödie war noch immer furchtbar genug, aber der Mann hatte ja von Rechts wegen den Tod verdient. Freude und Dankbarkeit im Herzen, setzte ich Holmes die Sache auseinander.

»Dann haben Sir Henrys Kleider den Tod des armen Teufels verschuldet«, sagte er. »Es ist sonnenklar, dass der Bluthund auf ein von Sir Henry getragenes Kleidungsstück abgerichtet ist, wahrscheinlich auf den Schuh, der Sir Henry im Hotel abhanden kam. Etwas Sonderbares ist aber doch dabei: Wieso konnte Selden im Stockdunkeln wissen, dass ihm der Hund auf den Fersen war?«

»Er hörte ihn.«

»Einen Hund auf dem Moor zu hören, würde doch einem so hart gesottenen Verbrecher wie diesem Sträfling kaum eine so panische Angst einjagen, dass er riskierte, durch seine Hilferufe wieder eingefangen zu werden? Seinem Schreien nach zu schließen, muss er noch lange gerannt sein, nachdem er gemerkt hatte, dass das Tier ihm auf den Fersen war. Woher wusste er es?«

»Ein noch größeres Rätsel ist es für mich, warum dieser Bluthund, angenommen, dass unsere Mutmaßungen richtig sind –«

»Ich mutmaße gar nichts ...«

»Nun also – warum dieser Bluthund nachts frei auf dem Moor herumgelaufen ist? Ich nehme an, dass er nicht immer freigelassen wird. Stapleton würde ihn nicht loslassen, wenn er nicht Grund hätte, anzunehmen, dass Sir Henry auf dem Moor sei.«

»Von diesen beiden Schwierigkeiten ist jedenfalls meine die beängstigendere; denn für die Ihre werden wir wohl bald eine Erklärung finden, während die meine wohl für immer ein unaufgeklärtes Geheimnis bleiben wird. Die Frage ist nun: Was machen wir mit der Leiche dieses armen Teufels? Wir können ihn doch nicht hier liegen lassen, den Füchsen und Raben zum Fraß?«

»Ich schlage vor, dass wir ihn in eine der Hütten legen und dann die Polizei benachrichtigen.«

»Richtig – ich glaube, so weit können Sie und ich ihn ohne Mühe tragen. Hallo, Watson, was ist das? Unser Mann in eigener Person! Das ist doch eine unglaubliche – eine geradezu großartige Frechheit! Kein Wort von unserem Verdacht – kein Wort. Sonst brechen alle meine Pläne in sich zusammen!« Eine Gestalt kam vom Moor her auf uns zu. Ich sah den roten Punkt einer brennenden Zigarre aufleuchten. Das Mondlicht fiel auf ihn, und ich konnte die behände Figur und den flinken Schritt des Naturforschers erkennen. Er stutzte, als er uns erblickte, und kam dann rasch auf uns zu.

»Na, Dr. Watson, sind Sie es wirklich? Sie sind wohl der Letzte, den ich zur Nachtzeit auf dem Moor zu finden glaubte. Aber mein Gott – was ist das? Jemand verunglückt? Nein – sagen Sie mir nicht, dass es unser Freund Sir Henry ist!«

Er eilte an mir vorbei und beugte sich über die Leiche. Ich hörte, wie er einen gepressten Atemzug tat, die Zigarre entfiel seiner Hand.

»Wer – wer ist das?«, stammelte er.

»Es ist Selden, der entlaufene Sträfling aus Princetown.«

Stapleton wendete mir sein totenblasses Antlitz zu – aber im nächsten Augenblick hatte er mit äußerster Willensanstrengung seine Bestürzung und Enttäuschung niedergerungen. Er blickte Holmes und mich forschend an.

»Mein Gott – wie entsetzlich! Was ist denn geschehen?«

»Er scheint sich das Genick gebrochen zu haben, als er von diesem Felsen abstürzte. Mein Freund und ich schlenderten über das Moor, als wir einen Schrei hörten.«

»Auch ich hörte einen Schrei. Deshalb kam ich hier herauf. Ich war Sir Henrys wegen beunruhigt.«

»Warum gerade Sir Henrys wegen?«

Ich konnte mich dieser Frage nicht enthalten.

»Weil ich ihm vorgeschlagen hatte, den Abend bei uns zu verbringen. Als er dann nicht kam, war ich erstaunt, und als ich Schreie auf dem Moor hörte, natürlich beunruhigt. Übrigens«, seine Augen wanderten wieder misstrauisch von meinem Gesicht zu Holmes', »haben Sie außer den Schreien nichts anderes gehört?«

»Nein – und Sie?«

»Ich auch nicht.«

»Was soll Ihre Frage bedeuten?«

»Ach, Sie kennen ja die Geschichten, die die Bauern erzählen, von einem Geisterhund und so weiter. Man hört ihn angeblich des Nachts auf dem Moor. Ich dachte nur, ob vielleicht heute Nacht so etwas zu hören oder zu sehen war?«

»Wir haben jedenfalls nichts gehört.«

»Und was ist Ihre Meinung in Bezug auf den Tod dieses armen Teufels?«

»Ich zweifle nicht daran, dass die Angst vor der Gefahr der Entdeckung ihn um seinen Verstand gebracht hat. Er rannte halb verrückt im Moor umher, ist anscheinend hier abgestürzt und hat sich das Genick gebrochen.«

»Das kommt mir auch sehr wahrscheinlich vor«, sagte Stapleton mit einem Seufzer, den ich als Seufzer der Erleichterung auffasste. »Und was ist Ihre Meinung darüber, Mr Sherlock Holmes?«

Mein Freund verbeugte sich.

»Ich sehe, dass Sie mich rasch erkannt haben«, lächelte er.

»Wir haben Sie seit dem Erscheinen Dr. Watsons hier erwartet. Nun kommen Sie gerade zu rechter Zeit, um eine Tragödie zu sehen.«

»Ja – und ich zweifle nicht, dass die Erklärung meines Freundes die richtige ist. Jedenfalls nehme ich morgen eine unerfreuliche Erinnerung nach London zurück.«

»Ach – Sie verlassen uns wieder?«

»Das ist meine Absicht.«

»Ich hoffe, dass Ihr Besuch einiges Licht in diese Begebenheiten, die uns so viel Kopfzerbrechen verursachen, gebracht hat?«

Holmes zuckte die Achseln.

»Man hat leider nicht immer den Erfolg, auf den man hofft. Nachforschungen haben Tatsachen nötig, nicht Märchen oder Gerüchte. Es ist bedauerlicherweise ein unbefriedigender Fall gewesen.«

Mein Freund sprach in seiner offensten und unbefangensten Weise. Stapleton sah ihn aber doch mit scharfem Blick an. Dann wendete er sich mir zu.

»Ich hätte Ihnen vorgeschlagen, den armen Kerl in mein Haus zu bringen, aber es würde meine Schwester so erschrecken, dass ich mich nicht dazu berechtigt fühle. Ich glaube, wenn wir sein Gesicht zudecken, wird er bis morgen früh unversehrt liegen bleiben.«

Der Vorschlag wurde angenommen. Wir lehnten Stapletons Einladung ab und machten uns auf den Weg nach Baskerville Hall. Als wir uns einmal umblickten, sahen wir die Gestalt des Naturforschers langsam über das Moor dahinwandern und hinter ihm den dunklen Fleck auf dem mondbeschienenen Abhang, wo der Mann lag, der so grauenhaft geendet hatte.

»Nun kommen wir zum Endkampf«, verkündete Holmes, als wir das Moor überquerten. »Was der Kerl für Nerven hat! Wie er sich zusammenriss, obwohl er doch einen lähmenden Schock empfangen haben muss, als er sah, dass ein anderer seinem Anschlag zum Opfer gefallen ist! Ich sagte es Ihnen in London, Watson, und wiederhole es Ihnen hier: Noch nie haben wir einen Gegner gehabt, der unserer Klinge würdiger gewesen wäre.«

»Ich bedaure nur, dass er Sie gesehen hat.«

»Auch mir war es zuerst unangenehm, aber es ließ sich nicht vermeiden.«

»Welchen Einfluss wird es, glauben Sie, auf seine Pläne haben, dass er von Ihrer Anwesenheit weiß?«

»Entweder veranlasst es ihn, noch vorsichtiger zu sein als bisher – oder es treibt ihn sofort zu verzweifelten Maßnahmen. Wie die meisten klugen Verbrecher überschätzt er vielleicht seine eigene Geschicklichkeit und bildet sich ein, uns vollständig getäuscht zu haben.«

»Warum können wir ihn eigentlich nicht auf der Stelle festnehmen?«

»Mein lieber Watson, Sie sind der geborene Mann der Tat. Ihr Instinkt treibt Sie immer dazu, energische Maßnahmen zu ergreifen. Aber – wenn wir ihn beispielsweise heute Nacht festnehmen ließen –, was würde uns das nützen? Wir können ihm ja nichts nachweisen. Darin liegt ja eben die teuflische Schlauheit dieses Mannes. Wenn er sich eines menschlichen Werkzeugs bediente, könnten wir irgendeinen Beweis gegen ihn erbringen; aber auch wenn wir diesen Riesenhund ans Tageslicht ziehen würden, wäre das noch lange nicht genug, um seinem Herrn die Schlinge um den Hals zu legen.«

»Es ist doch sicherlich ein Fall, der vor Gericht gehört?«

»Nicht der Schatten davon. Nichts als Vermutungen und Theorien. Wir würden vor Gericht ausgelacht werden, wenn wir mit einer solchen Geschichte und solchen Beweisen daherkämen.«

»Und Sir Charles' Tod?«

»Tot aufgefunden, ohne Zeichen von Gewalttat an seinem Körper. Sie und ich wissen, dass ein furchtbarer

Schreck seinen Tod herbeiführte, und wir wissen auch, was es war, das ihn erschreckte – aber wie sollen wir zwölf beschränkte, behäbige Geschworene dazu bringen, es zu glauben? Wo sind die Anzeichen dafür, dass es ein Hund war? Wo sind die Spuren seiner Zähne? Wir wissen natürlich, dass ein Hund sich nicht an einen Leichnam heranwagt und dass Sir Charles tot war' als die Bestie ihn einholte, aber wir müssen das alles *beweisen,* und dazu sind wir eben nicht in der Lage.«

»Und die Ereignisse von heute Nacht?«

»Wir sind heute Nacht auch nicht viel besser daran. Es gibt wieder keinen unmittelbaren Zusammenhang zwischen dem Bluthund und dem Tod des Sträflings. Wir haben den Hund nicht gesehen. Wir haben ihn gehört, aber wir können nicht beweisen, dass er die Fährte dieses Mannes verfolgte. Es gibt keine Beweggründe für dieses Verbrechen. Nein, mein Lieber, wir müssen uns damit abfinden, dass wir vorderhand noch keinen Fall haben, der für das Gericht reif wäre, und dass wir daher alles daransetzen müssen, uns entsprechendes Beweismaterial zu beschaffen.«

»Wie gedenken Sie dies zu erreichen?«

»Ich setze große Hoffnungen auf das, was Mrs Laura Lyons für uns tun wird sobald wir sie über die Sachlage aufklären. Außerdem habe ich einen Schlachtplan ausgearbeitet. Wir haben also morgen Wichtiges zu tun; aber ich hoffe, dass der Sieg unser sein wird, ehe der Tag zu Ende geht.«

Mehr war nicht aus ihm herauszubringen. Er ging ganz in Gedanken versunken mit mir bis zum Eingang von *Baskerville Hall.*

»Kommen Sie mit herauf?«

»Ja – ich sehe keinen Grund, mich weiterhin zu verstecken. Ein Wort noch, Watson. Sagen Sie zu Sir Henry nichts von dem Bluthund. Lassen Sie ihn glauben, dass Seldens

Tod der Ursache zuzuschreiben ist, die Stapleton uns glauben machen wollte. Er wird dann bessere Nerven haben, um die harte Probe, die ihm morgen bevorsteht, zu ertragen. Soviel ich mich aus Ihrem Bericht erinnere, speist er morgen Abend bei Stapletons?«

»Ja, und ich ebenfalls.«

»Dann müssen Sie sich entschuldigen, und er soll allein hingehen. Das wird ja leicht zu machen sein. Und nun, wenn wir auch zu spät zum Nachtessen sind, ein Imbiss wird uns schmecken.«

13

Sir Henry war mehr erfreut als überrascht, Sherlock Holmes zu sehen; denn er hatte schon seit einigen Tagen erwartet, dass die letzten Ereignisse Holmes veranlassen würden, zu uns zu kommen. Er machte allerdings ein verwundertes Gesicht, als er bemerkte, dass mein Freund weder Gepäck noch eine Erklärung für das Fehlen desselben hatte. Sir Henry und ich halfen ihm mit unseren Sachen aus. Bei einem verspäteten Souper teilten wir dem Baronet so viel von unseren Erlebnissen mit, als ratsam schien, ihn wissen zu lassen. Vorher hatte ich die unerfreuliche Aufgabe gehabt, Barrymore und seiner Frau die Nachricht von Seldens Tod beizubringen. Barrymore selbst schien sichtlich erleichtert, aber seine Frau weinte bitterlich in ihre Schürze hinein. Für alle Welt war er ein Mann der rohen Gewalt gewesen, mit tierischen und teuflischen Gelüsten, aber für sie war er noch immer der kleine, eigensinnige Knabe aus ihrer Jugend geblieben, das Kind, das sich an die Hand der großen Schwester geklammert hatte. Auch dem ärgsten Verbrecher weint manchmal eine Frau nach.

»Ich habe mich, seit Watson heute früh wegfuhr, den ganzen Tag im Hause gelangweilt«, erzählte der Baronet. »Ich finde, Sie sollten mich dafür loben, dass ich mein Versprechen gehalten habe. Wenn ich Ihnen nicht geschworen hätte, nie allein auszugehen, hätte ich einen viel anregenderen Abend verbracht, denn Stapleton ließ mich bitten, hinüberzukommen.«

»Ich zweifle nicht daran, dass Sie einen angeregteren Abend verbracht hätten«, antwortete Holmes trocken. »Übrigens – wissen Sie, dass wir Sie bereits als Leiche mit gebrochenem Genick betrauert haben?«

Sir Henry blickte uns erstaunt an.

»Wieso denn?«

»Der arme Teufel hatte Ihre Kleider an. Ich fürchte, Ihr Diener, der sie ihm geschenkt hat, wird Ungelegenheiten mit der Polizei haben.«

»Das glaube ich nicht; soviel ich weiß, hatten meine Anzüge keine Zeichen.«

»Umso besser für ihn – nebenbei auch für Sie alle; denn Sie haben sich ja alle gegen das Gesetz vergangen. Ich bin auch nicht ganz überzeugt davon, ob ich nicht als gewissenhafter Detektiv die Pflicht hätte, sämtliche Hausbewohner zu verhaften. Watsons Berichte sind im höchsten Grade belastend!«

»Und wie steht es mit unserem Fall?«, erkundigte sich der Baronet. »Haben Sie den Knäuel schon entwirrt? Ich finde, dass Watson und ich durch unseren Aufenthalt hier nicht viel klüger geworden sind.«

»Ich hoffe, dass ich bald in der Lage sein werde, Ihnen die Situation klarzumachen. Der Fall war äußerst schwierig und ungemein verwickelt. Es gibt noch einige Punkte, über die wir Aufklärungen haben müssen, aber auch das wird bald kommen.«

»Wir haben, wie Watson Ihnen gewiss berichtet hat, ein einziges Erlebnis gehabt. Wir haben den Bluthund auf dem Moor gehört, und ich schwöre Ihnen, dass nicht alles Einbildung oder Aberglaube ist. Ich hatte da draußen im Westen viel mit Hunden zu tun, ich kann also einen Hund beurteilen, wenn ich ihn bellen höre. Wenn Sie diesem Köter einen Maulkorb und eine Kette anlegen können, will ich Ihnen das Zeugnis ausstellen, dass Sie der größte Detektiv aller Zeiten sind.«

»Ich glaube, ich werde dem Hund gut Maulkorb und Kette anlegen können, und Sie werden mir dabei helfen.«

»Ich werde alles tun, was Sie mir sagen.«

»Ausgezeichnet. Und ich werde Sie bitten, meinen Anordnungen blindlings zu folgen, ohne je nach dem Grund zu fragen.«

»Ganz wie Sie wünschen.«

»Wenn Sie das tun, spricht alles dafür, dass unser kleines Rätsel bald gelöst sein wird. Ich zweifle nicht –«, er unterbrach sich plötzlich und blickte über meinen Kopf hinweg starr in die Luft. Das Lampenlicht fiel hell auf sein Gesicht, dessen zu höchster Aufmerksamkeit angespannte Züge wie eine Verkörperung wachsamer Erwartung wirkten.

»Was gibt es?«, riefen wir beide wie aus einem Munde.

Ich sah, als er wieder die Augen senkte, dass er eine starke innere Bewegung unterdrückte. Seine Züge behielten ihren ruhigen Ausdruck, aber seine Augen funkelten in freudiger Genugtuung.

»Entschuldigen Sie, wenn ein Kunstkenner sich vor Bewunderung hinreißen lässt«, sagte er und wies auf die Reihe von Ahnenbildern, die an der gegenüberliegenden Wand hingen. »Watson will es nicht wahrhaben, dass ich irgendetwas von Kunst verstehe, aber das ist nichts als Eifersucht, weil unsere Ansichten darüber auseinander gehen. Dies hier ist nun wirklich eine sehr schöne Porträtsammlung.«

»Na – ich freue mich, das zu hören.« Sir Henry sah meinen Freund etwas überrascht an. »Ich verstehe nicht viel von diesen Dingen und kann ein Pferd oder einen Stier entschieden besser beurteilen als ein Bild. Ich dachte nicht, dass Sie Zeit hätten, sich mit Kunst zu beschäftigen.«

»Wenn ich ein Bild sehe, weiß ich, ob es gut oder schlecht ist und diese hier sind wirklich gut. Ich würde darauf schwören, dass jenes dort ein Kneller ist – die Dame in blauem Atlas. Und der dicke Herr mit der Perücke ist gewiss ein Reynolds. Alles Ahnenbilder, nehme ich an?«

»Ja, alle.«

»Wissen Sie auch die Namen dieser Vorfahren?«

»Barrymore hat sie mir gut eingepaukt; ich glaube, ich kann meine Lektion ganz ordentlich aufsagen.«

»Wer ist der Herr mit dem Fernrohr?«

»Das ist Konteradmiral Baskerville, der unter Rodney in Westindien gedient hat. Der Mann im blauen Rock mit der Papierrolle in der Hand ist Sir William Baskerville, der zu Pitts Zeiten Vorsitzender eines Komitees im Unterhaus war.«

»Und dieser Kavalier gerade mir gegenüber, der in schwarzem Samt und Spitzenkragen?«

»Ach, der dürfte Sie am meisten interessieren. Das ist der Urheber allen Unheils, der grausame Hugo, dem die Baskervilles den Bluthund zu verdanken haben. Diesen Mann werden wir wohl schwerlich vergessen.«

Ich blickte interessiert und etwas erstaunt auf das Bildnis.

»Nein, so etwas!«, rief Holmes. »Er sieht ganz ruhig und wohlerzogen aus. Und doch – in seinen Augen liegt etwas Lauerndes, Teuflisches. Ich hätte ihn mir als einen kräftigen Raufbold vorgestellt.«

»Über die Echtheit des Porträts gibt es keinen Zweifel, weil sein Name und das Datum 1647 auf der Rückseite des Bildes stehen.«

Holmes sprach nicht mehr viel, aber das Bild des alten Wildlings schien eine große Anziehungskraft auf ihn auszuüben, denn während des ganzen Essens waren seine Augen darauf gerichtet. Erst viel später, als Sir Henry sich zurückgezogen hatte, konnte ich seinen Gedankengang erraten.

Er führte mich, die Kerze in der Hand, in den Bankettsaal zurück und beleuchtete das nachgedunkelte Porträt an der Wand.

»Sehen Sie etwas? Fällt Ihnen etwas auf?«

Ich blickte auf den breitkrempigen Federhut, die langen Schmachtlocken, den weißen Spitzenkragen und das davon eingerahmte strenge Gesicht. Der Gesichtsausdruck war nicht brutal, aber steif, hart und grausam; die schmalen Lippen waren fest aufeinander gepresst, die Augen blickten kalt und spöttisch.

»Erinnert er Sie an jemand, den Sie kennen?«

»Das Kinn erinnert vielleicht etwas an Sir Henry.«

»Vielleicht ein bisschen. Aber warten Sie einen Augenblick!«

Er stieg auf einen Stuhl und verdeckte, die Kerze in der linken Hand haltend, mit dem rechten Arm den Federhut und die langen Locken.

»Gütiger Himmel!«, rief ich erstaunt. Von der Leinwand starrte mir Stapletons Antlitz entgegen.

»Ha – nun sehen auch Sie es! Meine Augen haben Übung darin, bei einem Gesicht nur dessen Züge zu sehen und nicht, was drum herum ist. Wenn man Verbrecher ausforschen will, muss man vor allem jede Verkleidung durchschauen können.«

»Aber das ist ja unglaublich! Dieses Porträt könnte genauso gut Stapleton darstellen.«

»Ja. Es ist das interessante Beispiel einer sowohl physischen als auch moralischen Wiedergeburt. Wenn man sich mit dem Studium von Familienbildnissen beschäftigt, wird man sofort zur Vererbungstheorie bekehrt. Der Kerl ist ein Baskerville, das ist vollkommen klar.«

»Und hat Absichten auf die Erbschaft.«

»Genau das. Dieses Bild verschafft uns eines der bisher fehlenden Glieder unserer Kette. Wir haben ihn, Watson, wir haben ihn! Und ich wage darauf zu schwören, dass er noch vor morgen Abend so hilflos in unserem Netz flattern wird wie einer seiner eigenen Schmetterlinge. Eine Nadel, ein Kork und eine Etikette, und er wird der Sammlung von Baker Street einverleibt.«

Er wandte sich vom Bilde ab und brach in eines seiner seltenen Gelächter aus. Ich habe ihn nicht oft lachen hören, aber wenn er es tat, bedeutete es für den, dem sein Lachen galt, nichts Gutes.

Ich stand sehr früh auf, aber Holmes war mir noch zuvorgekommen; denn während ich mich ankleidete, sah ich ihn die Allee heraufkommen.

»Ja, wir dürften heute einen vollbesetzten Tag haben«, meinte er und rieb sich dabei voll Befriedigung die Hände. »Die Netze sind ausgeworfen, der Fischzug wird bald beginnen. Ehe der Tag zu Ende ist, werden wir wissen, ob wir unseren großen Hecht gefangen haben oder ob er uns durch die Maschen gegangen ist.«

»Sind Sie schon auf dem Moor gewesen?«

»Ich habe einen Bericht über den Tod von Selden nach Grimpen abgeschickt. Ich glaube, Ihnen versprechen zu können, dass niemand hier im Schloss deswegen belästigt werden wird. Ich habe auch meinen getreuen Cartwright benachrichtigt, der sonst gewiss an der Schwelle meiner Hütte dahingesiecht wäre wie ein Hund auf dem Grabe seines Herrn. Ich musste ihn darüber beruhigen, dass ich gesund und in Sicherheit bin.«

»Was haben wir zunächst zu tun?«

»Sir Henry aufzusuchen – ah, da ist er ja.«

»Guten Morgen, Holmes. Sie sehen aus wie ein General, der mit seinem Stabschef einen Schlachtplan ausarbeitet.«

»Das ist auch der Fall. Watson fragte soeben nach meinen Befehlen.«

»Das tue auch ich.«

»Sehr gut. Wie ich höre, speisen Sie heute Abend bei den Stapletons?«

»Ja – und ich hoffe, dass Sie uns begleiten werden. Es sind sehr gastfreie Menschen, die sich bestimmt freuen werden, Sie bei sich zu sehen.«

»Ich fürchte, dass Watson und ich heute nach London fahren müssen.«

»Nach London?«

»Ja. Ich glaube, so, wie die Sache jetzt steht, wird unsere Anwesenheit dort von größerem Nutzen sein.«

Das Gesicht des Baronets wurde sichtlich länger.

»Ich hoffte, dass Sie bei mir bleiben würden, bis dieser ganze Fall aufgeklärt ist. Das Schloss und das Moor sind kein besonders angenehmer Aufenthalt, wenn man allein ist.«

»Mein lieber junger Freund, Sie müssen mir unbedingtes Vertrauen schenken und genau das tun, was ich Ihnen sage. Sie werden Ihren Freunden mitteilen, dass wir Sie sehr gerne begleitet hätten, dass jedoch dringende Geschäfte uns nach London rufen. Wir hoffen, sobald es irgendwie geht, nach Devonshire zurückzukehren. Werden Sie nicht vergessen, das auszurichten?«

»Wenn Sie darauf bestehen –«

»Ich versichere Ihnen, dass es unbedingt notwendig ist.«

Ich sah dem finsteren Gesicht des Baronets an, dass er unsere Abreise als Fahnenflucht betrachtete und darüber tief gekränkt war.

»Wann wünschen Sie abzureisen?«, fragte er kühl.

»Gleich nach dem Frühstück. Wir werden nach Coombe Tracey fahren, aber Watson wird sein Gepäck als Pfand für seine Rückkehr bei Ihnen lassen. Watson, schreiben Sie eine Zeile an Stapleton, worin Sie ihm mitteilen, wie sehr Sie bedauern, heute Abend nicht hinkommen zu können.«

»Ich hätte die größte Lust, mit Ihnen nach London zu fahren«, erklärte der Baronet. »Warum soll ich eigentlich allein hier bleiben?«

»Weil Ihr Posten hier ist. Weil Sie mir Ihr Wort gaben, dass

Sie tun würden, was ich Ihnen sage, und ich sage Ihnen, dass Sie hier bleiben müssen.«

»Also gut, dann werde ich bleiben.«

»Noch eins! Ich wünsche, dass Sie nach *Merripit House* fahren, aber dann Ihren Wagen zurückschicken und den Stapletons sagen, dass Sie beabsichtigen, zu Fuß nach Hause zu gehen.«

»Zu Fuß über das Moor?«

»Ja.«

»Gerade davor haben Sie mich doch immer gewarnt?«

»Diesmal können Sie es ruhig tun. Wenn ich nicht rückhaltloses Vertrauen in Ihren Mut und Ihre Ruhe hätte, würde ich es Ihnen nicht vorschlagen. Aber es ist unbedingt nötig.«

»Dann werde ich es tun.«

»Und, wenn Ihnen Ihr Leben lieb ist, gehen Sie keinen anderen Weg über das Moor, als jenen geraden Weg, der von *Merripit House* bis zur Straße nach Grimpen führt und der für Sie der kürzeste Weg nach Hause ist.«

»Ich werde genau das tun, was Sie sagen.«

»Das ist recht. Ich möchte nach dem Frühstück so bald als möglich wegfahren, um nachmittags in London sein zu können.«

Ich wunderte mich sehr über dieses Programm, obzwar ich mich erinnerte, dass Holmes am Abend vorher zu Stapleton gesagt hatte, er müsse am nächsten Tag nach London zurückfahren. Ich war jedoch nicht auf die Idee gekommen, dass ich ihn begleiten sollte, und konnte auch nicht begreifen, dass wir beide in einem Augenblick, den er selbst als kritisch bezeichnet hatte, abwesend sein würden. Doch gab es nichts als unbedingten Gehorsam; also verabschiedeten wir uns von unserem etwas verstimmten Freund, waren zwei Stunden später in Coombe Tracey, und hatten den Wagen zurückgeschickt. Auf dem Bahnsteig stand wartend ein kleiner Junge. »Was für Befehle, Sir?«

»Du nimmst diesen Zug nach London, Cartwright. Gleich nach deiner Ankunft wirst du ein Telegramm an Sir Henry Baskerville in meinem Namen absenden: Ich hätte meine Brieftasche vergessen und bäte ihn, sie mir eingeschrieben nach Baker Street zu schicken.«

»Ja, Sir.«

»Und jetzt geh zum Stationsvorstand und frage, ob ein Telegramm für mich gekommen sei.«

Der Junge kehrte sogleich mit einem Telegramm zurück, das Holmes las und mir dann reichte.

Es lautete: »Telegramm erhalten ankomme 17 Uhr 40 mit offenem Haftbefehl. Lestrade.«

»Das ist die Antwort auf mein Telegramm von heute früh. Ich halte ihn für den Besten in seinem Beruf, und wir werden seine Hilfe vielleicht brauchen. Nun, Watson, können wir, glaube ich, nichts Besseres tun, als Ihrer Freundin Mrs Laura Lyons einen Besuch abzustatten.«

Langsam begann ich, seinen Schlachtplan zu begreifen. Das Telegramm an den Baronet sollte die Stapletons davon überzeugen, dass wir wirklich nach London gefahren seien, während wir gerade in dem Augenblick wiederkommen würden, wo es wichtig war, da zu sein. Wenn Sir Henry dieses Telegramm erwähnte, musste auch der letzte Verdacht, den Stapleton haben mochte, schwinden.

Ich sah bereits, wie sich das Netz über unserer Beute zusammenzog.

Mrs Laura Lyons war in ihrem Büro, und Sherlock Holmes eröffnete das Gespräch mit einer Offenheit und Freimütigkeit, die sie anscheinend sehr überraschte.

»Ich versuche die Umstände, unter welchen der verstorbene Sir Charles Baskerville sein Ende fand, zu erforschen«, begann er. »Mein Freund, Dr. Watson, hat mir mitgeteilt, was Sie ihm erzählt und auch, was Sie ihm im Zusammenhang mit diesem Fall verschwiegen haben.«

»Was sollte ich verschwiegen haben?«, fragte sie kampfbereit.

»Sie gaben zu, dass Sie Sir Charles um eine Unterredung an seiner Gartenpforte um zehn Uhr abends gebeten haben. Wir wissen, dass es die Stelle und die Stunde seines Todes war. Sie haben uns den Zusammenhang zwischen diesen beiden Tatsachen verschwiegen.«

»Es gibt keinen Zusammenhang.«

»Dann muss allerdings das Zusammentreffen ein ganz außerordentlicher Zufall gewesen sein. Ich hoffe, wir werden jetzt trotz allem den Zusammenhang herstellen können. Ich will Ihnen gegenüber ganz aufrichtig sein, Mrs Lyons. Meiner Ansicht nach handelt es sich um einen Mord. Die Begleitumstände können nicht nur Ihren Freund, Mr Stapleton, sondern auch seine Gattin in eine peinliche Untersuchung verwickeln.«

Die Dame sprang von ihrem Stuhle auf und rief:

»Seine Gattin?«

»Diese Tatsache ist kein Geheimnis mehr. Die Person, die er als seine Schwester ausgibt, ist in Wahrheit seine Frau.«

Mrs Lyons war in ihren Sessel zurückgesunken. Ihre Hände umfassten die Armlehnen so krampfhaft, dass von dem Druck die rosigen Fingernägel weiß geworden waren.

»Seine Frau«, wiederholte sie, »seine Frau? Er ist doch nicht verheiratet?«

Sherlock Holmes zuckte die Achseln.

»Beweisen Sie es mir! Beweisen Sie es mir! Und wenn Sie dazu imstande sind, dann . . .«

Das wilde Funkeln in ihren Augen sprach deutlicher als Worte.

»Ich bin hierauf vorbereitet.« Holmes zog einige Papiere aus der Tasche. »Hier ist eine vor vier Jahren in York aufgenommene Fotografie des Paares. Sie ist mit Mr und Mrs Vandeleur gezeichnet, aber Sie werden ihn ohne weiteres erkennen und, falls Sie seine Frau gesehen haben, auch diese.

Hier die Aussagen von drei glaubwürdigen Zeugen, Beschreibungen von Mr und Mrs Vandeleur, welche um jene Zeit die Privatschule St. Oliver leiteten. Lesen Sie sie und sagen Sie mir, ob Sie an der Identität dieser beiden Menschen noch zweifeln können.«

Sie überflog die Schriftstücke und blickte uns dann mit starrem, verzweifeltem Gesicht an.

»Mr Holmes«, brachte sie dann hervor, »dieser Mann hat mir die Ehe versprochen, wenn ich die Scheidung von meinem Mann durchsetzen könne. Der Elende hat mich in jeder erdenklichen Weise belogen. Er hat mir nie ein wahres Wort gesagt. Und warum – warum? Ich bildete mir ein, alles das geschehe nur um meinetwillen. Und nun sehe ich, dass ich nie etwas anderes als ein Werkzeug in seiner Hand war. Warum soll ich ihm die Treue halten, da er es nicht getan hat? Warum soll ich die Folgen seiner versuchten Taten von ihm abzuwenden suchen? Fragen Sie mich, was Sie wollen; ich werde Ihnen nicht die kleinste Kleinigkeit vorenthalten! Eines aber schwöre ich Ihnen: Als ich den Brief schrieb, dachte ich nicht im Entferntesten daran, dem alten Herrn, der immer mein gütigster Freund gewesen war, etwas Böses anzutun.«

»Davon bin ich vollkommen überzeugt, Madame«, antwortete Holmes. »Die Erinnerung an diese Begebenheit ist für Sie wahrscheinlich sehr peinlich, und es ist Ihnen vielleicht eine Erleichterung, wenn *ich* Ihnen sage, was geschah, und Sie mich berichtigen, wenn ich irgendwie fehlgehe. Mr Stapleton schlug Ihnen vor, diesen Brief zu schreiben?«

»Er diktierte mir selbst den Brief.«

»Er gab als Grund vermutlich an, dass Sir Charles Ihnen behilflich sein würde, die Gerichtskosten Ihres Scheidungsprozesses zu bezahlen?«

»Das stimmt.«

»Und als Sie den Brief abgeschickt hatten, brachte er Sie davon ab, das Rendezvous einzuhalten?«

»Er sagte mir, es verletze doch sein Selbstgefühl, dass ein anderer Mann mir zu diesem Zweck Geld geben solle. Obgleich er selbst nicht vermögend sei, würde er seinen letzten Penny dafür opfern, die Hindernisse zwischen uns zu beseitigen.«

»Er ist anscheinend ein sehr zielbewusster Charakter. Und dann hörten Sie nichts mehr, bis Sie die Nachricht von Sir Charles' Tod in der Zeitung lasen.«

»Stimmt.«

»Und Stapleton ließ Sie schwören, dass Sie nichts von Ihrer Verabredung mit Sir Charles sagen würden.«

»Das tat er. Er sagte, der Tod von Sir Charles sei von einem Geheimnis umgeben. Wenn über unsere Verabredung etwas bekannt würde, müsse sicherlich ein Verdacht auf mich fallen. Er machte mir Angst, und ich schwieg.«

»Das dachte ich mir. Aber es war Ihnen nicht ganz geheuer?«

Sie zögerte und schlug die Augen nieder. »Ich kannte ihn«, gestand sie dann, »aber wenn er mir sein Wort gehalten hätte, würde ich das meine nie gebrochen haben.«

»Ich finde, dass Sie im Großen und Ganzen von Glück sagen können«, meinte Holmes. »Sie hatten ihn in Ihrer Macht – er wusste es –, und trotzdem sind Sie noch am Leben. Sie sind einige Monate lang am Rande eines Abgrundes gewandelt. Wir müssen uns nun verabschieden, Mrs Lyons, aber ich nehme an, dass Sie sehr bald wieder von uns hören werden.«

»Unser Fall rundet sich immer schöner ab, und Schwierigkeit auf Schwierigkeit schwindet dahin«, frohlockte Holmes, während wir auf die Ankunft des Schnellzuges aus London warteten. »Ich werde bald in der Lage sein, in einer einzigen, zusammenhängenden Darstellung eines der merkwürdigsten und sensationellsten Verbrechen unserer Zeit zu schildern. Leute, die sich für Kriminalistik interessieren, werden sich an einen ähnlichen Fall, der sich in Grodno in

Klein-Russland im Jahre 1866 zutrug, erinnern, und auch an die Andersonschen Mordtaten in North Carolina. Aber unser Fall weist einige Züge auf, die einen ganz besonderen Charakter haben. Heute haben wir noch keinen einwandfreien Beweis gegen diesen hervorragend schlauen Verbrecher. Aber es sollte mich sehr wundern, wenn nicht alles völlig aufgeklärt ist, ehe wir heute Abend zu Bette gehen.«

Der Schnellzug aus London kam in diesem Augenblick herangebraust. Ein kleiner, magerer Mann mit einem Bulldoggengesicht sprang aus einem Abteil erster Klasse. Wir schüttelten uns die Hände; ich schloss aus dem ehrfürchtigen Blick, mit dem Lestrade meinen Freund betrachtete, dass er seit den ersten Tagen ihrer Zusammenarbeit einiges von ihm gelernt haben müsse.

»Haben Sie etwas Gutes für mich?«, fragte der Ankömmling.

»Den großartigsten Fall seit Jahren«, antwortete Holmes. »Wir haben zwei Stunden vor uns, ehe wir losgehen. Ich glaube, wir verwenden sie am besten, indem wir etwas essen, und dann, Lestrade, werden wir Ihnen den Londoner Nebel aus der Kehle treiben und Sie die reine Nachtluft von Dartmoor einatmen lassen. Sie waren noch nie da? Nun – ich glaube nicht, dass Sie Ihren ersten Besuch hier je vergessen werden.«

14

Einer von Sherlock Holmes' Fehlern – wenn man das einen Fehler nennen kann – war seine Abneigung, irgendjemand etwas von seinen Plänen anzuvertrauen, ehe der Augenblick des Handelns gekommen war. Das kam teils daher, dass er seine Umgebung gerne mit großer Überlegenheit beherrschte und überraschte, teils aus beruflicher Vorsicht, die ihn dazu nötigte, nichts dem Zufall zu überlassen. Die Wirkung war jedoch sehr aufreibend für seine Mitarbeiter und Helfer. Ich habe oft darunter gelitten, aber noch nie so, wie während dieser langen Fahrt durch die Finsternis.

Die große Kraftprobe stand unmittelbar bevor, aber Holmes hatte noch nichts gesagt, und ich konnte mich nur in Vermutungen über das, was er vorhatte, ergehen. Meine Nerven bebten vor Erwartung, als ich endlich an dem kalten Wind, der uns ins Gesicht blies, und an den dunklen, weiten Flächen auf beiden Seiten der Straße erkannte, dass wir wieder auf dem Moor angelangt waren. Jeder Schritt der Pferde und jede Umdrehung der Räder brachte uns dem Ende unseres Abenteuers näher.

Unser Gespräch war durch die Anwesenheit des Kutschers behindert, so dass wir uns nur über gleichgültige Dinge unterhalten konnten, was bei der begreiflichen Erregung, in der wir uns befanden, nicht leicht war. Ich atmete daher auf, als wir endlich an Franklands Haus vorbeifuhren, und ich wusste, dass wir uns nun dem Schloss und damit dem Schauplatz der Handlung näherten. Wir fuhren nicht vor dem Eingang des Schlosses vor, sondern ließen den Wagen in der Allee halten und stiegen aus. Der Kutscher wurde entlohnt, und wir machten uns zu Fuß auf den Weg nach *Merripit House*.

»Sind Sie bewaffnet, Lestrade?«

Der kleine Detektiv lächelte. »So lange ich meine Hosen anhabe, habe ich eine Hüfttasche; und so lange ich eine Hüfttasche habe, ist etwas darin.«

»Gut. Mein Freund und ich haben uns auch für alle Eventualitäten vorgesehen.«

»Sie tun sehr geheimnisvoll mit diesem Fall, Mr Holmes. Worum geht denn das Spiel?«

»Es ist ein Geduldsspiel!«

»Na – das scheint mir hier keine sehr gemütliche Gegend zu sein«, bemerkte der Detektiv und schüttelte sich fröstelnd; dabei blickte er misstrauisch auf die düstere Hügelkette und das Nebelmeer, das über dem Grimpensumpf lag. »Ich sehe die Lichter eines Hauses gerade vor uns.«

»Das ist *Merripit House*, unser Ziel. Ich muss Sie ersuchen, auf den Fußspitzen zu gehen und nur ganz leise zu sprechen.«

Wir gingen vorsichtig auf das Haus zu, aber als wir ungefähr zweihundert Schritte davon entfernt waren, ließ uns Holmes Halt machen und sagte:

»Wir bleiben hier – diese Felsen hier rechts geben ein wunderbares Versteck ab.«

»Sollen wir hier warten?«

»Ja, wir werden uns in den Hinterhalt legen. Gehen Sie in diese Höhle hinein, Lestrade. Sie waren schon im Hause drin, nicht wahr, Watson? Können Sie mir die Lage der Zimmer angeben? Was sind das für vergitterte Fenster auf unserer Seite?«

»Ich glaube, es sind die Küchenfenster.«

»Und dort, das Fenster, aus dem der Lichtschein fällt?«

»Das ist sicher das Speisezimmer.«

»Die Vorhänge sind zurückgezogen. Sie kennen sich am besten hier aus. Kriechen Sie vorsichtig hin, und sehen Sie nach, was drinnen vorgeht – aber lassen Sie sie um Gottes willen nicht merken, dass sie beobachtet werden.«

Ich ging auf Fußspitzen den Pfad entlang und duckte mich dann hinter der niederen Mauer, die den verwahrlosten Obstgarten umgab. Im Schatten der Mauer entlang kriechend, erreichte ich eine Stelle, von der aus ich durch das offene Fenster hineinsehen konnte.

Es waren nur zwei Männer im Zimmer, Sir Henry und Stapleton. Sie saßen einander gegenüber an einem runden Tisch, so dass ich sie beide im Profil sehen konnte. Sie rauchten Zigarren, und vor ihnen standen Kaffee und Wein. Stapleton schien lebhaft zu sprechen, aber der Baronet sah blass und zerstreut vor sich hin. Vielleicht bedrückte ihn der Gedanke an den einsamen Heimweg über das unheimliche Moor.

Während ich sie beobachtete, verließ Stapleton das Zimmer. Sir Henry füllte sein Glas, lehnte sich in seinem Stuhl zurück und blies den Zigarrenrauch in dichten Wolken von sich. Ich hörte das Knarren einer Türe – dann knirschten Schritte auf dem Kies an der anderen Seite der Mauer, hinter der ich versteckt war. Als sie an mir vorbei waren, blickte ich vorsichtig über die Mauer und sah den Naturforscher vor der Türe eines kleinen Pavillons am Ende des Obstgartens stehen. Ein Schlüssel drehte sich im Schloss, und als er hineinging, hörte ich ein sonderbar raschelndes Geräusch. Nach kaum mehr als einer Minute kam er wieder heraus, schloss die Türe ab und kehrte an mir vorbei ins Haus zurück. Ich sah noch, wie er sich wieder zu Sir Henry setzte; dann schlich ich vorsichtig zu meinen Freunden zurück und berichtete, was ich gesehen hatte.

»Sie sagen, Watson, dass die Dame nicht im Zimmer war?«, fragte Holmes, als ich meinen Bericht beendet hatte.

»Nein.«

»Wo kann sie sein, da in keinem der anderen Zimmer Licht ist, außer in der Küche?«

»Ich kann mir auch nicht denken, wo sie ist.«

Ich habe bereits erwähnt, dass über dem Grimpensumpf dicker, weißer Nebel lag. Er trieb langsam in unsere Richtung und staute sich als dichte, niedrige, scharf abgegrenzte Mauer neben uns auf. Der Mond beschien sie, so dass sie einer weiten, schimmernden Eisfläche glich; die Felsspitzen, die daraus hervorragten, sahen aus wie Granitblöcke, die von diesem Eis getragen wurden.

Holmes beobachtete unausgesetzt diese Nebelwand und murmelte verärgert vor sich hin, als sie sich uns allmählich immer mehr näherte.

»Es kommt auf uns zu, Watson.«

»Ist das etwas Böses?«

»Sehr bös sogar – es ist die einzige Möglichkeit auf Erden, die meine Pläne zunichte machen kann. Er muss aber doch bald kommen – es ist zehn Uhr. Unser Erfolg und vielleicht sein Leben hängen davon ab, ob er das Haus verlässt, ehe der Nebel den Weg bedeckt.«

Der Nachthimmel über uns war klar und schön. Die Sterne schimmerten hell, und ein Halbmond überflutete die Landschaft mit sanftem, ungewissem Licht. Vor uns lag die dunkle Mauer des Hauses. Das Giebeldach und die Kamine hoben sich scharf vom silberbesäten Nachthimmel ab. Breite Lichtstreifen ergossen sich golden aus den Fenstern des Erdgeschosses über den Obstgarten ins Moor hinaus. Plötzlich erlosch einer derselben – die Dienstboten hatten wohl die Küche verlassen. Es blieb nur die Lampe im Speisezimmer, wo zwei Männer, der mordsinnende Hausherr und der ahnungslose Gast, bei Wein und Zigarren plaudernd einander gegenübersaßen.

Mit jeder Minute schob sich die weiße, wolkige Fläche, die nun bereits die Hälfte des Moors bedeckte, näher an das Haus heran. Schon schwebten die ersten feinen Ausläufer des Nebels an dem hellen Ausschnitt des beleuchteten Fensters vorüber. Die rückwärtige Mauer des Obstgartens war nicht mehr sichtbar, um die Bäume brodelte weißer Dampf. Und schon wälzten sich Nebelstreifen um das Haus, vereinigten sich zu einer dichten Masse, über welche das obere Stockwerk und das Dach des Hauses wie ein Gespensterschiff auf unheimlichem Meere schwammen. Holmes schlug wütend mit der Hand auf den Felsen und stampfte vor Ungeduld.

»Wenn er nicht binnen einer Viertelstunde herauskommt, wird der Fußpfad vom Nebel bedeckt sein. In einer halben Stunde kann man nicht mehr die Hand vor den Augen sehen.«

»Sollten wir nicht ein Stück nach rückwärts gehen? Hinter uns steigt der Mond etwas an.«

»Ja, das wäre vielleicht besser.«

Wir gingen also, vor der Nebelwand zurückweichend, bis wir etwa eine halbe Meile vom Hause entfernt waren. Aber das weiße, vom silbernen Licht des Mondes bestrahlte Meer floss uns langsam und unerbittlich nach.

»Wir dürfen nicht zu weit zurückgehen«, warnte Holmes, »wir dürfen es nicht riskieren, dass er eingeholt wird, ehe er uns erreicht hat. Wir müssen um jeden Preis hier stehen bleiben.«

Er kniete nieder und legte das Ohr an den Boden. »Gott sei Dank, ich glaube, er kommt!«

Der Klang rascher Schritte durchbrach die Stille des Moors. Zwischen den Felsen kauernd starrten wir angestrengt in die silberbegrenzte Wand vor uns. Die Schritte wurden lauter, und wie hinter einem Vorhang hervor trat aus dem Nebel der Mann, den wir erwarteten. Er blickte überrascht um sich, als er sich unter einem klaren Sternenhimmel befand. Dann eilte er schnellen Schritts den Fußpfad entlang, knapp an uns vorüber, den Hügel hinauf, der sich sanft ansteigend hinter uns erhob. Dabei blickte er immer während bald über die eine, bald über die andere Schulter zurück, wie jemand, dem es unheimlich zumute ist.

»Pst!«, rief Holmes, und ich hörte ein scharfes Knacken – er hatte seinen Revolver gespannt –, »aufgepasst, er kommt!«

Aus der schleichenden Nebelwand hörten wir ein scharfes, schnelles Getrappel. Die Wand war nur noch fünfzig Meter von uns entfernt, und wir starrten alle drei hin, in banger Erwartung des Entsetzlichen, das aus ihr hervorbrechen würde. Ich stand neben Holmes und warf einen Blick auf sein Gesicht. Es war blass und triumphierend, seine Augen funkelten erregt im Mondschein. Plötzlich stierte er entsetzt nach vorne, und seine Lippen öffneten sich in maßlosem Schreck. Im selben Augenblick stieß Lestrade einen Ruf des Entsetzens aus und warf sich mit dem Gesicht nach unten auf die Erde. Ich sprang auf, meinen Revolver mit zitternder Hand umklammernd – halb besinnungslos über den Anblick der schauerlichen Erscheinung, die aus dem Nebel hervorgebrochen war. Ein Bluthund war es – ein riesiger, kohlschwarzer Bluthund, aber ein Hund, wie keines Menschen Auge ihn jemals gesehen. Aus seinem offenen Rachen sprühte Feuer, seine Augen glühten, Lefzen und Wampen waren von flackernden Flämmchen umloht. Kein Irrsinniger könnte sich in seinen Fieberträumen etwas Wilderes, Grauenhafteres und Höllischeres vorstellen als diese dunkle, grausige Erscheinung, die der Nebel ausgespien hatte. In langen Sätzen galoppierte das riesige, schwarze Tier den Weg entlang; die Nase dicht über dem Boden folgte es den Fußspuren unseres Freundes. Wir waren durch diese Erscheinung so gelähmt, dass er schon an uns vorüber war, ehe wir wieder zur Besinnung kamen. Dann feuerten Holmes und ich gleichzeitig los, und der Hund stieß ein grauenhaftes Geheul aus – der Beweis, dass ein Schuss wenigstens ihn getroffen hatte. Er ließ sich aber durch die Verwundung nicht beirren, sondern jagte weiter. In einiger Entfernung sahen wir Sir Henry auf dem Pfad stehen – er blickte mit kreideweißem Gesicht und entsetzt erhobenen Händen hilflos auf das ihn verfolgende Ungeheuer zurück. Aber das Wehgeheul des Hundes hatte unsere Furcht in alle Winde verscheucht. Wenn er verwundbar war, war er sterblich, und wenn wir ihn verwunden konnten, konnten wir ihn töten. Ich habe einen Mann noch nie so rennen sehen, wie Holmes an diesem Abend rannte. Ich bilde mir ein, ein schneller Läufer zu sein, aber er überholte mich ebenso leicht, wie ich seinen Detektiv überholte. Vor uns, als wir den Weg hinaufrasten, hörten wir Schrei auf Schrei, die Angstrufe des Baronets und das tiefe Grollen des Bluthundes. Ich sah noch, wie die Bestie auf ihr Opfer zusprang, es zu Boden warf und nach seiner Kehle schnappte. Aber im nächsten Augenblick hatte Holmes die übrigen fünf Kugeln seines Revolvers in die Flanke des Tieres gejagt. Mit einem letzten Todesgeheul, noch einmal wild um sich beißend, rollte der Hund auf den Rücken und fiel nach einigen Zuckungen auf die Seite. Ich bückte mich atemlos und hielt meinen Revolver an diesen grausigen, leuchtenden Kopf, aber es war unnötig, loszudrücken; die Bestie war tot.

Sir Henry lag bewusstlos dort, wo er zusammengebrochen war. Wir rissen seinen Kragen auf, und Holmes ließ einen Stoßseufzer der Erleichterung hören, als er sah, dass Sir Henry nicht verwundet und dass seine Rettung rechtzeitig geglückt war. Seine Augenlider zuckten bereits, und er machte einige schwache Bewegungen. Lestrade schob dem Baronet seine Whiskyflasche zwischen die Lippen, und zwei erschreckte Augen blickten uns an.

»Mein Gott«, flüsterte er, »was war das? Um Himmels willen, was ist das gewesen?«

»Jedenfalls ist es tot«, beruhigte ihn Holmes. »Wir haben dem Familiengespenst endgültig den Garaus gemacht.«

Schon allein durch seine Größe und Stärke musste das furchtbare Tier, das vor uns hingestreckt war, erschreckend wirken. Es war weder ein reinrassiger Bluthund noch eine reine Dogge, sondern schien aus einer Kreuzung dieser beiden Rassen entstanden zu sein – zottig und dürr, so groß wie eine kleine Löwin. Auch jetzt noch, in der Todesstarre, schien von dem mächtigen Rachen blaues Feuer zu triefen, und die kleinen, tief liegenden, tückischen Augen waren von Flämmchen umgeben. Ich legte die Hand auf die flammenden Kiefer, und als ich sie dann emporhielt, glühten und leuchteten meine eigenen Finger in der Dunkelheit auf.

»Phosphor«, sagte ich.

»Ja, ein Phosphorpräparat – und besonders schlau hergerichtet«, bestätigte Holmes, der sich niedergebeugt hatte und an dem toten Tiere roch. »Es ist eine geruchlose Lösung, die auf den Geruchssinn des Tieres keine Wirkung hatte. Wir müssen uns aus tiefstem Herzen bei Ihnen entschuldigen,

Sir Henry, dass wir Sie diesem furchtbaren Schrecken ausgesetzt haben. Auf einen Hund war ich gefasst, aber nicht auf eine solche Erscheinung. Und der Nebel hat uns zu wenig Zeit gelassen, um ihn rechtzeitig abzufassen.«

»Sie haben mir das Leben gerettet!«

»Nachdem wir Sie zuerst in Lebensgefahr gebracht hatten! Fühlen Sie sich kräftig genug, um aufzustehen?«

»Geben Sie mir noch einen Schluck, und ich bin zu allem bereit. So. – Helfen Sie mir bitte beim Aufstehen. Was haben Sie jetzt vor?«

»Sie hier zu lassen. Sie haben genug für heute! Wenn Sie hier warten wollen, wird einer von uns Sie dann ins Schloss zurückbegleiten.«

Sir Henry versuchte aufzustehen, aber er war noch immer totenblass und zitterte an allen Gliedern. Wir führten ihn zu einem Granitblock, auf den er sich setzte und zusammenschauernd das Gesicht in den Händen barg.

»Wir müssen Sie nun verlassen«, sagte Holmes, »unser Werk ist noch nicht vollbracht, und jeder Augenblick ist wichtig. Wir haben jetzt das Verbrechen aufgeklärt, nun müssen wir den Verbrecher finden.«

»Es ist tausend gegen eins zu wetten, dass wir ihn *nicht* daheim antreffen«, fuhr er fort, während wir rasch in das Haus zurückeilten. »Die Schüsse haben ihm sicher verraten, dass er das Spiel verloren hat.«

»Wir waren doch ziemlich weit vom Haus entfernt, und der Nebel hat vielleicht den Schall gedämpft.«

»Er ist sicher dem Hund gleich nachgegangen, um ihn abzurufen. Nein, nein, der Vogel ist ausgeflogen! Aber wir werden das Haus doch durchsuchen, um ganz sicher zu gehen.«

Die Haustüre stand weit offen, wir stürmten hinein und eilten von Zimmer zu Zimmer, zum großen Erstaunen des alten, zittrigen Dieners, den wir im Gang antrafen. Bis auf das Speisezimmer lag alles im Dunklen, aber Holmes nahm die Lampe und ließ keinen Winkel des Hauses unerforscht. Im ersten Stock war die Türe zu einem der Zimmer verschlossen.

»Da ist jemand drin!«, rief Lestrade. »Ich höre etwas – brechen Sie die Türe ein!«

Wir hörten ein schwaches Stöhnen und Rascheln. Holmes sprengte die Türe mit einem Fußtritt auf, und, den Revolver in der Hand, stürzten wir alle drei in das Zimmer.

Aber wir fanden keine Spur von dem verzweifelten, trotzigen Verbrecher, den wir zu sehen gehofft hatten. Stattdessen bot sich uns ein Anblick, der so sonderbar und unerwartet war, dass wir einen Augenblick sprachlos und wie gebannt hinstarrten.

Das Zimmer war eine Art kleines Museum; an den Wänden hing eine Anzahl Glaskästen mit den Schmetterlingen und Käfern, die der gefährlichste und raffinierteste Verbrecher der Gegenwart zu seiner Unterhaltung gesammelt hatte. In der Mitte des Zimmers befand sich ein Holzpfeiler, der anscheinend den alten, wurmzerfressenen Dachbalken stützen musste. An diesen Pfeiler war eine Gestalt festgebunden, von Bett- und Handtüchern so vermummt, dass wir zuerst nicht sagen konnten, ob es ein Mann oder eine Frau sei. Ein Handtuch war um die Kehle geschlungen und hinter dem Pfosten zusammengeknotet. Ein zweites verdeckte den untern Teil des Gesichtes, und darüber starrten zwei dunkle Augen – Augen voll Kummer und Scham und banger Frage – uns an. Im Nu hatten wir den Knebel weggerissen, die Tücher gelöst, und Mrs Stapleton sank zu unseren Füßen zusammen. Als sich ihr schönes Haupt auf ihre Brust neigte, konnte ich deutlich an ihrem Hals die scharfe rote Spur einer Reitpeitsche erkennen.

»Diese Bestie!«, rief Holmes. »Schnell, Lestrade, Ihre Whiskyflasche! Wir müssen sie auf einen Stuhl setzen, sie ist vor Erschöpfung und durch die erlittenen Misshandlungen ohnmächtig geworden.«

Mrs Stapleton öffnete bald darauf die Augen:

»Ist er gerettet?«, fragte sie. »Ist er entkommen?«

»Er kann uns nicht entkommen, Madame.«

»Nein, nein – ich spreche nicht von meinem Mann –, Sir Henry – ist er gerettet?«

»Ja!«

»Und der Hund?«

»Der Hund ist tot.«

Sie seufzte tief und befriedigt auf:

»Gott sei Dank! Gott sei Dank! O dieser Elende! Sehen Sie nur, wie er mich misshandelt hat!« Sie schlug die Ärmel zurück, und wir sahen mit Entsetzen, dass ihre Arme von blutigen Striemen bedeckt waren. »Aber das ist ja nichts. Er hat meine Seele gequält und gefoltert. Alles konnte ich ertragen – Misshandlungen, Einsamkeit, Enttäuschung –, solange ich noch hoffen durfte, seine Liebe zu besitzen; und nun weiß ich, dass er mich auch darin hintergangen hat und ich nur sein Werkzeug war!«

Sie brach bei diesen Worten in leidenschaftliches Schluchzen aus.

»Sie können ihm nicht freundlich gesinnt sein«, meinte Holmes. »Sie müssen uns verraten, wo wir ihn finden. Wenn Sie ihm bei seinem bösen Werk behilflich waren – jetzt können Sie es wieder gutmachen, indem Sie uns helfen.«

»Es gibt nur einen Ort, an den er sich geflüchtet haben kann«, antwortete sie. »Auf einer Insel inmitten des Sumpfs ist eine alte Zinngrube. Dort hielt er seinen Hund eingeschlossen, und dort hat er sich auch einen Zufluchtsort geschaffen. Dorthin muss er geflohen sein.«

Der Nebel lag dick wie eine weiße Wolke vor den Fenstern. Holmes hielt die Lampe hin.

»Sehen Sie doch«, sagte er, »heute könnte niemand einen Weg durch den Grimpensumpf finden.«

Sie lachte auf. Ihre Zähne blitzten, und ihre Augen funkelten in wilder Freude.

»Den Weg *hinein* findet er vielleicht, aber niemals wieder den Weg heraus«, rief sie. »Heute ist es unmöglich, die Wegweiser zu sehen! Wir haben sie zusammen eingepflanzt, er und ich, um den schmalen Fußpfad durch das Moor zu bezeichnen. Oh, hätte ich sie nur heute herausreißen können, dann wäre er Ihnen rettungslos in die Hände gefallen.«

Es war uns allen klar, dass, ehe der Nebel sich hob, jede Verfolgung umsonst wäre. Wir ließen daher Lestrade in Merripit House und gingen mit dem Baronet nach *Baskerville Hall* zurück. Die Geschichte der Stapletons konnte ihm nicht länger vorenthalten werden. Er hielt sich tapfer, als er die Wahrheit über die Frau, die er liebte, erfahren musste. Das nächtliche Abenteuer hatte jedoch seine Nerven dermaßen erschüttert, dass er, ehe der Morgen graute, im Delirium eines hohen Fiebers lag und wir Dr. Mortimer an sein Lager rufen mussten. Dr. Mortimer war es auch, der Sir Henry auf seine Weltreise begleitete; erst viele Monate später war dieser wieder der gesunde, lebensfrohe Mensch, der er vor Antritt seines verrufenen Erbes gewesen war.

Und nun komme ich rasch zum Schluss dieser sonderbaren Geschichte, in deren Verlauf ich mich bemüht habe, dem Leser diese dunklen Angstgefühle und undeutlichen Mutmaßungen zu schildern, die unser Leben so lange beschatteten und die zu einem so tragischen Ende führten.

Am Morgen nach dem Tode des Hundes hatte sich der Nebel gehoben, und Mrs Stapleton führte uns zum Ausgangspunkt des vom Naturforscher entdeckten Weges durch den Sumpf. Wir wurden uns immer mehr bewusst, was für ein Höllenleben diese Frau an der Seite ihres Gatten geführt haben musste, als wir sahen, mit welchem Eifer und mit welch wilder Freude sie uns auf seine Spur half. Sie brachte uns bis an den letzten Ausläufer festen Bodens, der sich als schmale Zunge in den Sumpf hinein erstreckte. Von Zeit zu Zeit bezeichnete ein dünnes Stöckchen den Weg, der von einem Moorinselchen zum anderen führte, inmitten dieser mit grünem Schaum bedeckten Gruben und übel riechenden Sümpfe, die dem Ortsunkundigen zum Verhängnis werden. Ein dumpfer Verwesungsgeruch von üppigem Schilf und schlammigen Wasserpflanzen schlug uns ins Gesicht, und mehr als einmal sanken wir durch einen falschen Schritt knietief in das dunkle Moor, das meterweit um uns bebte und wogte. Wir fühlten im Gehen, wie es sich an unseren Absätzen festsog, und wenn wir darin einsanken, war es, als ob eine tückische Hand uns in diese widerliche Tiefe hinabziehen wolle – so bösartig und zielbewusst schien die Umklammerung zu sein. An einem Zeichen sahen wir, dass jemand vor uns diesen gefährlichen Pfad begangen hatte. Auf einem Büschel Binsen lag ein dunkler Gegenstand. Holmes versank bis an die Hüften, als er vom Pfad abwich, um danach zu greifen; wären wir nicht da gewesen, so hätte er wohl nie mehr seinen Fuß auf festen Boden gesetzt.

Er hielt einen alten schwarzen Schuh empor. »Meyers, Toronto«, lautete der Stempel auf dem Innenleder.

»Das ist wohl ein Moorbad wert gewesen«, meinte er befriedigt. »Hier haben wir Sir Henrys verlorenen Schuh!«

»Den Stapleton auf seiner Flucht von sich warf?«

»Richtig. Er behielt ihn wohl in der Hand, nachdem er den Hund auf Sir Henrys Fährte gehetzt hatte. Als er dann sah, dass das Spiel verloren war, flüchtete er und warf den Schuh hier weg. Nun wissen wir wenigstens, wie weit er gekommen ist.«

Aber mehr als das haben wir nie erfahren, obzwar es genug Raum für Vermutungen gab. Es war unmöglich, im Moor Spuren zu finden; denn der Schlamm bedeckte sie so rasch, wie sie entstanden waren. Als wir endlich wieder festen Boden erreicht hatten, sahen wir uns eifrig nach solchen Spuren um, konnten aber nichts erblicken. Wenn der blanke Erdboden uns die Wahrheit sagte, hat Stapleton niemals die Rettungsinsel, zu der er sich durch den Nebel hinflüchten wollte, erreicht. Irgendwo im großen Grimpensumpf, im übel riechenden Schlamm des unendlichen Moors, das ihn aufgesaugt hat, musste dieser kalte und grausame Verbrecher sein ewiges Grab finden.

Auf der morastumgürteten Insel, wo er seinen Verbündeten versteckt gehalten hatte, fanden wir viele Anzeichen dafür, dass er oft dort gewesen sein musste. Von der verlassenen Zinngrube war nur ein großes Triebrad und ein zugeschütteter Schacht übrig. Daneben standen halb verfallene Mauerreste von den Hütten der Bergleute, die der üble Geruch des Sumpfes offenbar vertrieben hatte. In einer dieser Hütten stand ein Pfosten mit einer Kette, ein großer Haufen abgenagter Knochen lag daneben – auch ein kleines Skelett, an dem noch ein Büschel brauner Haare hing –, ein untrüglicher Beweis dafür, dass die Bestie dort gehaust hatte.

»Ein Hund«, rief Holmes, »mein Gott! Ein langhaariger Spaniel. Der arme Mortimer wird seinen Liebling nie wiedersehen. Nun, ich glaube, wir haben alle Geheimnisse dieses Ortes ergründet. Er konnte wohl seinen Hund verbergen, aber er konnte ihm das Heulen nicht verbieten, und daher kamen diese Töne, die auch bei helllichtem Tag nicht erfreulich anzuhören waren. Wenn es absolut notwendig war, konnte er den Hund im Gartenhaus von *Merripit House* unterbringen, aber das war immerhin sehr gewagt, und er hat es auch nur am letzten Tag getan, als er sein Ziel erreicht zu haben glaubte. Die Paste in dieser Dose ist zweifellos die Phosphorlösung, mit der er die Bestie eingerieben hat. Dieser Einfall kam ihm natürlich durch die Geschichte des Familiengespenstes und den Wunsch, den armen, alten Sir Charles zu Tode zu erschrecken. Es ist kein Wunder, dass der arme Teufel von einem Sträfling rannte und schrie, genauso, wie Sir Charles es tat und wie auch wir es wahrscheinlich getan hätten. Es war ein besonders schlau ausgeheckter Plan; ganz abgesehen von der Wahrscheinlichkeit, das auserkorene Opfer in den Tod zu hetzen – welcher Bauer, der eine solche Kreatur erblickt, würde es wagen, sie näher zu besichtigen? Ich sagte es Ihnen in London, Watson, und ich sage es Ihnen hier und heute: Noch nie haben wir es mit einem so abgefeimten und gefährlichen Verbrecher zu tun gehabt, wie mit dem, der dort begraben liegt.«

Damit zeigte er mit seinem langen Arm auf die unendliche Fläche des grün gefleckten Sumpfes, die in der Ferne in die rötlichen Abhänge des Moors überging.

15

An einem rauen und nebligen Novemberabend saßen Holmes und ich vor dem Kamin unseres Wohnzimmers in der Baker Street. Seit dem tragischen Abschluss unseres Aufenthalts in Devonshire hatte er sich mit zwei äußerst wichtigen Fällen beschäftigt; im ersten hatte er das niederträchtige Benehmen des Obersten Upwood im berühmten Falschspielerskandal des Nonpareil-Clubs bloßgestellt; im zweiten Fall hatte er die unglückliche Madame de Montpensier, die des Mordes an ihrer Stieftochter, Mademoiselle Carère, beschuldigt war, von allem Verdacht befreit. Die junge Dame wurde, wie erinnerlich, sechs Monate später lebend und glücklich verheiratet in New York ermittelt.

Mein Freund war über die glückliche Lösung dieser rasch aufeinander folgenden, schwierigen Fälle äußerst befriedigt und in angeregtester Laune, so dass ich ihn dazu bewegen konnte, nachträglich die Einzelheiten des Baskerville-Geheimnisses mit mir zu erörtern.

Ich hatte geduldig auf diese Gelegenheit gewartet, denn ich wusste, dass sein Geist nie in der Vergangenheit verharrte und dass sein klares und logisches Denken sich nie durch Erinnerung an frühere Fälle von dem, den er gerade behandelte, ablenken ließ.

Sir Henry und Dr. Mortimer waren vor Antritt der langen Reise, die Sir Henry zur Heilung seiner erschütterten Nerven empfohlen worden war, in London eingetroffen. Sie hatten uns an diesem Nachmittag besucht, und so war es ganz natürlich, dass wir auf den Fall Baskerville zu sprechen kamen.

»Die ganze Folge der Ereignisse«, begann Holmes, »war, vom Gesichtspunkt des Mannes, der sich Stapleton nannte, gerade und natürlich, während sie uns, die wir anfänglich keine Ahnung von den Beweggründen seines Tuns hatten und nur nach und nach Teile davon erfuhren, äußerst verwickelt erschien. Ich habe zweimal mit Mrs Stapleton gesprochen, und der Fall ist nun restlos aufgeklärt. Sie werden einige Notizen darüber unter dem Buchstaben B in meiner Kartothek finden.«

»Würden Sie mir vielleicht aus dem Gedächtnis eine kleine Skizze über den Gang der Ereignisse entwerfen?«

»Gerne. Obzwar ich nicht garantieren kann, dass ich mich auswendig an alle Tatsachen erinnere. Höchste geistige Konzentration wirkt bei mir dahin, dass sie alles, was vorher gewesen ist, in den Hintergrund drängt. Ein Anwalt, der seinen Fall auswendig kennt, und seine Angelegenheiten stundenlang mit Sachverständigen durchsprechen kann, wird nach ein oder zwei Wochen anderer Gerichtsverhandlungen nichts mehr davon wissen. So verdrängt jeder meine Fälle den vorherigen, und Mademoiselle Carère hat meine Erinnerung an *Baskerville Hall* getrübt. Morgen kann ich irgendein Rätsel zu lösen bekommen, das wiederum die schöne Französin und den verächtlichen Upwood aus meinen Gedanken verdrängt. Was den Bluthund betrifft, werde ich Ihnen die Reihenfolge der Begebenheiten so gut ich kann schildern, und Sie werden mir aushelfen, wenn ich etwas vergessen haben sollte.

Meine Nachforschungen haben ergeben, dass jenes Familienporträt die Wahrheit sprach und dass dieser Kerl wirklich ein Baskerville war – der Sohn jenes Rodger Baskerville, Sir Charles' jüngstem Bruder, der mit einem äußerst schlechten Ruf nach Südamerika floh, wo er angeblich unverheiratet starb. Er war aber doch verheiratet und hatte einen Sohn, der so heißt wie sein Vater. Dieser heiratete Beryl Garcia, eines der schönsten Mädchen von Costa Rica und, nachdem er eine große Summe öffentlicher Gelder veruntreut hatte, änderte er seinen Namen in Vandeleur und kehrte nach England zurück, wo er eine Schule im Osten von Yorkshire eröffnete. Der Anlass zu gerade diesem Beruf war dadurch gegeben, dass er auf der Überfahrt die Bekanntschaft eines kränklichen Lehrers gemacht hatte und die Begabung dieses Mannes ausnutzen wollte. Anfangs gedieh die Schule auch sehr gut, aber der Lehrer starb, und damit war auch das Schicksal des Institutes besiegelt. Sein Ruf wurde immer schlechter, bis eine Katastrophe eintrat, in deren Folge es geschlossen wurde. Die Vandeleurs fanden es zweckmäßig, ihren Namen wieder zu ändern und sich Stapleton zu nennen. Sie übersiedelten mit dem Rest ihres Vermögens, seinen Plänen für die Zukunft und seiner Liebhaberei für Naturforschung nach dem Süden Englands. Ich hörte im British Museum, dass er eine anerkannte Autorität in Schmetterlingskunde war und dass ein Käfer, den er während seines Aufenthaltes in Yorkshire entdeckt hatte, nach ihm benannt ist.

Wir kommen nun zu jenem Abschnitt seines Lebens, der von brennendem Interesse für uns ist. Anscheinend hatte er herausgefunden, dass nur zwei Menschen zwischen ihm und einem großen Grundbesitz standen. Als er nach Devonshire übersiedelte, hatte er wahrscheinlich noch keinen bestimmten Plan gefasst – aber dass er schon damals Übles im Sinn hatte, beweist die Art und Weise, in der er seine Frau als seine Schwester ausgab. Er hatte bestimmt die Absicht, sie irgendwann als Lockvogel zu benützen, obzwar er sich wahrscheinlich über die Einzelheiten seines Vorhabens noch nicht im Klaren war. Er hatte den festen Willen, in den Besitz der Erbschaft zu gelangen, und war entschlossen, jedes ihm dazu dienlich scheinende Mittel zu benützen und jeder Gefahr zu trotzen, um diesen Zweck zu erreichen. Sein erster Schritt dazu war, sich dem Schlosse seiner Vorfahren so nahe als möglich anzusiedeln und sowohl mit Sir Charles als mit allen übrigen Nachbarn Freundschaft zu schließen.

Der Baronet selbst erzählte ihm die Geschichte des Familiengespenstes und sprach sich damit sein Todesurteil. Stapleton, wie wir ihn noch immer nennen wollen, wusste, dass der alte Herr ein schwaches Herz hatte und dass ein plötzlicher Schock ihn töten würde. Er wusste auch, dass Sir Charles abergläubisch war und die böse Familienlegende sehr ernst nahm. Sein erfinderischer Geist ließ ihn sofort einen Plan aushecken, wodurch der Tod des Baronets herbeigeführt werden konnte, ohne dass es möglich gewesen wäre, den Urheber zu entdecken.

Sobald er einmal diesen Vorsatz gefasst hatte, führte er ihn mit außerordentlicher Geschicklichkeit durch. Ein gewöhnlicher Verbrecher hätte sich mit einem wilden, bissigen Hund begnügt. Dass er mit künstlichen Mitteln aus seiner Bestie eine höllisch-phantastische Erscheinung machte, das war ein Geniestreich seinerseits. Er kaufte den Hund bei Ross & Mangles in der Fulham Road, es war der stärkste und böseste Hund, den sie besaßen. Stapleton benützte die North-Devonshire-Bahnlinie und machte mit dem Hund zu Fuß einen großen Umweg über das Moor, so dass niemand von dessen Vorhandensein wissen konnte. Im Laufe seiner Spaziergänge hatte er einen Pfad im Grimpensumpf entdeckt und dadurch ein sicheres Versteck für das Tier gefunden.

Er musste allerdings lange auf das Gelingen seines Planes warten; denn der alte Herr war nicht dazu zu bewegen, nachts seinen Park zu verlassen. Stapleton lauerte mit seinem Hund mehrmals in der Umgebung, aber immer ohne

Erfolg. Während dieser Ausflüge wurde er, oder vielmehr sein Hund, von Bauern gesehen, und die Geschichte des Höllenhundes bekam dadurch neue Nahrung. Er hatte gehofft, dass seine Frau bereit sein würde, Sir Charles ins Verderben zu locken, stieß aber auf ihren unerwarteten Widerstand. Sie war nicht dazu zu bewegen, bei dem alten Herrn Gefühle hervorzurufen, die ihn dann in die Hände seines Feindes gegeben hätten, und widerstand allen Drohungen und Misshandlungen, so dass Stapleton eine Zeit lang nicht vom Fleck kam.

Da bot sich ihm ein Ausweg aus diesen Schwierigkeiten. Sir Charles, der ihn sehr schätzte, benützte ihn als Vermittler, um die unglückselige Laura Lyons mit Geld zu unterstützen. Stapleton, den sie für unverheiratet hielt, gewann sogleich großen Einfluss auf sie und gab ihr zu verstehen, dass er sie, falls sie die Scheidung von ihrem Mann erreiche, heiraten würde. Da erfuhr er plötzlich, dass Sir Charles im Begriff war, auf Dr. Mortimers Rat *Baskerville Hall* für längere Zeit zu verlassen. Nun war rasches Handeln nötig, da ihm sonst sein Opfer entgangen wäre. Er überredete daher Mrs Lyons, den Brief, in dem sie den alten Herrn um ein Rendezvous am Abend vor seiner Abreise bat, zu schreiben.

Dann fand er einen überzeugenden Grund dafür, dass sie die Verabredung nicht einhielt und damit endlich die Gelegenheit, auf die er so lange gewartet hatte.

Er kehrte gegen Abend aus Coombe Tracey zurück und hatte genug Zeit, die Bestie mit seiner Höllentinktur einzureiben und zur Pforte zu führen, an der er den alten Herrn wartend wusste. Angefeuert durch die Zurufe seines Herrn, setzte der Hund über das Gitter und verfolgte den unseligen Baronet, der schreiend die Eibenallee hinunterrannte. In dem düsteren Tunnel muss es schon ein schauerlicher Anblick gewesen sein, wie das riesige schwarze Ungeheuer, dessen Rachen und Augen feurig glühten, seinem unglücklichen Opfer nachsetzte! Der Baronet brach am Ende der Allee aus Angst und Herzschwäche tot zusammen. Der Hund war den Rasenstreifen entlang gelaufen, während der Baronet auf dem Pfad blieb – also waren nur seine Fußspuren zu sehen. Der Hund hat sich dann wohl dem am Boden Liegenden genähert, aber als er eine Leiche witterte, wieder von ihm abgewendet. Bei dieser Gelegenheit entstanden wahrscheinlich die Fußspuren, die Dr. Mortimer bemerkt hat. Der Hund wurde abgepfiffen, wieder nach seinem Versteck im Grimpensumpf geführt, und der Tod von Sir Charles blieb ein Geheimnis, das der Justiz Kopfzerbrechen machte, die ganze Gegend in Aufruhr versetzte und schließlich in den Bereich unserer Tätigkeit kam. So viel über den Tod von Sir Charles Baskerville. Sie bemerken vielleicht die teuflische Schlauheit; denn es war wirklich unmöglich, eine Anklage gegen den eigentlichen Mörder zu formulieren, sein einziger Mitschuldiger konnte ihn nicht verraten, und die groteske, unwahrscheinliche Art des Planes musste seinen Erfolg sichern. Sowohl Frau Stapleton als Frau Lyons fassten starken Verdacht gegen Stapleton. Frau Stapleton wusste, dass er den alten Herrn aus dem Wege schaffen wollte und kannte das Vorhandensein des Hundes. Frau Lyons wusste davon nichts, war aber durch die Tatsache, dass das Unglück zum Zeitpunkt einer nicht abgesagten Verabredung, von der nur Stapleton Kenntnis hatte, eingetreten war, unangenehm berührt. Da aber beide Frauen vollständig unter seinem Einfluss standen, hatte er von dieser Seite nichts zu befürchten. Die erste Hälfte seiner Aufgabe war nun erfüllt, aber die zweite, viel schwierigere, harrte noch der Lösung. Es ist möglich, dass Stapleton vom Vorhandensein eines Erben in Kanada nichts wusste. Jedenfalls erfuhr er es sofort durch Dr. Mortimer, der ihm auch alle Einzelheiten über die Ankunft Sir Henry Baskervilles mitteilte. Stapletons erster Gedanke war, diesen jungen Menschen aus Kanada noch vor seiner Ankunft in Devonshire aus dem Weg zu schaffen. Seit seine Frau sich gegen ihn aufgelehnt hatte, wagte er es nicht mehr, sie lange allein zu lassen, um nicht seinen Einfluss auf sie zu verlieren, und nahm sie daher nach London mit. Sie wohnten im *Mexborough Privathotel,* einem der Hotels, in denen ich Cartwright nach Beweisen suchen ließ. Stapleton schloss seine Frau in ihrem Zimmer ein, während er, durch einen falschen Bart unkenntlich gemacht, Dr. Mortimer nach der Baker Street, auf den Bahnhof und bis zum Northumberland Hotel verfolgte. Seine Frau ahnte etwas von seinem Vorhaben; aber sie hatte vor ihrem Mann eine so große, durch seine Misshandlungen begründete Angst, dass sie es nicht wagte, den Mann, den sie in Lebensgefahr wusste, schriftlich zu warnen.

Wenn der Brief in Stapletons Hände fiel, war es um sie geschehen. Wie wir wissen, fand sie den Ausweg mit den ausgeschnittenen Worten. Die Botschaft erreichte den Baronet und war die erste Warnung vor der Gefahr, in der er schwebte. Es war für Stapleton äußerst wichtig, ein Kleidungsstück Sir Henrys in die Hand zu bekommen, um im gegebenen Fall den Hund auf seine Fährte hetzen zu können. Er erreichte auch sofort seinen Zweck, indem er anscheinend das Zimmermädchen oder den Hausdiener bestach. Nun war aber der erste Schuh, den er bekam, neu und ungetragen, daher für seine Zwecke nutzlos. Er gab ihn also zurück und erhielt einen anderen – ein sehr lehrreicher Zwischenfall, der mich davon überzeugte, dass wir es mit einem richtigen Bluthund zu tun hatten. Es konnte keinen anderen Grund dafür geben, einen neuen Schuh zu verschmähen und unbedingt einen getragenen haben zu wollen. Je sonderbarer und grotesker ein Zwischenfall scheint, desto genauer muss er untersucht werden; denn gerade das, was einen Fall scheinbar verwirrt, stellt sich, wenn es näher betrachtet und wissenschaftlich beleuchtet wird, als ein Punkt heraus, der zur Lösung des Rätsels wesentlich beiträgt.

Dann kam der Besuch unserer Freunde bei uns in der Baker Street, wobei sie von Stapleton im Wagen beschattet wurden. Ich schloss aus seiner Kenntnis meiner Wohnung und meiner Person sowie aus seinem Benehmen überhaupt, dass Stapletons verbrecherische Laufbahn sich nicht nur auf den Baskerville-Fall beschränkt hat. Es ist auffallend, dass im Laufe der letzten drei Jahre in West-Devonshire vier bedeutende Einbrüche verübt wurden, die unaufgeklärt blieben. Der letzte davon, der im Mai in *Folkeston Court* geschah, fiel durch das kaltblütige Niederschießen des Dieners, der den maskierten Dieb überraschte, auf. Ich bin überzeugt, dass sich Stapleton auf diese Weise seine Geldmittel verschaffte und dass er schon jahrelang ein gefährliches und vor nichts zurückschreckendes Subjekt war. Er gab uns ein Beispiel seiner Geistesgegenwart durch sein schnellles Entkommen und seine Frechheit, mir meinen eigenen Namen durch den Kutscher zurückzuschicken. Er hatte anscheinend begriffen, dass ich mich mit dem Fall beschäftigen würde und dass es daher in London keine Chance für ihn gab. Deshalb kehrte er nach Dartmoor zurück und erwartete dort die Ankunft des Baronets.«

»Einen Augenblick«, unterbrach ich ihn. »Sie haben den Verlauf der Dinge bisher vollkommen richtig geschildert, aber einen Punkt haben Sie ungeklärt gelassen. Wer kümmerte sich um den Hund, während sein Herr in London war?«

»Ich habe mich auch mit dieser wichtigen Frage beschäftigt. Stapleton hatte bestimmt einen Vertrauten, obzwar es unwahrscheinlich ist, dass dieser in alle seine Pläne eingeweiht war, Stapleton wäre dadurch zu sehr in dessen Macht gewesen. In *Merripit House* gab es einen alten Diener namens Anthony; er ist seit vielen Jahren, ja, noch seit der Zeit, als Stapleton die Schule leitete, in seinen Diensten, so dass er wissen musste, dass Stapleton verheiratet war. Ich selbst sah den alten Mann auf dem von Frau Stapleton bezeichneten Fußweg über den Grimpensumpf gehen. Es ist daher anzunehmen, dass er sich in Stapletons Abwesenheit um den Hund kümmerte und dabei vielleicht den Zweck, dem der Hund diente, gar nicht ahnte. Die Stapletons fuhren also nach Devonshire zurück, wohin Sie und Sir Henry bald folgten.

Nun einige Worte über meine damalige Einstellung zu dem Fall. Sie erinnern sich vielleicht, dass ich den Bogen Papier, auf dem die gedruckten Worte aufgeklebt waren, genau untersuchte. Ich hielt ihn ganz nahe an die Augen und bemerkte dabei einen schwachen Jasminduft. Es gibt fünfundsiebzig verschiedene Parfüms, die voneinander unterscheiden zu können für einen Kriminalisten von äußerster Wichtigkeit ist. Das Parfüm wies auf die Mitwirkung einer Dame hin, und ich begann bereits die Stapletons in Betracht zu ziehen. Ich hatte also schon Gewissheit über das Vorhandensein des Hundes und Verdachtsgründe gegen den mutmaßlichen Mörder, ehe ich nach Devonshire ging.

Ich musste Stapleton beobachten. Selbstverständlich konnte ich das nicht von *Baskerville Hall* aus tun; denn dann wäre er doch besonders vorsichtig gewesen. Ich musste also alle – Sie inbegriffen – täuschen und kam im Geheimen nach Devonshire. Die Unbequemlichkeiten, die ich hinnehmen musste, waren nicht so arg, wie Sie glauben. Solche Kleinigkeiten dürfen einen niemals an der Untersuchung eines Falles hindern. Ich wohnte eigentlich in Coombe Tracey und übernachtete nur in der Hütte am Moor, wenn meine Gegenwart dort nötig erschien. Cartwright begleitete mich und hat mir, als Bauernjunge verkleidet, sehr große Dienste geleistet. Ich war, was Essen und reine Wäsche betrifft, auf seine Hilfe angewiesen. Während ich Stapleton beobachtete, beobachtete Cartwright

Sie, so dass ich alle Fäden gleichzeitig in Händen hielt. Ihre Berichte erreichten mich sehr rasch. Sie waren mir sehr wichtig und aufschlussreich, besonders die merkwürdigerweise wahre Episode aus Stapletons Lebenslauf. Dadurch konnte ich die Identität der beiden feststellen und wusste nun genau, woran ich war. Eine der sonderbaren Komplikationen unseres Dramas war das Ausbrechen des Sträflings und dessen Zusammenhang mit den Barrymores. Auch das haben Sie restlos aufgeklärt, wenn ich auch durch meine Beobachtungen zu dem gleichen Schluss gekommen war. Als Sie mich auf dem Moor entdeckten, war ich über die ganze Sache bereits im Klaren, aber es war noch kein Fall, den ich vor die Geschworenen hätte bringen können. Sogar Stapletons Anschlag gegen Sir Henry, der mit dem Todessturz des unseligen Selden endete, konnte nicht als genügender Beweis für eine Mordanklage gegen unseren Mann dienen. Es schien keine andere Möglichkeit zu geben, als ihn in flagranti zu ertappen, und um dieses Ziel zu erreichen, mussten wir Sir Henry allein und anscheinend schutzlos als Lockvogel benützen. Wir taten es. Um den Preis des schweren Nervenschocks, den unser Klient erlitten hat, ist es uns gelungen, unseren Fall vollkommen zu klären und Stapleton zu seinem Ende zu bringen. Ich mache mir natürlich große Vorwürfe darüber, Sir Henry einer solchen Gefahr ausgesetzt zu haben, aber man konnte den fürchterlichen, lähmenden Schreck, den diese Bestie hervorrief, nicht voraussehen. Wir haben unseren Sieg um einen Preis errungen, den Sir Henry zahlen musste – aber sowohl der Spezialist als Dr. Mortimer versicherten mir, dass eine lange Reise alles wieder gutmachen und nicht nur seine zerrütteten Nerven, sondern auch sein verwundetes Herz heilen würde. Seine Gefühle für Mrs Stapleton waren tief und aufrichtig, und er kann es nur schwer verwinden, dass sie ihn so getäuscht hat.

Es bleibt nur noch übrig, die Rolle, die Mrs Stapleton in

dieser Angelegenheit spielte, zu beleuchten. Zweifellos besaß Stapleton Macht über sie, eine Macht, die auf Angst oder auf Liebe – oder vielleicht auf beides – zurückzuführen war. Jedenfalls war dies entscheidend. Auf seinen Befehl hin willigte sie ein, als seine Schwester zu gelten; aber sie leistete entschiedenen Widerstand, als er sie zur Mithilfe bei einem Mord anzustiften versuchte. Sie wollte, ohne ihren Mann dadurch preiszugeben, Sir Henry warnen und tat es mehrere Male. Stapleton selbst scheint eifersüchtig gewesen zu sein, und als er sehen musste, dass der Baronet seiner Frau den Hof machte, konnte er, obzwar es doch in seine Pläne passte, den leidenschaftlichen Ausbruch nicht unterdrücken, der seine wahre Natur verriet. Dann aber förderte er wieder die Intimität der beiden, um zu erreichen, dass Sir Henry öfter nach *Merripit House* kam, damit sich früher oder später eine günstige Gelegenheit für seinen Mordplan ergebe. Am entscheidenden Tag lehnte sich seine Frau plötzlich gegen ihn auf. Sie hatte etwas vom Tode des Sträflings läuten hören, und sie wusste, dass an dem Abend, an dem Sir Henry zum Speisen erwartet wurde, der Hund im Gartenhaus untergebracht war. Sie beschuldigte ihren Mann eines schauerlichen Vorhabens, und es folgte eine erregte Auseinandersetzung, während der sie zum ersten Mal etwas von einer Nebenbuhlerin erfuhr. Im selben Augenblick verwandelte sich ihre Ergebenheit in bitteren Hass. Da begriff er, dass sie ihn verraten würde. Er knebelte sie und schloss sie ein, um sie daran zu hindern. Er hoffte gewiss, dass, wenn die ganze Umgebung Sir Henrys Tod dem Fluch, der über der Familie lag, zuschreiben würde, er seine Frau dazu bringen könne, eine vollendete Tatsache hinzunehmen und, was sie wusste, zu verschweigen. Darin hat er sich aber, wie ich glaube, verrechnet; denn auch wenn wir nicht eingegriffen hätten, konnte sein Schicksal als besiegelt gelten. Eine Frau, in deren Adern spanisches Blut fließt, verzeiht eine solche Beleidigung nicht so leicht. Mehr, lieber Watson, kann ich Ihnen, ohne meine Aufzeichnungen zu Hilfe zu nehmen, nicht sagen. Ich glaube nicht, etwas Wichtiges unerwähnt gelassen zu haben.«

»Stapleton konnte aber doch nicht erwarten, dass Sir Henry ebenso über den Hund erschrecken würde wie der alte Herr?«

»Die Bestie war wild und halb verhungert. Wenn das Opfer durch ihren Anblick nicht gleich vor Schrecken starb – so hätte es sich doch kaum wehren können.«

»Das stimmt. Nur eines noch: Wenn Stapleton dann die Erbschaft forderte – wie konnte er die Tatsache erklären, dass er, der nächste Erbanwärter, sich unter einem falschen Namen so nahe dem Schloss niedergelassen hatte? Wie konnte er das Erbe anfordern, ohne Verdacht zu erregen und Nachforschungen zu erwarten?«

»Das wäre gewiss eine sehr schwere Frage gewesen, und ich fürchte, Ihrem Verlangen nach Antwort nicht entsprechen zu können. Vergangenheit und Gegenwart sind im Bereich meines Tätigkeitsfeldes, aber was ein Mensch in der Zukunft tun wird, das ist schwer zu beantworten. Mrs Stapleton sagt, dass ihr Mann dreimal dieses Problem aufgeworfen hat. Es gab drei Möglichkeiten: Er konnte nach Südamerika zurückfahren, von dort aus seine Erbansprüche anmelden, seine Identität von den englischen Behörden feststellen lassen und sich in den Besitz des Vermögens setzen, ohne überhaupt nach England zurückzukehren; oder er konnte während eines kurzen Aufenthaltes in London eine ihn völlig unkenntlich machende Verkleidung wählen, er konnte auch einem Komplizen die nötigen Papiere und Dokumente übergeben; dieser hätte die Erbschaft angetreten und ihm natürlich den größeren Teil des Einkommens überlassen müssen. Nach dem, was wir von ihm gesehen haben, können wir nicht daran zweifeln, dass er einen Ausweg gefunden hätte.

Und nun, mein lieber Watson, haben wir einige schwere Wochen hinter uns, und ich finde, dass wir eine Erholung verdient haben. Ich habe eine Loge für die ›Hugenotten‹ bestellt. Haben Sie die de Reszkes je gehört? Darf ich Sie bitten, in einer halben Stunde bereit zu sein – wir können unterwegs bei Marcini speisen.«